LETTRES

CABALISTIQUES,

TOME CINQUIEME.

LETTRES CABALISTIQUES,

OU CORRESPONDANCE PHILOSOPHIQUE, HISTORIQUE & CRITIQUE,

Entre deux Cabalistes, divers Esprits Elementaires, & le Seigneur Astaroth.

NOUVELLE EDITION, AUGMENTÉE de LXXX. Nouvelles Lettres, de Quantité de Remarques, & de plusieurs Figures.

TOME CINQUIEME,
DEPUIS LA CXXXIX. JUSQU'À LA CLXIV.

Lettre   CXVI.

J. v. Schley f. 1740.

A LA HAYE,
Chez PIERRE PAUPIE,
M. DCC. XLI.

LETTRES
CABALISTIQUES,

OU

CORRESPONDANCE

PHILOSOPHIQUE,

HISTORIQUE & CRITIQUE,

Entre deux Cabalistes, divers Esprits Elementaires, & le Seigneur Astaroth.

LETTRE CENT TRENTE-NEUVIEME.

Astaroth, *au sage Cabaliste* Abukibak.

TU sais, sage & savant Abukibak, que le sort ordinaire des Jésuites après leur mort, c'est d'être condamnés à des-

     cen-

cendre dans nos infernales demeures. Ils y viennent effuïer le châtiment que méritent les perfécutions qu'ils ont faites fur la terre à de fort honnêtes gens. Ils y font punis des menfonges, des impoftures, des calomnies qu'ils ont mifes en ufage pour fe venger de leurs ennemis ; ils y reçoivent la récompenfe que mérite leur deteftable & affreufe politique, à laquelle ils facrifient l'honneur, la probité & la Religion. La quantité qu'il y a de ces Réverends Peres dans l'Enfer, ne permettant pas qu'on puiffe les placer chacun dans un cachot particulier, on eft obligé de les mettre aujourd'hui deux enfemble ; car il eft peu de damnés affez criminels, pour mériter d'en avoir un pour compagnon. Le nom de *Jéfuite* n'eft guères moins odieux dans ce monde-ci que dans l'autre ; & lorfque les Diables veulent fe dire une injure fanglante, ils s'appellent *Ignaciens*. Il y a quelque tems qu'Arfaxa fe battit vivement avec Eliel qui lui avoit donné ce titre méprifable ; & peu s'en fallut que ce dernier n'eût une jambe eftropiée ainfi qu'Afmodée, fi connu fous le nom de Diable boiteux.

Tu ne faurois croire, fage & favant Abukibak, combien cette maudite race Jéfuitique nous eft à charge dans l'Enfer ; elle nous l'eft prefque autant qu'aux Vénitiens, & j'ôferois dire qu'à
tous

tous les Princes qui ne fe laiffent point féduire par leurs rufes, & par leurs dangereufes manœuvres. Non contens de difputer encore ici avec les autres damnés, ils fe reprochent actuellement leurs fautes paffées ; ils fe difent même des injures, & ils pafferoient plus loin, & en viendroient aux coups, fi nous n'allions faire finir leurs difputes. Quelquefois elles nous amufent, & nous les laiffons durer jufqu'à un certain point. Je t'envoie le récit d'une dont j'ai été témoin, arrivée entre le Jéfuite Hardouin & le Jéfuite Jérôme Xavier, coufin de François Xavier, le feul des Ignaciens qui foit dans l'heureux féjour des Silphes, s'il eft vrai qu'on puiffe le regarder comme aiant été véritablement Jéfuite.

„D I A L O G U E

„ ENTRE LE JE'SUITE HARDOUIN,
„ ET LE JE'SUITE JE'ROME
„ XAVIER.

„ JÉROME XAVIER.

„ DITES tout ce que vous voudrez,
„ vous ne viendrez jamais à bout de don-
„ ner quelque excuse raisonnable pour
„ justifier votre système. En voulant fai-
„ re tomber tous les Auteurs anciens,
„ soit sacrés, soit profanes, il n'a pas te-
„ nu à vous que vous n'aiez jetté les
„ hommes dans le Pyrrhonisme le plus
„ affreux. Est-il de plus grand crime que
„ celui d'effacer entiérement de la mé-
„ moire des hommes le souvenir de tou-
„ te l'Histoire ancienne ? C'est plonger
„ dans le chaos les Nations les plus ci-
„ vilisées, & les rendre égales à ces peu-
„ ples barbares, qui n'ont aucune con-
„ noissance de leur patrie & de leurs an-
„ cêtres, & qui, semblables aux bêtes,
„ n'ont d'autre notion de leurs prédé-
„ cesseurs, que de ceux qu'ils ont vû vi-
„ vre & mourir. Il falloit que vous fus-
„ siez conduit par un esprit bien diabo-
„ lique, pour avoir voulu exécuter un
　　　　　　　　　　　　　　„ pa-

,, pareil deffein. Non, je ne penfe pas
,, qu'on puiffe rien entreprendre de plus
,, affreux, que de vouloir décréditer les
,, Ouvrages les plus authentiques, & les
,, faire paffer pour des Ecrits fabriqués
,, par quelques miférables Moines.

,, HARDOUIN.

,, Vous vous trompez. Je connois un
,, crime beaucoup plus grand, & dont
,, vous vous êtes rendu coupable. C'eft de
,, fuppofer de faux évenemens dans les
,, Livres qu'on écrit, & de les remplir
,, de menfonges, fur-tout quand ces Li-
,, vres traitent de certaines matières qui
,, ont quelque rapport à la Religion. Son-
,, gez à l'impudence que vous avez eue
,, de corrompre tous les Evangiles dans
,, l'*Hiftoire de Jefus-Chrift*, que vous avez
,, écrite en Perfan, & que vous avez ré-
,, pandue, qui pis eft, dans toute la Per-
,, fe; comme fi c'étoit le véritable Evan-
,, gile. Pouvez-vous après cela, égaler
,, mon crime au vôtre? C'étoit pour em-
,, pêcher que des impofteurs, tels que
,, vous, ne trompaffent le Public, que
,, j'ai voulu infpirer de la méfiance pour
,, les Ecrits qu'on regardoit comme les
,, plus authentiques.

A 3 ,, JÉ-

„ Jérome Xavier.

„ Il est vrai que vous vous y êtes pris
„ d'une manière bien sage & bien pru-
„ dente. Vous avez dit des absurdités si
„ grandes, qu'il faudroit avoir perdu en-
„ tiérement la raison pour faire la moin-
„ dre attention à vos raisonnemens. D'ail-
„ leurs, où avez-vous appris que pour
„ prévenir un mal, il soit permis d'en
„ faire un cent fois plus considérable ?
„ Heureusement votre systéme n'a causé
„ aucun préjudice à la Société civi-
„ le, parce qu'il étoit trop fou ; mais
„ ce n'a pas été votre faute si vous a-
„ vez si mal réussi. Il faut attribuer ce-
„ la à votre ignorance, & non point à
„ votre probité.

„ Hardouin.

„ Il vous convient bien de me trai-
„ ter d'ignorant, tandis que toute la
„ Société a publié, & publie encore
„ que j'ai été un des plus grands gé-
„ nies de l'Europe. Il y a même des
„ Savans qui me haïssoient, qui ont é-
„ crit contre moi, & qui cependant ont
„ dit que j'avois de la science & de l'é-
„ rudition.

„ Jé-

„ JÉROME XAVIER.

„ EN vérité il falloit que ces Savans-
„ là fuſſent bien complaiſans ; je ne le ſe-
„ rois point autant qu'eux , & je vous
„ prouverai que vous étiez Critique ri-
„ dicule, Humaniſte ignorant , Théolo-
„ gien viſionnaire, Impoſteur dans vos ci-
„ tations , & puéril dans vos réflexions.
„ Voulez-vous une preuve de la ridicu-
„ lité de vos critiques ? Parmi un nom-
„ bre immenſe que m'offrent vos remar-
„ ques ſur les Odes d'Horace , je me
„ contenterai de celle que me fournit
„ l'Ode Allégorique que ce Poëte a faite·
„ ſur les troubles de la République, qu'il
„ compare à un bâtiment agité par les
„ flots de la mer. *O Vaiſſeau* ! dit-il *,
„ *on va donc encore t'expoſer aux flots d'une*
„ *mer*

* *O Navis ! Referent in Mare te novi*
  Fluctus ! O quid agis ? Fortiter occupa
  Portum. Nonne vides ut
  Nudum remigio latus ;
  Et malus celeri ſaucius Africo ,
  Antennæque gemant, ac ſine funibus
  Vix durare Carinæ
  Poſſint imperioſius
  Æquor ? Non tibi ſunt integra lintea.
  Non Dii , quos iterum preſſa,
  Voces malo.
  Quamvis Pontica pinus

Sil-

„ *mer irritée !* Ne quittes point le port. Ne
„ *vois-tu pas que tes côtés sont dépourvûs de*
„ *rames, que tes antennes ébranlées gémissent*
„ *sous les coups de l'impétueux vent d'Afrique*
„ *dont tu as été maltraité ? Il est impossible*
„ *que tu résistes à la fureur de la tempête, il*
„ *te manque la moitié de tes agrets, & dans*
„ *ton malheur tu n'as plus de Dieux à qui tu*
„ *puisses recourir une seconde fois. Quoique tu*
„ *te vantes d'être construit d'un bois, cru dans*
„ *les forêts du Pont Euxin, ton illustre nais-*
„ *sance & ton nom célèbre ne te garantiront*
„ *point d'être le jouet des vents. Les sages*
„ *nautonniers ne se reposent point sur les pein-*
„ *tures qui ornent la poupe de leurs bâti-*
„ *mens.*

„ JE ne pense pas qu'on puisse rien
„ voir de plus clair que cette allégorie.
„ Tous les grands hommes qui ont fait
„ mention de cette Ode, ont été du fen-
„ timent de Quintilien, qui reconnoît
„ qu'Horace a eu en vûe les guerres qui
„ menaçoient la République Romaine.
„ Vous feul avez prétendu que Quinti-
„ lien foutenoit ce fentiment par une ex-
„ plication forcée des deux premiers
„ vers

Silvæ Filia nobilis;
Jactes & genus & nomen inutile,
Nil pictis timidus navita puppibus.
Fidit, tu nisi ventis
Debes, ludibrium cave.
    Horat. Odar. Lib. I. Ode XIV.

„ vers de cette Ode * ; mais il faut être
„ bien impudent, ou bien ignorant, pour
„ avancer un fait pareil. Chaque ſtrophe
„ de cette Ode exprime naturellement
„ quelque évenement , qui ne peut con-
„ venir qu'à la République Romaine. *Ce*
„ *vaiſſeau, qu'on veut ramener dans une mer*
„ *agitée* , c'eſt Rome , échappée des fu-
„ reurs de la guerre civile de Céſar &
„ de Pompée, & prête à être replongée
„ dans le même malheur. *Ces côtés dé-*
„ *pourvûs de rames, ces antennes ébranlées ,*
„ *ce défaut d'agrets*, ſont les playes & les
„ bleſſures que la République avoit re-
„ çues par les diviſions inteſtines qui a-
„ voient détruit une partie de ſes for-
„ ces. Mais un endroit frappant, & qui
„ marque bien la vérité de l'allégorie ,
„ c'eſt celui où le Poëte dit , *Dans ton*
„ *malheur tu n'as plus de Dieux à qui tu*
„ *puiſſes recourir une ſeconde fois.* Il entend
„ par ces Dieux Céſar & Pompée , qui
„ furent les Chefs des deux partis op-
„ poſés ; & s'il ne parloit pas allégori-
„ quement, qu'il ne fit mention que d'un
„ ſimple vaiſſeau, y auroit-il rien de plus
„ fa-

* *Quamvis Quintilianus, Lib. VIII. Cap. VI.*
verſus duos priores exponit allegorice, ſed duos illos
dumtaxat, & quidem ſatis coacte. Joannis Harduini Opera Varia &c. Pſeudo - Horatius, ſive
Animadverſiones Criticæ, &c. in Lib. I. Odar.
pag. 334. *col.* 2.

„ fade & de plus impertinent que ce
„ vers ? Eſt-ce que les Dieux ne pou-
„ voient pas ſecourir une ſeconde fois
„ les matelots, & empêcher leur nau-
„ frage ? Le reſte de l'Ode n'eſt pas
„ moins clair que le commencement. Le
„ Poëte continue l'allégorie, il fait al-
„ luſion aux campagnes & aux forêts
„ Troïennes, ſituées ſur les bords du Pont-
„ Euxin. Les Romains ſe vantoient de
„ deſcendre des Troïens, ils ſe glori-
„ fioient beaucoup de cette origine; Ho-
„ race leur fait ſentir ſagement que quel-
„ que noble & quelque ancienne que ſoit
„ celle d'un peuple, il n'y doit pas fonder
„ davantage ſes eſperances, que les ſages
„ nautonniers leur ſûreté ſur les peintu-
„ res & les richeſſes de la poupe de leur
„ bâtiment. Je défie un homme, qui
„ n'eſt pas privé de l'uſage de la raiſon,
„ de ne pas ſentir la juſte conformité de
„ cette allégorie.

„ VOIONS à préſent les belles criti-
„ ques que vous avez faites ſur cette Ode.
„ Vous prétendez qu'elle a été compoſée
„ ſur la fin de l'année 1233. ou au com-
„ mencement de la ſuivante, lorſque le
„ Comte Jean de Brimon s'embarqua pour
„ ſe rendre à Conſtantinople dans un
„ tems où le reſte de l'Empire étoit prêt à
„ crouler *. Examinons ſur quoi vous fon-
„ dez

* *Anno, ut nunc quidem videtur, exeunte* 1233.
vel

,, dez ces favantes découvertes. *O vaif-*
,, *feau!* dites-vous. *C'eſt celui qui apporta*
,, *la nouvelle de la mort de Robert de Courte-*
,, *nai , Empereur de Conſtantinople , l'année*
,, 1229 *. Sur quoi fondez - vous cette
,, opinion? Sur une fuppofition gratuite,
,, dont il ne vous a pas plû de nous ap-
,, prendre la moindre raifon.

,, LE refte de votre critique eſt dans
,, ce goût. *Ne quittes point le port.* Cela
,, veut dire, *Ne quittes point le Port d'Oſ-*
,, *tie, duquel Jean de Brimon partoit.*

,, *Le vent d'Afrique.* C'eſt le *vent qui*
,, *pouſſa le vaiſſeau de la Mer Egée ſur les*
,, *côtes de France.*

,, *Conſtruite d'un bois, crû dans les fôrets*
,, *du Pont - Euxin.* C'eſt une preuve que
,, *c'étoit un véritable vaiſſeau, parce que le*
,, *Pont-Euxin n'étant pas éloigné de Conſtan-*
,, *tinople , on s'y ſert du bois qui croît ſur ſes*
,, *côtes pour en fabriquer des vaiſſeaux.*

,, *Ton illuſtre naiſſance, & ton nom célè-*
,, *bre.* C'eſt - à - dire *le nom de vaiſſeau*
,, *Grec ,*

vel incipiente 1234. cum *Joannes Brennenſis Comes ,*
prope cadentis Imperii Romaniæ , ut tunc appella-
batur , adminiſtrationem ſuſcepturus , Mari Byzan-
tium peteret, Oden hanc exaravit Pſeudo-Horatius.
Idem, ibid. col. 1.

* O Navis! *Quæ nuncium attulit de obitu Ro-*
berti de Curtenaio Imper. Conſtantinopolitani , Anno
1229. Idem, ibid. col. 2.

,, *Grec, de vaisseau Impérial, de vaisseau*
,, *Roïal* *.

,, CERTAINEMENT si le Poëte avoit vou-
,, lu dire ce que vous lui prêtez, il au-
,, roit écrit une plaisante Ode, & d'un
,, goût bien sublime; tous ses discours se
,, réduiroient à ceci: *Vaisseau! Tu ne vaux*
,, *plus rien, tu n'as plus de rames, ni de cor-*
,, *dages, restes dans le Port; car quoique l'on*
,, *t'appelle le* vaisseau de l'Empereur, *le vent*
,, *ne t'éparneroit pas davantage qu'un autre.*
,, Voilà un goût de Poésie assez singulier:
,, il est aussi bas & aussi ridicule, que ce
,, que vous dites sur la peinture des pou-
,, pes est faux. Vous prétendez *qu'on ne*
,, *les peignoit point avant le treizième sié-*
,, *cle* †. Pensez-vous, en disant cela, au
,, bâtiment sur lequel étoit Cléopatre lors
,, de la Bataille d'Actium? Je pourrois
,, vous

* Fortiter occupa portum. *Noli exire e portu*
fortiter, Epitheton puerile! Portum Ostiensem in-
telligit, unde solvit Joannes Brennensis, Idem, *ibid.*
Malus celeri Africo saucius. *Africo vento, qui*
navim ex Ægæo Mari in Galliam detulit. Idem, *ibid.*
Pontica pinus. *Structa Byzantii navis, ex ar-*
boribus silvarum Ponto Euxino vicinarum. Idem,
ibid.
Jactes & genus & nomen inutile. *Cum diceretur*
navis Græca, navis Regia, Navis Imperatoris Ro-
maniæ, Idem, *ibid.*
† Nil pictis puppibus. *Pictas sane naves prima*
hæc, opinor, vidit ætas. Idem. *ibid.*

„ vous citer plufieurs autres exemples ;
„ mais celui-là eft affez décifif pour mon-
„ trer votre mauvaife foi, car je fais
„ bien que vous ne l'ignoriez pas.

„ C'en eft affez fur vos remarques hif-
„ toriques, je vais vous faire voir que
„ vous êtes auffi mauvais Humanifte, que
„ ridicule Critique. „

***

Lettre Cent quarantieme.

„ SUITE DU DIALOGUE EN-
„ TRE HARDOUIN ET JE'-
„ ROME XAVIER.

„ Jérome Xavier.

„ APRÈS vous avoir prouvé le ridi-
„ cule de votre critique, voici de
„ quoi vous convaincre de votre igno-
„ rance dans les Humanités.

„ Consideres, dit Horace, *la blancheur*
„ *du Mont Soraéte, caufée par la quantité de*
„ *neige, fous le poids de laquelle les arbres font*
„ *prêts à fe rompre.* C'eft ainfi que je tra-
duis.

„ *Vides ut alta ftet nive candidum*
„ *Soraéte: ne jam fuftineant onus*
„ *Silvæ laborantes.*

„ Vous

,, Vous vous récriez sur l'épithète de
,, *laborantes*, & vous dites : *Quelle quanti-*
,, *té de neige ne faut-il pas qu'il y ait, pour*
,, *que des arbres en soient surchargés* * ? Le
,, beau raisonnement ! Quel est le petit
,, écolier d'Humanité qui ne sache pas
,, que les Poëtes peuvent, & doivent mê-
,, me présenter aux Lecteurs des idées
,, plus hardies, & exprimées par des mé-
,, taphores plus fortes , que celles dont
,, se servent les Historiens , & même les
,, Orateurs ? C'est pourquoi Virgile, dans
,, un Ouvrage que vous reconnoissez être
,, véritablement de lui, fait regretter à †
,, un taureau la mort de son compagnon ;
,, il ne se contente pas de rendre le la-
,, boureur affligé de la perte de cet ani-
,, mal. Les illustres Modernes ont imité
,, les Anciens. Racine anime les ondes
,, de

---

* *Quantam vero necesse est esse nivium copiam,*
ut sub his silvæ laborent? Et tamen Dacerius : ce
laborantes est fort beau, *centies sic exclamat, nec*
tamen fere alibi, quam ubi culpandus est Vates,
inexacte scribit. Idem , *ibid. pag.* 333. *col.* I.

† *Ecce autem duro fumans sub vomere taurus*
  Concidit, & mixtum spumis vomit ore cruo-
  rem ,
  Extremosque ciet gemitus ; it tristis arator ,
  Mærentem abjungens fraterna morte juvencum,
  Atque opere in medio defixa relinquit aratra.
  Virg. Georg. *Lib. III. sub. fin.*

„ de la mer : *Le flot qui l'apporta, recule*
„ *épouvanté.* * BOILEAU repréſente un
„ pupitre comme un monſtre capable de
„ ſentiment : †

„ *A ce terrible objet , aucun d'eux ne con-*
„ *ſulte.*
„ *Sur l'ennemi commun ils fondent en tu-*
„ *multe :*
„ *Ils ſapent le pivot qui ſe défend en vain ;*
„ *Chacun ſur lui d'un coup veut honorer*
„ *ſa main.*

„ Dacier a donc eu raiſon de ſoutenir
„ que l'épithète *laborantes* étoit très poé-
„ tique. Si l'on vouloit la rendre en
„ François dans toute ſa force , il fau-
„ droit ſe ſervir d'un verbe au lieu d'un
„ adjeĉtif, & dire, *les arbres gemiſſent ſous*
„ *le poids de la neige.* On conſerveroit
„ alors l'idée du Poëte Latin , qui pré-
„ ſente à l'eſprit une image auſſi belle
„ que poétique. Vous n'en avez pas ſenti
„ tout le prix : ce n'eſt pas la faute d'Ho-
„ race , & encore moins celle de ſon
„ Traduĉteur.
„ VOUS trouverez ſans doute que je
„ ſuis peu complaiſant dans l'examen de
„ vos défauts ; mais je vous tiens paro-
„ le ;

* Racine, *Phedre*, Tragedie, Aĉt. V.
† *Le Lutrin, Chant. IV.*

„ le : ainſi , vous ne pouvez vous plain-
„ dre de ma ſincérité. Je vous ai déjà
„ donné des preuves évidentes que vous
„ étiez Critique ridicule & Humaniſte
„ ignorant; paſſons plus avant. Votre
„ Traité des *Athécs découverts* ſervira éter-
„ nellement à montrer juſqu'où peut 'al-
„ ler l'extravagance d'un Théologien ,
„ qui ſe laiſſe emporter à la fougue de
„ ſes paſſions , & qui ſacrifie l'honneur ,
„ la probité & la raiſon au plaiſir d'in-
„ jurier les gens qu'il n'aime pas. Ce
„ qu'il y a de plus ſurprenant dans votre
„ folie, c'eſt que vous étiez auſſi charmé
„ de découvrir toute la Religion Chré-
„ tienne dans les Ecrits des Païens , que
„ de voir l'Athéiſme dans ceux des plus
„ reſpectables Modernes. Vous préten-
„ diez , par exemple , que le Pere Tho-
„ maſſin étoit un Athée , parce qu'il di-
„ ſoit que *le Livre de la Sageſſe éternelle*
„ *n'eſt autre que le Verbe divin, & cette Lu-*
„ *mière céleſte qui éclaire continuellement tous*
„ *les hommes, & leur fait voir dans le fonds*
„ *de leur cœur ce qu'ils ne voient pas toujours*
„ *dans les Livres ; qu'il faut mépriſer ce*
„ *Monde qui n'eſt que vanité, & ne s'occuper*
„ *que de l'éternité* *. Peu de gens verront
„ l'Athéiſme dans ce paſſage ; ils ne décou-
„ vri-

* Joannis Harduini Opera Varia &c. Athei
detecti, Lud. Thomaſſinus, *pag.* 41. *col.* 2.

,, vriront pas davantage la Religion Chré-
,, tienne, où Horace , parlant de Prome-
,, thée qui déroba le Feu facré , s'expli-
,, que dans ces termes. *Il n'eſt rien que ne*
,, *tentent les audacieux mortels ; ils veulent*
,, *monter juſques dans les Cieux , & leurs*
,, *crimes ſont cauſe que Jupiter ne laiſſe ja-*
,, *mais repoſer ſon tonnerre* *. Selon vous ,
,, *C'eſt-là une alluſion à la Religion Chrétien-*
,, *ne. Nos fautes nous empéchent d'aller au*
,, *Ciel ; cependant nous prétendons y arriver ,*
,, *quoique nous ne permettions pas que Jupiter*
,, *laiſſe repoſer ſon tonnere. Quoi de plus clair,*
,, *ajoutez-vous, que le ſens de ces vers ? Ils*
,, *déſignent clairement le Chriſtianiſme , qui*
,, *promet une récompenſe dans le Ciel à ceux*
,, *qui auront vécu ſaintement* †. En vérité
,, je ne comprends pas comment votre
                                    ,, folie

---

* *Nil mortalibus arduum eſt :*
  Cælum ipſum petimus ſtultitia: neque
  Per noſtrum patimur ſcelus
  Iracunda Jovem ponere fulmina.
  Horat. Odar. *Lib. I. Ode III.*

---

† *Adeò , inquit , nihil mortalibus ardui eſt , ut*
Cælum ipſum ſtulti incolere cupiamus , quamvis per
noſtra ſcelera Jovem cogamus nunquam de manibus
ponere fulmina. Ex Chriſtiana Religione hic ſenſus
eſt , quæ copioſam pollicetur mercedem in Cælis , his
qui vitam ſanĉte compoſuerint. Joannis Harduini
Opera varia, &c. Animadverſiones in Lib. I.
Odar. Horatii, *pag.* 332. *col.* 1.

Tome V.   B

„ folie a pû aller auſſi loin. Rien n'eſt ſi
„ oppoſé à la Religion Chrétienne que
„ ce paſſage , puiſque le Poëte traite de
„ crime le deſſein que les hommes ont
„ de monter au Ciel , & que c'eſt-là une
„ des principales fautes pour leſquelles
„ Jupiter met les foudres en uſage. Il
„ faut avoir perdu totalement le bon ſens,
„ pour chercher autre choſe dans ce paſ-
„ ſage que la fable de Promethée.

„ Il me reſte encore à prouver que
„ vous avancez les faits les plus faux ;
„ voici un exemple de vos impoſtures.
„ Quelques Copiſtes ont mis dans l'Ode
„ II. du Livre I. le mot *Mauri* au lieu de
„ *Marſi*. Dacier a corrigé cette faute ſur
„ pluſieurs anciens Manuſcrits ; vous
„ avez eu l'effronterie de le taxer d'a-
„ voir ſuppoſé ce qui n'étoit point * : &
„ cependant votre menſonge eſt prouvé,
„ non ſeulement par trois Manuſcrits qui
„ ſont dans la Bibliothéque du Roi, mais
„ par

---

* *Quem juvat clamor, galeæque læves,*
Acer & Mauri pedicis cruentum
Vultus in hoſtem.
Horat. *Lib. I. Ode II.*

*Ita Libri omnes: mentiente Dacerio in vetuſtis
Editionibus legi* Marſi *non* Mauri. *Sed* Mauri *Vates ſolius metri cauſa ſcripſit.* Harduinus, *ibid. pag.*
331. *col.* 1. *ſub fin.*

„ par un des plus anciens & des plus
„ corrects qu'il y ait au Vatican.

„ JE dois enfin, pour achever votre
„ portrait, prouver que la plûpart de
„ vos remarques font puériles. Si je vou-
„ lois faire mention de toutes celles qui
„ font contre le bon fens, il faudroit que
„ je critiquaſſe prefque toutes vos Oeu-
„ vres poſthumes. Je me contenterai donc
„ de vous en rappeller deux. La pre-
„ mière eſt celle que vous faites ſur les
„ prodiges qui arriverent après la mort
„ de Céſar, parmi leſquels Horace met
„ la quantité ſurprenante de neige qu'il
„ tomba. Vous prenez le ton badin qui
„ ne vous convient nullement, & vous
„ vous récriez beaucoup. *Quoi!* dites-
„ vous, *eſt-il ſurprenant qu'il tombe de la*
„ *neige pendant l'hyver; & cela doit-il épou-*
„ *vanter le genre humain* * ? Non. Il eſt
„ certain qu'il n'y a rien d'extraordinai-
„ re à voir neiger dans le mois de Jan-
„ vier; mais s'il tombe trente ou quaran-
„ te

---

* *Jam ſatis terris nivis atque diræ*
Grandinis miſit Pater, & rubente
Dextera ſacras jaculatus arces
Terruit urbem.

Ridicule nivis quantalibet copia inter prodigia &
oſtenta reponitur: Et grando bieme, quando &
nix decidit, quid babet diri, quod terrere urbem
poſſit? Harduinus, *ibid.*

B 2

,, te pieds de neige , alors il y a de quoi
,, épouvanter les peuples. On eſt fort ac-
,, coutumé à la pluïe ; cependant ſi elle
,, devenoit ſi forte , que l'eau montât juſ-
,, qu'au ſecond étage des maiſons , au-
,, roit-on tort d'avoir peur , & de regar-
,, der cette pluïe comme un prodige ?
,, Avoüez naturellement que votre re-
,, marque eſt du dernier ridicule. Celle
,, que vous faites ſur l'Ode de la naviga-
,, tion qu'Horace adreſſe à Virgile , ne
,, vaut pas davantage. Vous prétendez
,, que cette Ode eſt ſuppoſée , parce que
,, le Poëte , après avoir parlé de Virgile
,, dans les huit ou dix premiers vers, ne
,, parle plus enſuite que de la naviga-
,, tion & de l'intrépidité des matelots *.
,, Je vous jure par Belſébuth , & par no-
,, tre Fondateur Ignace , que je n'ai ja-
,, mais rien entendu , ni lû d'auſſi comi-
,, que que cette remarque. Je ne vous
,, dirai pas qu'on voit bien que quoique
,, vous vous mêliez de critiquer les Poë-
,, tes , vous ignorez abſolument la maniè-
,, re dans laquelle il faut que leurs Ou-
　　　　　　　　　　　,, vrages

* *Virgilium mittit Athenas , ne Virgilio creda-
tur minus cognitus fidicen Lyricus , quam Scriptor
Sermonum & Epiſtolarum. At præter breve votum,
quod initio præfigitur , pro felici navigatione , re-
liqua Ode de navigantium audacia eſt , quæ nibil ad
Virgilium pertinet , aut ad rationem ſuſcepti itine-
ris.* Idem , *ibid. col.* 2.

„ vrages foient écrits. L’Ode demande
„ une efpèce d’enthoufiafme :

„ *En elle un beau defordre eft un effet de*
„   *l’art* *.

„ Vous en voudriez faire une tirade de
„ complimens ; on vôit dans cela une
„ marque de votre bon goût. Mais enfin,
„ laiffons ce nouveau genre de Poéfie,
„ bon à l’ufage des courtifans & des fol-
„ liciteurs de procès, & voions fi parce
„ qu’il n’eft fait mention d’une perfonne
„ que dans les huit premiers vers d’une O-
„ de, elle doit paffer pour fuppofée. Si ce-
„ la eft, l’Ode fur la Raifon, que Rouffeau
„ adreffe au Marquis de la Fare, n’eft pas
„ de ce Poëte, & dans toutes celles de
„ la Mothe je ne penfe pas qu’on en
„ trouve huit ou dix qui ne foient pas
„ fuppofées. „

* Defpreaux, *Art Poétiq.*

✳✳✳✳✳✳✳✳✳✳✳✳✳✳✳✳✳✳✳✳✳✳✳✳✳✳✳

LETTRE CENT QUARANTE-ET-UNIEME.

„SUITE DU DIALOGUE EN-
„TRE HARDOUIN ET JE-
„ROME XAVIER.

„ JÉROME XAVIER.

„ QUELQUE incommodé que vous me
„ trouviez, j'examinerai encore quel-
„ ques - unes de vos critiques; elles font
„ toutes fi abfurdes, que fans me donner
„ la peine de les choifir, je prendrai les
„ premières qui s'offriront à mon efprit.
„ Vous vous mêliez de critiquer les Poë-
„ tes, & vous n'aviez pas les premières
„ notions de la Poéfie, ou du moins écri-
„ viez-vous comme fi vous ne les aviez
„ point. Par exemple, dans une *Ode* *
„ Ho-

---

* *O nata mecum Confule Manlio !*
  Seu tu querelas, five geris jocos,
  Seu rixam, & infanos amores,
  Seu facilem, pia tefta, fomnum.
  O nata mecum tefta !

Dictum ridicule, cum fenfus obvius talis dicti
fit

„ Horace dit, *O ma chere bouteille, née ainſi*
„ *que moi ſous le Conſulat de Manlius !* Il eſt
„ ridicule, dites-vous, *de vanter l'ancienneté*
„ *d'une bouteille. C'eſt de la vieilleſſe du vin,*
„ *dont on doit faire cas.* La belle remarque!
„ Voions encore ce que vous ajoutez peu
„ après. *Ce n'eſt pas la bouteille qui cauſe les*
„ *querelles, c'eſt le vin.* Il falloit que vous
„ en euſſiez beaucoup bû, ou que vous fuſ-
„ ſiez dans le délire lorſque vous faiſiez de
„ pareilles remarques. Hé quoi ! dans tous
„ les Poëtes nos contemporains n'aviez-
„ vous pas vû cent fois emploier des ex-
„ preſſions que vous condamnez & qui
„ vous font croire les Odes d'Horace ſup-
„ poſées? Ne connoiſſiez-vous pas les char-
„ mantes Cantates de Fuſilier ? N'aviez-
„ vous pas vû dans celle de Bacchus &
„ de l'Amour ?

„ *Quand Bacchus nous livre la guerre,*
„ *Gardons-nous bien de fuir ſes coups ;*
„ *C'eſt dans la bouteille & le verre,*
„ *Qu'on trouve des plaiſirs ſi doux.*

„ Que penſeroit-on d'un homme qui di-
„ roit aujourd'hui que cette Cantate n'eſt
„ point

ſit ætatem amphoræ eamdem ac Vatis eſſe ; nec tamen
laudari ſoleat amphoræ vetuſtas, ſed vini. Nec vero gerit amphora querelas vel jocos, ſeu rixam vel
ſomnum, ſine vino Harduin. Oper. Var. pag.
349.

B 4

,, point de Fuſilier, parce que ce n'eſt pas
,, dans le verre & la bouteille, mais dans
,, le vin qu'on trouve les plaiſirs, & qu'un
,, bon Poëte, comme lui, n'a pû ſe ſervir
,, de ces expreſſions vicieuſes? On traite-
,, roit un pareil Critique de fou & d'hom-
,, me qui n'a pas le moindre goût de la Poé-
,, ſie galante & badine. Appliquez-vous
,, ce qu'on lui diroit, & paſſons à une au-
,, tre de vos critiques. Pour celle-ci, elle
,, eſt la plus impertinente de toutes. *Ouï
,, Poſthume, mon cher Poſthume, dit Horace,
,, nos jours s'écoulent rapidement, & les plus bel-
,, les qualités, la piété, la droiture ne peuvent
,, éloigner la vieilleſſe, ni reculer l'inſtant de
,, notre mort.* La repetition du mot de *Poſt-
,, hume* vous choque étrangement. Il eſt ri-
,, dicule, dites-vous, de repeter deux fois
,, le même mot. Ne ſeroit-il pas déplacé
,, & riſible, ajoutez-vous, de dire *Tytire,
,, Tytire, nos ans s'écoulent?* Le mot de *Tytire*
,, que vous avez écrit, * vous devoit fai-
,, re

* *Eheu fugaces, Poſthume, Poſthume,
Labuntur anni! nec pietas moram
Rugis & inſtanti ſeneſtæ
Afferet, indomitæque morti* . . .

. . . . *Inepte prorſus, nec niſi metro cogente nomen
iteratum Poſthumi eſt. Nam cui placere poſſit,
Eheu fugaces, Tytire, Tytire; vel Mæcenas, Mæcenas; vel Auguſte, Auguſte, labuntur anni?* Id.
ibid. pag. 341.

„ re prendre garde à la fottife que vous
„ difiez, & vous auroit dû rappeller que
„ ces Poëtes fe fervent élegamment de
„ cette repetition dans certains endroits.
„ Ainfi Virgile dans un Ouvrage que vous
„ reconnoiffez être véritablement de lui,
„ dit: Ha! Coridon, Coridon, à quelle fo-
„ lie t'es tu livré!

„ *Ha Coridon, Coridon, quæ te dementia cœpit!*

„ DANS des endroits tendres, ou qui mar-
„ quent les regrets, cette repetition eft
„ fort noble; nous fentons même qu'elle
„ eft puifée dans la Nature, & rien n'eft
„ plus ordinaire que de voir un amant dire
„ à fa maitreffe. *Ha! Angelique, Angelique,*
„ *vous me trahiffez!* De même un homme,
„ frappé de la rapidité avec laquelle notre
„ vie s'écoule, dira fort bien à fon ami.
„ *Ha! Pofthume, Pofthume, nos jours s'éclip-*
„ *fent comme l'ombre.* *

„ JE vois qu'il vous tarde que je finiffe
„ l'examen de vos remarques; mais je ne
„ puis en vérité oublier celle qui fe pré-
„ fente

* Un des meilleurs Poëtes que la France ait
aujourd'hui, a dit:

Il eft, il eft auffi dans ce lieu de douleurs
Des cœurs qui n'ont aimé que leurs douces erreurs.
Voltaire, Henriade, Chant VII. *verf.* 200.
La repetition *Il eft, il eft,* eft très naturelle.

B 5

,, fente à mon efprit, tous les mots repe-
,, tés dans les vers vous bleffoient horri-
,, blement. Dans la II. Ode du IV. Livre,
,, Horace dit * que lorfque Céfar entrera
,, vainqueur dans Rome, lui, ainfi que tous
,, les Romains, célébreront un fi beau jour,
,, & s'écrieront plufieurs fois Triumphe,
,, triumphe. Le mot Latin de Io triumphe!
,, repond à nos Vive Louïs. Vous trouvez
,, cette repetition pitoiable, & vous croiez
,, que c'eft une médaille de Trajan qui a
,, donné cette idée au faux Horace. On lit
,, fur cette médaille, Trajan Empereur, Em-
,, pereur très bon, protecteur de la ville de Mar-
,, feille, Empereur très bon. Ces mots repetés,
,, dites-vous, ont été la caufe de la repeti-
,, tion

* Tuque, dum procedis, Io triumphe!
  Non femel dicemus, Io triumphe!
  Civitas omnis, dabimufque Divis
  Thura benignis.

Ridicula tum illa apoftrophe eft ad ipfum per fe
triumphum, tum geminatio illius dicti, Io triumphe, penuria melioris, quo verfum clauderet. Ficta ea porro exclamatio eft ex nummo Trajani Imp.
in quo fcriptum eft, hinc Tri, inde ump. in medio autem laurus, ad cujus latus utrumque Io eft,
hac fententia. Trajanus Imperator, Imperator
optimus: Urbis Maffiliæ Protector, Imperator
optimus. En unde ficta acclamatio, Io triumphe,
a coborte nimium feftinante, cum eruditionem vellet ex nummis colligere. Id. ibid. pag. 352.

„ tion de *Io triumphe*! Actuellement qu'il
„ ne nous eſt plus permis de déguiſer
„ nos ſentimens, avoüez, mon ancien
„ Confrere, qu'il falloit que vous extrava-
„ guaſſiez tout-à-fait lorſque vous cou-
„ chiez ſur le papier de pareilles ridicul-
„ tés. Eh! que ne diſiez-vous que tous les
„ Poëtes Grecs, qui avoient emploié dans
„ leurs Odes de ſemblables exclamations
„ repetées, avoient auſſi copié des mé-
„ dailles? Que ne prétendiez-vous que les
„ Poëtes modernes avoient fait la même
„ choſe, & que lorſque Rouſſeau, avoit
„ commencé un Epitalame par ces deux
„ vers,

„ *Io Himen, Io Himenée!*
„ *Favoriſez cette journée,*

„ Il avoit copié quelque médaille de
„ Trajan, ou plútôt quelque vieille piéce
„ de trente ſols du tems de Philippe le
„ Bel? Il falloit que vous vous figuraſſiez
„ que ceux pour qui vous écriviez, n'euſ-
„ ſent pas le ſens commun. Il ne faut qu'a-
„ voir la plus petite notion de la Poéſie,
„ & la connoiſſance la ſiplus mple de la
„ Langue Latine, pour ſentir combien la
„ repetition des mots *Io triumphe!* eſt na-
„ turelle. Souffrez que je vous récite ici
„ une ſtrophe entière où ils ſe trouvent,
„ & que j'appelle du Pere Hardoüin vivant
„ & inſenſé, au Pere Hardoüin, forcé chez
„ les Diables de dire la vérité.

„ *Tu-*

,, *Tuque dum procedis, Io triumphe!*
,, *Non femel dicemus Io triumphe!*
,, *Civitas omnis, dabimusque Divis*
,, *Thura benignis.*

,, Vous aviez de l'érudition, mon cher
,, Confrere ; mais vous n'aviez aucun goût,
,, point de délicateſſe, point de legéreté,
,, point de fineſſe ; vous vouliez juger des
,, Ouvrages des plus grands Poëtes, & vous
,, n'aviez aucune connoiſſance des beautés
,, de la Poéſie. On pouvoit vous appliquer
,, ce qu'a dit depuis vous, un excellent Au-
,, teur : * *Pour juger des Poëtes, il faut ſen-*
,, *tir, il faut être né avec quelques étincelles du*
,, *feu qui anime ceux qu'on veut connoître ; com-*
,, *me pour décider ſur la Muſique, ce n'eſt pas aſ-*
,, *ſez, ce n'eſt rien même de calculer en Mathéma-*
,, *ticien la proportion des tons, il faut avoir de*
,, *l'oreille & de l'ame.* Si vous aviez penſé auſ-
,, ſi fenſément que cet Auteur, vous ne
,, vous feriez point mêlé de décider ſur des
,, matières où vous étiez un véritable igno-
,, rant ; vous n'auriez point dit qu'il fal-
,, loit † que le faux Horace qui a fait les
,, *Odes,*

* Voltaire, *Eſſai ſur le Poëme Epique.*

† *Gens quæ cremato fortis ab Ilio.*
 Jactata Tuſcis æquoribus, ſacra,
 Natoſque, maturoſque patres,
 Pertulit Auſonias ad urbes.

Immo

,, *Odes*, n'eût jamais eu aucune connoiffan-
,, ce de *l'Enéïde*, parce que l'Auteur de *l'E-*
,, *néïde* fait aborder la flote d'Enée en Sici-
,, le & en Lybie , & que l'autre la fait al-
,, ler tout droit dans la mer de Tofcane.
,, Un écolier qui connoît tant foit peu les
,, règles épiques, ne fait-il pas qu'un Poëte
,, eft le maître dans un Poëme de feindre
,, des évenemens purement imaginaires
,, pour orner fon Ouvrage, & de faire par-
,, courir des païs à fon héros, où il n'alla
,, jamais ? Que diroit-on d'un homme qui
,, prétendroit que l'Auteur du *Télemaque*
,, n'avoit jamais lû l'Odiffée, puifqu'il prête
,, à Uliffe certaines chofes qui ne font point
,, dans le Poëme Grec ? Il faudroit donc
,, que les Poëtes fe copiaffent toujours les
,, uns les autres, s'ils devoient fuivre la
,, vérité de l'Hiftoire, ou paffer pour n'a-
,, voir pas lû ceux qui ont écrit des Ou-
,, vrages qui y étoient conformes. L'Au-
,, teur de la *Henriade* , qui fait paffer Hen-
,, ri

Immo vero , non ab Ilio cremato , fed ante ob-
feffum , Aufonii Troja gens miffa coloni fuere ,
ut Virgilius cecinit in Georgicis. Maturi patres ,
pro fenes, inepta & puerilis ad verfum explendum
circumlocutio eft. Denique claffem Trojanam jac-
tatam in Tufco mari fuiffe , non equidem negave-
rim: fed fi ita eft, non vidit Æneidem Pfeudo-
Horatius, quæ jactatam Æneæ claffem, non Tufco
mari refert, fed in Siculo Libycoque ultra Siciliam.
Id. ibid. *pag.* 353.

,, ri IV. en Angleterre, où il ne fut jamais
,, réellement, n'auroit donc pas ouvert
,, un feul Volume, & ignoreroit tout
,, ce qu'ont écrit les Auteurs contempo-
,, rains de ce Prince.

,, EN voilà affez, je n'ajouterai plus qu'un
,, mot. Je ne fais pas pourquoi vous ne
,, vous êtes pas contenté de fuppofer deux
,, Horaces, & qu'il vous a plû d'en mettre
,, quatre * au lieu d'un feul. Vous préten-
,, diez que le véritable étoit l'auteur des
,, Satyres & des Epîtres, que le fecond avoit
,, fait les Odes, le troifième les Epodes, &
,, le quatrième l'Art Poétique. Ce qu'il y
,, avoit de plus fingulier, c'eft que vous
,, fouteniez que l'Art Poétique avoit été fait
,, par un Poëte du quatorzième ou du quin-
,, zième fiécle ; qu'il étoit plein † de Galli-
,, cifmes.

* Alterius Vatis iftud effe opus de Arte Poetica arbitramur, quam funt Libri Carminum, vel
Epodon; ita ut nifi me mea fallit conjectatio, non
unum jam Horatium habeamus, fed omnino quatuor. Primum antiquiffimum & genuinum, qui
Sermones fcripfit & Epiftolas, tres reliquos,
recentes ac fuppofititios, quamvis ejufdem ævi: u-
num, qui Carmina fcripferit, alterum qui Librum
Epodon, tertium qui de Arte Poetica ad Pifones.
Id. ibid. pag. 361.

† Cui lecta potenter erit res,

Et potenter pro fecundum vires, & res pro ar-
gumen-

„ *cifmes.* Il y a grande apparence qu'on
„ connut, & qu'on pratiqua alors les rè-
„ gles qu'Horace a données; il y paroît
„ par les pitoiables Ouvrages des Poë-
„ tes de ce tems. Je le repete, il fal-
„ loit que vous priffiez les hommes pour
„ des imbécilles. Notez, s'il vous plait,
„ que vous reconnoiffiez que *l'Art Poé-*
„ *tique* eft un excellent Ouvrage. * Je
„ crois m'être dégagé de ce que je vous
„ avois promis: fi vous n'êtes pas con-
„ tent de votre portrait, ce n'eft pas
„ ma faute; il eft peint d'après nature.

gumento dicitur inepte. Potenter, puiffamment,
Gallicifmus eft.

* *Tametfi autem diftat plurimum hoc Opus a ve-*
na ingenioque Horatii, tamen longe fuperat dili-
gentia & dicendi facultate Scriptores Carminum
& Epodon: *aut fi fcripfiffe idem* Carmina *exifti-*
mandus eft, hic vicit feipfum. Id. ibid. pag. 362.

LET-

❊❖❊❖❊❖❊❖❊❖❊❖❊❖❊❖❊❖❊

LETT. CENT QUARANTE-ET-DEUXIEME.

„SUITE DU DIALOGUE EN-
„TRE HARDOUIN ET JE-
„ROME XAVIER.

„HARDOUIN.

„ JE vous ai écouté avec beaucoup de
„ patience, & sans vous interrompre ;
„ je me flatte que vous voudrez bien
„ agir de la même manière. Je vais à
„ mon tour faire l'analyse des Ouvrages
„ que vous avez supposés.

„ Dans *le faux Evangile* que vous avez
„ publié en Perse, & dans l'*Histoire de
„ St. Pierre* que vous avez écrite, votre
„ but a été d'établir tous les faux Mira-
„ cles qu'on lit dans les *Légendes*, d'au-
„ toriser toutes les Traditions les plus
„ fausses, & d'établir la primauté du Pa-
„ pe sur les ruines de l'Ecriture. Je crois
„ que si je prouve clairement ces trois
„ griefs, vous ne me disputerez plus
„ d'être moins criminel que vous. Je
„ commence par examiner le premier,
„ & je vois que vous avez inféré dans
„ votre *Evangile* apocryphe toute la fa-
„ ble

„ble que les Dominicains, avides d'or
„ & d'argent, ont inventée fur la Ma-
„ delaine. Non feulement vous affûrez
„ qu'elle alla réellement en Provence
„ où elle mourut ; mais vous racontez
„ toutes les hiftoires qu'ont débitées les
„ Moines, & vous affûrez que les Anges
„ la portoient fept fois par jour dans le
„ Ciel *. Voilà des voïages, qui font
„ pour le moins auffi mal autorifés que
„ mes critiques, & je ne comprends pas
„ comment vous avez ôfé inférer une
„ pareille fable, auffi contraire au bon
„ fens & à la Religion, dans un Livre
„ auquel vous aviez donné le titre d'*Hif-*
„ *toire de la Vie de Jéfus-Chrift.* Je m'é-
„ tonne qu'en faifant la rélation du voïa-
„ ge

* *Et poftquam Jefus-Chriftus in Cœlos iviffet, Judæi ipfam* (Magdalenam) *e Regione fua ejecerunt, & navi impofitam relegarunt. Illa eadem navi ad Emporium, Maffiliam dictum, quod in Regno Franciæ eft, pervenit, atque in illa terra Chriftum & Evangelium ejus prædicavit, multofque ad Religionem ejus perduxit. Tunc montem quendam elegit, ibique triginta annis cum fumma abftinentia & cultu meditationis in Crypta vixit, & fingulis diebus fepties eam Angeli in Cœlos portabant.* Hiftoria Chrifti, Perfice confcripta, fimulque multis modis contaminata, a P. Hieronimo Xavier, Soc. Jefu, Latine reddita, & animadverfionibus notata, a Ludovico de Dieu, *Part. II.* *pag.* 254.

„ ge de la Madelaine à Marseille , vous
„ n'aiez pas fait mention des contes qu'on
„ débite fur St. Maximin , que les Domi-
„ nicains lui donnent pour Ecuïer dans
„ fa route.

„ VENONS au fecond grief qui regarde
„ les faufies Traditions. *La nuit de la*
„ *naiffance de Jéfus*, dites-vous, *il arriva*
„ *à Rome deux évenemens remarquables. Le*
„ *premier, c'eft qu'une fontaine d'huile parut*
„ *tout-à-coup au milieu de la ville, qu'elle*
„ *coula plufieurs jours, & forma un torrent*
„ *qui s'alla jetter dans la mer. Le fecond,*
„ *c'eft qu'on ferma le Temple de Janus* *.
„ Baronius, & les autres Savans qui ont
„ parlé du premier prodige, convien-
                                „ nent

---

* *Ita nocte Nativitatis, duæ res mirandæ con-*
tigerunt. Una, quod eodem tempore quo Chriftus
Betlehemi natus eft, in urbe Roma fons olei oliva-
rum prodiit & fluxit, & torrens factus, Mari fe
conjunxit, & aliquot dies perduravit. Hoc fignum
erat natum effe in mundo Chriftum, fontem mifericordiæ, & reftauratorem neceffitatum & ægritudinum egentium. Altera, quod quoniam Octavius
Cæfar victoriofus bello fuerat, & fuper mundum
judicium & dominium cum fumma tranquillitate &
fecuritate exercebat, in fignum hujus, clauferunt
fores Templi Numinis fui, cui nomen Janus, id
eft Dominus claudendi & aperiendi opera, præfertim in negocio belli. Nam iftæ fores antea apertæ
fuerant in fignum quod pax non effet. Idem, *ibid.*
Part. I. pag. 70.

,, nent tous que s'il eft vrai qu'il foit vé-
,, ritable , il eft arrivé environ trente-
,, fept ans avant la naiffance du Meffie. Et
,, quant aux portes du Temple de Janus,
,, le même Baronius montre que c'eft-là
,, une fauffe Tradition ; & Jean Louïs de
,, Dieu , votre Critique , a prouvé que
,, la première fois que le Temple de Ja-
,, nus avoit été fermé , c'étoit 28. ans
,, avant que Jéfus fût né ; la feconde 23.
,, ans ; la troifième 8. ans ; & la quatriè-
,, me fous l'Empire de Néron , long-
,, tems après fa naiffance *. Vous voilà
,, donc

---

* *Baronius , in* Appar. ad Annal Ecclef. *tradit ex Eufebio contigiffe id tertio Triumviratus anno , id eft* 37. *circiter ante natum Chriftum annis. Ergo non ipfa Nativitatis noct̄e. Vide & Jefuitam Barradium* Concord Evangel. *l.* 8. *c.* 13. *Alterum , quod fores Templi Jani (quod Dominum claudendi & aperiendi negotia, præcipue belli fignificat) bactenus apertas , in fignum univerfalis pacis clauferint. Et boc negat Baronius ibidem contigiffe ipfa Nativitatis Chrifti noct̄e. Merito fane : nam id Cicero-nis , tunc Confulis , juffu fact̄um, cum devict̄o ab Augufto mortuoque Antonio , deditaque a Cleopatra Ægipto , Nuncium Romam effet delatum , quod* 28. *circiter ante natum Chriftum annis accidit. Secun-do claufum eft ab Augufto , Junio Silano , & Au-gufto Coff.* 23. *circiter ante Chriftum annis. Ter-tio a Senatu decretum , ut clauderetur , fed orien-tibus novis bellis impeditum , Julio Antonio , A. L. Fabio Maximo Coff.* 8. *circiter ante Chriftum annis.*

Poft-

,, donc encore convaincu d'autorifer les
,, Traditions les plus fauffes dans votre
,, faux *Evangile*.

,, Passons à l'article des Papes. Je ne
,, m'arrêterai pas à tous les menfonges
,, que vous avez dits dans l'*Hiftoire de St.*
,, *Pierre*, pour établir l'autorité Papale.
,, Je vous aurois paffé ces impoftures,
,, dont j'ai moi-même été coupable, fi
,, vous ne les aviez inferées que dans
,, l'*Hiftoire* apocryphe de cet Apôtre ;
,, mais je ne puis fouffrir que vous les
,, aiez répandues dans votre *Vie de Jéfus-*
,, *Chrift*, & que vous aiez effrontément
,, corrompu & altéré les véritables Ecri-
,, tures, en faifant faire des actions au Mef-
,, fie, dont les Ecritures ne font aucune
,, mention. *Le Chrift, dites-vous, ne baptifa*
,, *que Pierre. Pierre baptifa tous les autres A-*
,, *pôtres, & ceux-ci tous ceux qui croioient en Jé-*
,, *fus-Chrift* *. Apprenez-moi de grace, où
,, avez-vous pris ces circonftances ? A-
,, viez-vous donc oublié qu'il n'en eft fait
,, aucune mention dans l'Ecriture ? Non
,, fans doute ; mais vous vouliez, comme
,, le

Poftea demum diu poft Chriftum, fub Nerone clau-
fum. Lud. de Dieu Animadverf. in Excerpta ex
Hift. Chrifti, *pag.* 169.

* *Chriftus folum Petrum baptizavit, Petrus re-*
liquos Apoftolos omnes alios qui in Chriftum crede-
bant. Hiftoria Chrifti Perfice confcripta, &c.
pag. 154.

„ le remarque fort bien Louïs de Dieu,
„ établir la primauté du Pape *. Un men-
„ fonge de plus ne vous faifoit pas pei-
„ ne, & vous regardiez comme un grand
„ coup de faire baptifer tous les autres
„ Apótres par St. Pierre.

„ JUGEZ à préfent, fi vous ne devez
„ pas être en horreur, non feulement à
„ tous les gens de Lettres, mais encore
„ à tous les véritables Chrétiens. Du
„ moins, fi j'ai voulu détruire les an-
„ ciens Écrivains, j'ai toujours refpecté
„ l'*Evangile*, & j'ai bien été éloigné de
„ vouloir le corrompre, & en fabriquer un
„ nouveau, rempli d'impoftures & d'im-
„ pertinences. Il faut avoüer que vous
„ étiez un plaifant Apôtre, & que vous
„ donnez aux gens de fens une grande
„ idée des Miffionnaires de la Société.

„ JÉROME XAVIER.

„ SI j'ai fait un mauvais Livre, du
„ moins eft-il encore incertain aujour-
„ d'hui dans le Monde fi j'en fuis l'Au-
„ teur. Nos Confreres foutiennent fer-
„ me-

* *Nibil folidi babet hæc affertio. S. Job. 4. 1.
afferit Chriftum ipfum non baptizaffe. Unde ergo
Petrum baptizaffe fcitur? Et quidem folum? Fictum
id ab iis qui primatum Petri fulcire ambierunt.*
Lud. de Dieu Animadverf. in Excerpta ex Hiftoria Chrifti, *pag.* 601.

,, mement que je n'y ai aucune part. Un
,, des plus favans a dit beaucoup d'inju-
,, res à Jean de Dieu, il l'appelle fix ou
,, fept fois de fuite *Hollandois*, parce qu'il
,, fe figure que ce nom eft très odieux.
,, *Quel eft-celui*, dit-il, *qui a apporté ce Li-*
,, *vre en Europe?* C'eft un Hollandois. *Quel*
,, *eft celui qui l'a gardé dans fa Bibliothéque?*
,, Un Hollandois. *Quel eft celui qui l'a don-*
,, *né au Public? Un* Hollandois * ? Après
,, cela, n'eft-on pas en droit de foup-
,, çonner que cet Ouvrage a été fauffe-
,, ment imputé à un Jéfuite par un en-
,, nemi de la Société. On ne peut point
,, au contraire révoquer en doute fi vous
,, êtes l'Auteur des Oeuvres pofthumes
,, qui ont paru fous votre nom. Nos
,, Confreres ont été forcés d'en conve-
,, nir, & tout ce qu'ils ont pû faire,
,, pour éviter l'indignation du Public,
,, c'eft de publier qu'ils les defapprou-
,, voient.

,, HAR-

---

* *Primum, qui probare poteft vere ab eo con-*
fcriptum illud quidquid eft Libri fuiffe? Quid fi id
neget aliquis? Quid fi Commentum id effe dicat
cujufdam hominis & illius Societatis inimici? Vides
profecto, Lector, quam non fit abfurda fufpicio: fic
enim fe res habet. Qui funt illi, a quibus Schedæ
iftæ defcriptæ, & ex Oriente ultimo in Europam appor-
tatæ funt? Batavi. Quis has in fcriniis fuis con-
fervavit? Homo Batavus. Quis in publicum edi-
dit?

,, H A R D O U I N.

,, V o u s vous flattez en vain qu'on
,, doute encore aujourd'hui que vous
,, foiez le véritable Auteur du faux *É-*
,, *vangile* qu'on vous impute. Tous les
,, Savans, foit Catholiques, foit Réfor-
,, més, fe réüniffent en ce point. Le
,, docte Fabricius a donné une verte ré-
,, primande à votre défenfeur le Pere
,, Petau ; il fe moque de la hardieffe
,, qu'il a eue de nier un fait avéré, &
,, de la puérile déclamation par laquelle
,, il croit obfcurcir la vérité *. Le favant
,, Richard Simon n'a pas héfité à vous
,, attribuer les deux Ouvrages que vous
,, penfez pouvoir defavoüer. *Je ne crois*
,, *pas,* dit-il, *qu'on doive mettre au nombre*
,, *des Verfions du Nouveau Teftament,* écri-
,, tes

dit? Batavus. *Vid.* Petavium de Incarnat. *Lib.*
XIV. 7.

* *Unum adhuc fupererat ut Dionyfius Petavius*
etiam auderet negare bona fide Dieufium Batavum
egiffe, nec Scripta illa Xaverii effe : fed frigidæ Pe-
tavii declamatiunculæ, & inani fufpicioni oppones
Bibliothecæ Jefuiticæ Autores, nec Batavos illos,
nec Societatis fuæ inimicos, qui etfi Animadverfiones
Ludovici de Dieu pro humanitate fua rogo dignas
bæreticafque pronunciant, Hiftorias ipfas tamen
Xaverii effe minime diffitentur. Fabricii Codex
Apocriph. *Tom. II.* Paragr. 35. *pag.* 820.

C 4

„ tes en *Perſan* , *le Livre du Pere Jérôme*
„ *Xavier, Miſſionnaire Jéſuite* , *qui contient*
„ *la* Vie de Jéſus-Chriſt. *On ne peut nier*
„ *qu'il n'eût été plus à propos de traduire en*
„ *Perſan le Texte pur des Evangiles, que de*
„ *donner un mélange de ces Evangiles & de*
„ *Piéces apocryphes ſous le titre de l'*Hiſtoire
„ *de* Jéſus-Chriſt. *Jérôme Xavier a auſſi*
„ *compoſé un Ouvrage ſemblable* , *intitulé*
„ L'Hiſtoire de St. Pierre , *qui n'eſt pas*
„ *écrite avec plus d'exactitude* *. Voiez ſi
„ après des atteſtations pareilles , beau-
„ coup de gens doutent encore que vous
„ ſoiez le véritable Auteur d'un faux *E-*
„ *vangile.* La Société elle-même en con-
„ vient aujourd'hui ; ainſi , de quelque
„ manière que vous tourniez les choſes ,
„ vous êtes toujours cent fois plus cri-
„ minel que moi. „

* Richard Simon , Hiſt. Critiq. du Nouv.
Teſtam. *Liv. II. Chap. XIV. pag.* 206.

LETTRE CENT QUARANTE-TROISIEME.

„FIN DU DIALOGUE ENTRE HAR-
„DOUIN ET JEROME
„XAVIER.

„ H A R D O U I N.

„ JE vois que vous souffrez impatiem-
„ ment que j'apprécie d'une manière
„ si juste les Ouvrages que vous avez
„ supposés ; il faut pourtant que je vous
„ rappelle encore quelques-uns des en-
„ droits qui choquent le plus , & qui
„ ont fait crier le Public non seulement
„ contre vous, mais contre tous nos an-
„ ciens Confreres , parce qu'on a cru y
„ entrevoir que vous établissiez des faits
„ que le Corps de la Société semble
„ favoriser. Tout le monde se plaint
„ qu'ils cherchent à faire rendre à la
„ Vierge un culte aussi grand qu'à son
„ Fils ; qu'ils débitent à ce sujet mille
„ contes fabuleux ; qu'ils publient plu-
„ sieurs Livres pour abuser de la trop
„ grande crédulité de leurs dévots , &
„ sur-tout de la foiblesse de leurs dévo-
„ tes. Vous êtes entré parfaitement dans

C 5 „ leurs

,, leurs idées ; car les Evangéliftes, atten-
,, tifs à parler des miracles & des pré-
,, ceptes de *Jéfus-Chrift* , n'ont pas cru
,, qu'il fût néceffaire de remplir leurs Ou-
,, vrages de digreffions inutiles , & de
,, faire le portrait de la beauté de la Vier-
,, ge. Vous avez fuppleé habilement à
,, leur filence ; & compofant un Roman
,, que vous vouliez faire paffer comme
,, un Evangile , vous avez cru vous de-
,, voir conformer aux règles de ces for-
,, tes de Poëmes, & faire de là Vierge *
,, un portrait imaginaire , tel que ceux
,, des

* *Nunquam ex Evangeliftis (quippe qui folius Chrifti, non Mariæ, fervi ac præcones erant) didiciffent Indi cujus ftaturæ, formæ ac fpeciei fuerit Virgo. Intererat tamen, ad falutem credo, fcire. Nofter ergo fic eam depingit:* Maria fuit mediocris ftaturæ, triticei coloris, contracta facie, oculis magnis & ad cæruleum vergentibus, capillis aureis, manibus digitifque longis, pulchra forma, in omnibus proportionata, loquela convenienti, profpectu verecundo & eleganti, amabili amictu, pauperculo & mundo. Tanta in vultu ejus majeftas apparebat, ut impio cuidam & formidabili, vultum ejus intuenti, contigerit colligere fe & retrahere, & in alium mutari virum. *Miraculum hoc unde habeat, nefcio. Cætera & plura ex Epiphanio recenfet Nicephorus Lib. II. Cap. XXIII. Quæ omnia, quum non tantum divinæ non fint veritatis, fed & dubiæ admodum fidei, digna non erant quæ divinis & indubitatæ*

,, des héroïnes de la Calprende. Il eft vrai
,, que malgré tous vos efforts vous êtes
,, refté au-deffus de vos modèles ; &
,, puifque vous vouliez vous mettre au
,, rang des Scuderi & des Combrevilles,
,, vous deviez tâcher d'écrire entiére-
,, ment dans leur goût. Le portrait que
,, vous faites de la Vierge, reffemble
,, parfaitement à celui que Chapelain a
,, fait de la Pucelle d'Orléans. Voici com-
,, ment parle ce Poëte.

,, *On voit hors des deux bouts de ces deux*
,,   *courtes manches,*
,, *Sortir à découvert deux mains longues &*
,,   *blanches,*
,, *Dont les doigts inégaux, mais tout ronds*
,,   *& menus,*
,, *Imitoient l'embonpoint des bras ronds &*
,,   *charnus.*

,, Vous vantez fort auffi les mains &
,, les doigts longs de la Vierge. Cela fait
,, des mains feches ; vous auriez pû lui
,, en donner d'autres. Je ne fais point
,, auffi pourquoi vous lui faites les che-
,, veux couleur d'or & les yeux à demi
,, blancs ; tout cela eft fort mal imaginé,
,, & ne forme point une belle perfonne.
                              ,, Quant

---

tatæ fidei Evangelicis Scriptis afferentur. Hiftor.
Chrift. &c. *pag.* 557.

„ Quant à ce que vous dites que son air
„ étoit si doux & si rempli de majesté,
„ qu'il étoit impossible qu'un pécheur la
„ regardât sans se repentir de ses fautes,
„ il est fâcheux que l'Ecriture ne dise
„ rien de cela. Votre Critique s'est fort
„ récriez sur le prétendu miracle ; a-
„ voüez qu'il a eu raison de dire que
„ vous auriez dû respecter l'Ecriture, &
„ ne point allier les faits que vous en
„ avez tirés, avec ceux que vous forgiez,
„ ou que vous empruntiez de quelques
„ Auteurs , aussi peu judicieux & véri-
„ diques que vous.

„ Ce n'est pas dans le seul portrait que
„ vous avez fait de la Vierge que vous
„ avez donné prise à vos ennemis , ils
„ ont eu bien plus de raison de ce que
„ vous avez dit sur son accouchement ;
„ car non content d'avoir fait dans votre
„ faux Evangile une longue histoire sur
„ l'immaculée Conception , vous avez
„ prétendu * que l'accouchement de la
„ Vier-

* *Audi nunc rursus sollicitum admodum immacula-*
ti Virginis partus patronum. pag. 69. Virgo nul-
lum in hoc partu dolorem sensit, sed multum
gaudii & refocillationis spiritualis. Et sicut absque dispendio virginitatis in uterum matris intravit, sic summa cum integritate ejus, non ada-
perta via, exivit : sicut radius solis ex orbe tran-
sit, absque ut eum frangat. Voluit enim Filius
hic dominice nasci, & Matri suae, quæ propter
se

„ Vierge avoit été de même *immaculé*,
„ & que les conduits qui doivent souf-
„ frir

fe multa effet paffura, id gaudii & honoris dare, ut ab omnibus fœminis diftincta, & Virgo
effet, & Mater. Manfit enim & in partu, &
ante & poft partum virgo. *Quid fibi illa volunt*, ficut abfque difpendio virginitatis in uterum matris intravit? *Aliunde ne ergo Chriftus,*
ficut radii folares per vitri foliditatem fine ulla vi-
tri læfione, fic per integra Virginis clauftra in
uterum tranfiit? An in caftra Anabaptiftarum nof-
ter obiit, qui femen aliquod cœlefte in uterum Vir-
ginis delatum volunt, unde natura ejus humana
fit formata? Non tranfiit in uterum, qui ex folius
Virginis femine ac fanguine intra uterum contento
in utero eft conceptus. Nifi fortaffis tranfitum di-
cas, quo per venas & vafa fpermatica fanguis &
femen muliebre in uterum tranfeunt. Quod bic lo-
cum non habet, quia & antequam Chriftus concipe-
retur, facra Virgo in aliarum fœminarum morem
naturali ifti fluxui obnoxia fuit. Atque ea res fic
fe babet, ut & temerarius fit qui matricem Virgi-
nis in partu adapertam neget, neque in virginita-
tem ejus ullatenus fit injurius, qui id ftatuat.
Virginitatem ne lædit, quod fingulis menfibus fan-
guini expurgando fe pandat vulva? Cur eam ma-
gis lædat, quod fœtui proferendo idem faciat? Si
Sixtum Senenfem S. Bibliothecæ Lib. VI. Annot.
136. *&* 137. *confulere animus eft, reperies Orige-*
nem, Ambrofium, Tertullianum, vulvæ apertionem
Mariæ in partu tribuentes, idque ex loco Luc. II.
verf. 23. *quibus addo* Nicepborum *Lib. I. Cap.*
XII. *Ideo ne eam virginem aut negarunt, aut du-*
bita-

„ frir pour donner naiſſance aux enfans;
„ avoient toujours été fermés chez la
„ Vierge, lors même qu'elle mit *Jéſus*
„ au Monde. *Dieu*, dites-vous, *voulut*
„ *donner cette marque d'amour à ſa Mere, &*
„ *la diſtinguer de toutes les femmes; en ſor-*
„ *te qu'elle fût Vierge avant l'enfantement, &*
„ *qu'elle demeurât Vierge pendant l'enfantement*
„ *& après l'enfantement.* Loüis de Dieu a
„ raiſon de vous traiter de fanatique &
„ d'Anabaptiſte. Je ne rapellerai point
„ ici toutes les raiſons qu'il apporte pour
„ réfuter votre extravagante opinion, je
„ me contenterai de vous dire avec lui
„ que les Peres de l'Egliſe ont formelle-
„ ment enſeigné que l'accouchement de
„ la Vierge avoit été ſemblable à celui
„ des autres femmes, & que les parties
„ du corps avoient eſſuié les mêmes ac-
„ cidens.

bitarunt? *Virgo eſſe deſinit, non cui uterus aperi-*
tur, ſed cui ex viri coitu aperitur. Ab eo quæ
intacta manet, virgo manet. Sed & Origenem ibidem citat Sixtus, qui ex loco Lucæ. Cap. II. 22.
purgatione Mariam eguiſſe intrepide ſtatuit. Ideo ne
eam virginem negavit? Aut virgo non eſt, quæ a
menſtruo ſanguine purgari opus habet? Si hæc &
ſimilia ad honorem Mariæ Virginis pertinent, mi-
rum ſane tam negligentem Matris ſuæ fuiſſe Chri-
ſtum, ut quæ Xaverius tam magnifice prædicat &
iterat, in S. Literis ne attingi quidem curaverit,
quin & contrarium de ea ſcribi voluerit. Ibid.
pag. 568. & ſequent.

„ cidens. Ce n'eft pas qu'ils aient pré-
„ tendu pour cela que la Vierge avoit
„ jamais ceffé de l'être; car ils favoient
„ trop bien que c'eft la connoiffance
„ qu'une fille a avec les hommes qui lui
„ ôte fa virginité, & non point les ou-
„ vertures intérieures qui peuvent arri-
„ ver dans fa matrice. Croiez-vous que
„ fi votre opinion eût dû être néceffaire
„ à la confervation de l'honneur de *Ma-*
„ *rie* , les Evangéliftes n'en euffent point
„ fait mention, & qu'ils fe fuffent repo-
„ fés de ce foin fur vous, qui n'êtes venu
„ que feize cens ans après eux? Il y a
„ dans votre conduite autant d'audace
„ que de folie , d'ôfer fuppléer de votre
„ chef aux faintes Ecritures, & de vou-
„ loir vous établir de nouveaux articles de
„ foi. Allez, tous les crimes que vous me
„ reprochez , ne fauroient jamais appro-
„ cher de celui d'avoir ôfé falfifier fi grof-
„ fiérement l'Evangile. „

Je fouhaite, fage & favant Abukibak ,
que tu puiffes trouver dans cette difpute
quelque chofe qui te plaife.

Je te falue , en *Belfebuth* , & par *Bel-*
febuth.

Lettre Cent quarante-quatrieme.

Le Gnome Salmankar, *au Cabaliste* Abu-kibak.

TU fais, fage & favant Abukibak, que les hommes jugent ordinairement du mérite des Grands d'une manière bien oppofée à celle dont on penfe fur leur compte dans nos ténébreufes demeures. Ils fe laiffent féduire par quelques qualités brillantes, & placent au rang des ames les plus fortunées celles de certaines perfonnes qui font condamnées à refter plufieurs fiécles dans des prifons obfcures. Après la mort, les chofes changent bien de face ; on les voit dans ce Monde fouterrain dans un point de vûe tout différent de celui où on les regarde fur la terre.

Il eft peu d'Auteurs qui ne loüent exceffivement les Cardinaux de *Richelieu* & *Mazarin*. Le premier entre dans les éloges de tous les Académiciens ; il n'eft point d'année où l'on ne faffe publiquement fon panégyrique. Le fecond retrouve au Collège Mazarin ce qu'on donne à l'autre à l'Académie Françoife. Les Ré-gens

gens dans leurs harangues n'élevent pas
moins le Prélat Italien , que les Académiciens le François : tout Paris , & même tout le Roïaume applaudit aux éloges des défuntes Eminences ; cependant
elles font toutes les deux condamnées à
rester neuf cens ans dans nos ténébreuses
retraites * avant d'aller dans l'heureux
féjour des Silphes.

LE

* Je ferai ici une remarque, qui peut-être ne
fera pas inutile pour faire connoître combien
peu l'on doit ajouter foi aux loüanges des Poëtes. Monfieur de Voltaire, dans le *VII. Chant*
de fon excellent Poëme Épique, place dans les
Cieux les deux Cardinaux, que je loge avec
jufte raifon dans le ténébreux féjour des Gno-
mes. Ce qu'il y a de plus particulier , c'eft
que fur le fimple portrait qu'il en fait (portrait
très véritable) fi jamais gens ont mérité d'être
damnés , ce font ces Cardinaux. L'un étoit
implacable ennemi, ce font les termes de Mr. de
Voltaire ; l'autre, *fouple, adroit, & dangereux
ami*, tous deux *cruels à leur patrie*. Voilà de
beaux titres pour aller en Paradis ! Comptons
après cela, fur la place qu'y donnent les Poëtes.

*Henri dans ce moment voit fur les fleurs de lis
Deux mortels orgueilleux auprès du Thrône affis.
Ils tiennent fous leurs pieds tout un peuple à la
   chaine;
Tous deux font revêtus de la pourpre Romaine,*

LE Cardinal de Richelieu supporte impatiemment sa punition, il n'a point quitté en mourant son humeur fière & hautaine, il souffre à regret qu'on ne lui prodigue point ici les loüanges dont on l'accabloit sur la terre. Pour s'en consoler, il a grand soin de se faire réciter par les morts qui arrivent ici, les éloges que l'on fait de lui aux réceptions des Académiciens ; & quelque usés & ennuieux qu'ils soient, ils ne l'endorment point.

Tous deux sont entourés de gardes, de soldats.
Il les prend pour des Rois ... Vous ne vous trompez pas,
Ils le sont, dit Louis, sans en avoir le titre ;
Du Prince & de l'Etat l'un & l'autre est l'arbitre.
Richelieu, Mazarin, Ministres immortels,
Jusqu'au Thrône élevés de l'ombre des Autels,
Enfans de la fortune & de la politique,
Marcheront à grands pas au pouvoir despotique :
Richelieu, grand, sublime, implacable ennemi,
Mazarin; souple, adroit, & dangereux ami;
L'un fuiant avec art, & cédant à l'orage,
L'autre aux flots irrités opposant son courage,
Des Princes de mon sang ennemis déclarés,
Tous deux haïs du peuple, & tous deux admirés.
Enfin par leurs efforts, ou par leur industrie,
Utiles à leurs Rois, cruels à la Patrie.
Henriade. Chant. VII. vers. 323.

point. Ils les écoute avec autant de plaifir, qu'un Janféniste en a à ouïr le récit
des Miracles de St. Pâris.

Le Cardinal Mazarin au contraire, fe
foucie fort peu d'être loué, ni blâmé.
Un Poëte l'autre jour voulut lui réciter
des vers qu'il avoit faits pendant fa vie,
où il le plaçoit au-deffus des plus grands
Miniftres. *Mon Enfant, lui dit-il, évites-*
toi cette peine ; je ne fais pas plus de cas des
vers dans ce Monde que dans l'autre. Si tu
avois un moïen à me communiquer pour trou-
ver quelque groffe fomme d'argent, à la bon-
ne heure, je te ferois fort obligé. Le Cardinal de Richelieu, aïant entendu ce difcours, fe plaignit qu'on l'eût condamné
à la même peine qu'un Prélat, dont l'a-
varice avoit été fi nuifible à la France.
Mazarin fut piqué de cette réflexion, &
les deux Prélats eurent une difpute, dont
je t'envoie le récit.

„ DIA-

„DIALOGUE

„ENTRE LES CARDINAUX MAZA-
„RIN ET RICHELIEU.

„MAZARIN.

„Il vous convient peu en vérité de
„m'accuſer d'avoir fait les malheurs de
„la France. Avez-vous oublié ceux
„dont vous l'avez accablée, & dont elle
„ne pourra jamais ſe relever ? C'eſt
„vous qui lui avez donné des fers, vous
„avez aboli les privilèges de la Nobleſ-
„ſe, ſupprimé les Etats généraux, avili
„les Parlemens, appauvri les peuples ;
„que pouviez-vous faire de pis ? L'on
„doit vous regarder comme le deſtruc-
„teur des droits & des libertés de votre
„patrie. Si j'avois fait ce que vous avez
„exécuté, cela eût pû m'être pardonné.
„J'étois Italien, rien ne m'obligeoit à ſa-
„crifier mes intérêts à ceux des Fran-
„çois ; mais vous, qui étiez leur com-
„patriote, vous leur enlevâtes leurs plus
„beaux privilèges pour ſatisfaire votre
„ambition. Uniquement attaché à la
„Cour, vous oubliâtes qu'avant d'être
„Courtiſan, vous aviez été François, &
„que ce que vous deviez à votre Prince
„ne

„ ne devoit point vous empêcher d'a-
„ mer votre patrie. Avant vous, le peu-
„ ple pouvoit porter au pied du Thrône
„ les remèdes qu'il croioit utiles à fes
„ maux ; la Nobleffe affiftoit les Rois de
„ fes confeils ; les Magiftrats lui repré-
„ fentoient humblement la néceffité de
„ fuivre les loix, & lui expliquoient ce
„ qu'il pouvoit y avoir d'obfcur. Vous
„ avez anéanti à jamais ces droits fi
„ chers & fi utiles, vous avez élevé le
„ defpotifme & le pouvoir arbitraire fur
„ les triftes ruines de la puiffance Mo-
„ narchique.

„ R I C H E L I E U.

„ EN détruifant les privilèges de ma
„ patrie, je l'ai fervie utilement : j'ai af-
„ franchi le peuple du joug d'une infini-
„ té de petits tyrans qui le pilloient im-
„ punément. Il vaut bien mieux qu'il n'y
„ ait dans un Etat qu'un feul & unique
„ Maître, que deux ou trois cens petits
„ Souverains, qui abufent de leur cré-
„ dit & de leur pouvoir ; qui fe liguent
„ enfemble contre leur Maître commun,
„ dès qu'il veut les retenir dans leur
„ devoir. Avant que j'euffe abaiffé les
„ Grands, la France étoit toujours à la
„ veille d'être déchirée par des guerres
„ civiles : elle nourriffoit dans fon fein
„ un mal dangereux, qui tôt ou tard

D 3 „ l'au-

„ l'auroit détruite ; les troubles, qui agi-
„ toient depuis long-tems le Roïaume,
„ ne pouvoient être calmés que par de
„ violens remèdes. Pour rendre les Fran-
„ çois heureux, il falloit les obliger à vi-
„ vre tranquillement, & on ne les y pou-
„ voit contraindre, qu'en établiſſant le
„ pouvoir despotique ſur la ruine des
„ Grands & des Cours ſouveraines.

„ M A Z A R I N.

„ VOILÀ, je vous l'avoüe, une plaiſante
„ manière d'excuſer les maux que vous
„ avez faits à vos compatriotes. Hé
„ quoi ! Pour les rendre heureux, vous
„ n'avez pas cru trouver de meilleurs
„ moïens que de les aſſujettir à un pou-
„ voir arbitraire ? En ce cas-là, je m'é-
„ tonne que vous n'aiez pas regardé l'é-
„ tat d'un eſclave comme le plus fortu-
„ né. N'auriez-vous pas pû abaiſſer les
„ Nobles, ſans mettre la Nation entière
„ dans les fers ? Les Anglois n'ont rien à
„ craindre de leurs grands Seigneurs ;
„ cependant le deſpotiſme n'a point lieu
„ chez eux. D'ailleurs, vous croyez em-
„ pêcher les guerres civiles : vous avez
„ fort mal réüſſi dans vos deſſeins ; car
„ peu d'années après votre mort, ſous
„ la minorité de Louïs XIV. la France
„ fut agitée par de cruelles diviſions.
„ Pour rendre les hommes paiſibles, il
„ ne

„ ne faut pas les faire gémir fous un joug
„ dur & pénible , qu'ils ne fupportent
„ que jufques à ce qu'ils trouvent l'occa-
„ fion de s'en affranchir. Il n'y a pas de
„ païs , où les féditions foient plus fré-
„ quentes que dans les Etats où le Sou-
„ verain a un pouvoir fans bornes ; ra-
„ rement le regne des Sultans n'eft pas
„ marqué par quelque cataftrophe. Ain-
„ fi, tout le fang que vous fites verfer à
„ Caftelnaudari , à Montauban & à la
„ Rochelle , n'empêcha point que dans
„ la fuite le Prince de Condé ne prît les
„ armes , & que le Cardinal de Retz ne
„ fe mît à la tête des frondeurs. Je puis
„ vous protefter qu'après votre mort ,
„ je ne me reffentis point de toutes les
„ exécutions fanglantes que vous aviez
„ faites , & je ne m'apperçus plus de l'a-
„ baiffement des Grands , dès qu'ils pu-
„ rent trouver l'occafion de fe révolter.

„ R I C H E L I E U.

„ Je m'étonne que vous ôfiez me re-
„ procher la guerre que je fis aux Pro-
„ teftans, & que vous mettiez au nom-
„ bre de mes fautes le fang qui fut ré-
„ pandu au fiége de la Rochelle. La bon-
„ ne & faine politique n'exigeoit - elle
„ pas qu'il n'y eût qu'une feule Religion
„ en France ? Depuis près de cent cin-
„ quante ans, les deux qui y étoient éta-

D 4   „ blies ,

„ blies, fe coupoient la gorge; il falloit,
„ pour faire finir les meurtres, les maf-
„ facres, les incendies, en détruire une.
„ La raifon & la politique demandoient
„ que ce fût la plus foiblo ; heureufe-
„ ment c'étoit la Proteftante, & je trou-
„ vois par-là un moïen d'exécuter plus
„ aifément ce que je voiois être abfolu-
„ ment néceffaire , & qui convenoit au
„ pofte & à la dignité que j'occupois
„ dans l'Eglife Romaine. J'ai commencé
„ la glorieufe œuvre , que Louïs XIV. a
„ perfectionnée.

. „ M A Z A R I N.

„ Ni vous , ni ce Roi n'êtes venus à
„ bout de ce que vous prétendiez exécu-
„ ter. Vous vouliez affûrer une parfaite
„ conformité de fentimens parmi le peu-
„ ple fur ce qui concerne les matières
„ de Religion; mais vous deviez vous ap-
„ percevoir que cela étoit impoffible.
„ Pour empêcher les difputes de contro-
„ verfe, il falloit bannir les Théolo-
„ giens ; c'étoit-là le feul moïen. Dès que
„ vous fouffriez ceux d'une Communion,
„ vous deviez vous attendre qu'ils fe dé-
„ chireroient entre eux , quand ils ne
„ pourroient plus fe battre avec leurs
„ anciens adverfaires. La chofe eft arri-
„ vée , on a exilé, banni, ruiné les Pro-
„ teftans : à peine ont-ils été détruits,

„ que

„ que les Janféniftes leur ont fuccé-
„ dé. Cependant ceux qui font fortis du
„ Roïaume, ont porté ailleurs fon or,
„ fes richeffes, & fes manufactures. Le
„ banniffement des Proteftans a plus été
„ fatal à l'Etat, que la perte de deux
„ provinces. Les François réfugiés n'ont
„ pas médiocrement contribué aux per-
„ tes qu'effuia Louis XIV. dans les der-
„ nières années de fa vie ; voilà cette
„ grande œuvre qu'il a perfectionnée,
„ & que vous aviez commencée. J'étois
„ trop habile, & je connoiffois trop bien
„ les hommes, pour entrer dans une en-
„ treprife auffi inutile & auffi infructueu-
„ fe.

„ R I C H E L I E U.

„ QUOIQUE vous condamniez les gran-
„ des chofes dont je fuis venu à bout,
„ vous ne pourrez cependant refufer
„ à mes qualités perfonnelles l'éloge qu'el-
„ les méritent. Je fuis le pere des gens
„ de Lettres, j'établis la première & la
„ plus célèbre des Académies. J'étois
„ généreux, intrépide, & prefque auffi
„ bon foldat que favant Théologien. J'a-
„ baiffai la Maifon d'Autriche, & celle
„ de Bourbon doit éternellement me con-
„ fidérer comme le génie tutélaire qui
„ lui aide à prendre le deffus pour tou-
„ jours fur fa plus mortelle ennemie. Ce

D 5 „ font-

„ font-là des faits glorieux, dont tous
„ les Hiftoriens conviennent ; mais vous,
„ qu'avez-vous fait qui puiffe mériter
„ l'eftime de la poftérité ? Vous étiez
„ fourbe, avare, poltron, & qui pis eft,
„ voleur. Vous fîtes prier le Roi, en mou-
„ rant, de vouloir bien vous pardonner
„ de lui avoir pillé plufieurs millions. Ce
„ Prince vous répondit qu'il vous don-
„ noit tout ce que vous pouviez avoir
„ pris, & que vous mouruffiez tranquil-
„ lement. L'aveu de votre vol eft la feu-
„ le belle action que vous aiez faite.
„ Pour exécuter quelque chofe digne de
„ loüange, il a fallu que vous avoüaffiez
„ que vous étiez un fripon ; car je ne
„ compte point toutes les rufes que vous
„ avez mifes en ufage contre le Prince de
„ Condé & contre le Cardinal de Retz,
„ comme des faits bien éclatans. Vous
„ étiez, fi vous voulez, un habile four-
„ be, & puis c'eft tout.

„ MAZARIN.

„ JE pourrois vous dire qu'il fallut au-
„ tant de génie & de politique pour ve-
„ nir à bout de vaincre tous mes enne-
„ mis, de les obliger à fortir du Roïau-
„ me, & d'implorer enfin ma clémence,
„ que pour faire perir fur un échafaut
„ tous ceux que je n'aimois point, com-
„ me vous l'avez pratiqué. Ce qu'il y a
„ de

„ de certain, c'eft qu'il falloit du moins
„ avoir plus de douceur, & moins de
„ cruauté. Mais je ne veux point cher-
„ cher à faire mon éloge : jamais les
„ loüanges n'ont été mon foible. Quant
„ à vous, vous flattiez & payez les Sa-
„ vans, parce que vous vouliez qu'ils
„ prônaffent fans ceffe votre mérite. Dès
„ qu'ils ne vous loüoient point affez,
„ vous les difgracyez; vous étiez même
„ jaloux de leur gloire, & vous perfécu-
„ tâtes Corneille, parce qu'il faifoit mieux
„ des vers que vous. De quoi Diable vous
„ étiez - vous avifé de vouloir devenir
„ Poëte ? Voilà une belle qualité pour
„ un premier Miniftre ! Vous vantez vo-
„ tre fcience dans la Théologie, ma foi,
„ vos Livres de controverfe ne valoient
„ guères mieux que vos Poéfies. Aujour-
„ d'hui on ne les voit que chez les beur-
„ rières. On les trouvoit fort beaux
„ lorfque vous viviez, parce qu'il eût été
„ très dangereux d'en juger autrement.
„ Vous ne pardonniez jamais la plus le-
„ gère offenfe ; & abufant de votre auto-
„ rité, vous la puniffiez du plus cruel
„ fupplice, témoin ce pauvre Grandier,
„ Curé de Loudun, que vous fites bru-
„ ler comme forcier, pour avoir eu quel-
„ que démêlé avec vous lorfque vous
„ étiez encore fimple Abbé. Peut-on
„ rien voir de plus affreux ? Quant à ce
„ que vous dites de la maifon d'Autri-
„„ che,

„ che, il eſt vrai que vous lui avez por-
„ té de rudes coups, mais votre intérêt
„ propre vous conduiſoit beaucoup plus
„ que celui de l'Etat; & pluſieurs fois
„ des Généraux qui étoient vos favoris,
„ ſe ſont laiſſés battre pour favoriſer vos
„ deſſeins, & pour obliger Louis XIII.
„ à recourir à vous. Je vous demande
„ ſi de pareilles manœuvres ſont celles
„ d'un honnête homme? Vous avez bien
„ fait d'établir une Société perpétuelle
„ de complimenteurs & de faiſeurs de
„ panégyriques; ſans cela, vous courriez
„ riſque d'être beaucoup moins loüé a-
„ près votre mort, que vous ne l'aviez
„ eſperé.

„ R I C H E L I E U.

„ MALGRÉ les reproches que vous me
„ faites, on me regarde encore aujour-
„ d'hui dans toute l'Europe comme le
„ plus grand Miniſtre qu'il y ait eu, &
„ comme infiniment au-deſſus de vous.

„ M A Z A R I N.

„ JE ne ſuis pas tout-à-fait de votre
„ avis. On vous donne ſur moi la pré-
„ ference, cela eſt vrai, on vous regar-
„ de comme un grand & vaſte génie;
„ vous l'étiez auſſi: mais on n'eſtime pas
„ plus votre probité & votre candeur
„ que

„ que la mienne. C'eft-à-dire qu'on nous
„ regarde comme deux illuftres fourbes,
„ qui facrifioient toutes les vertus à leurs
„ intérêts; au lieu que l'Univers entier
„ n'a qu'une voix fur le mérite éminent
„ du Cardinal qui gouverne aujourd'hui.
„ Il a rendu à Louïs XV. des fervices
„ plus confidérables que ceux que vous
„ rendites à Louïs XIII. & cependant la
„ Nobleffe & le peuple n'ont qu'à fe loüer
„ de la fageffe & de la douceur de fon
„ miniftère. Il a agrandi le Roïaume de
„ deux provinces, il a fait un Prince de
„ la Maifon de Bourbon Roi de Naples
„ & de Sicile, il a entrepris une guerre
„ jufte, l'a foutenue glorieufement, &
„ terminée à la gloire de fon Maître &
„ de fa patrie. Il a donné la paix à l'Eu-
„ rope, & la vertu, la candeur, & la
„ bonne foi ne l'ont jamais abandonné
„ dans l'exécution de ces entreprifes, fi
„ perilleufes pour la probité d'un Mi-
„ niftre. ,,

Je te falue, fage & favant Abukibak,
en *Jabamiah*, & par *Jabamiah*.

LETTRE CENT QUARANTE-CINQUIEME.

Ben Kiber, *au Cabaliste* Abukibak.

LES anciens Philosophes, sage & savant Abukibak , ont attribué à plusieurs causes l'antipathie, & la sympathie qu'on apperçoit entre les corps animés, ou inanimés. Quelques-uns ont cru que toutes les choses étoient produites par cette antipathie & cette sympathie *, & que

---

* C'étoit particuliérement l'opinion d'Empedocle, qui vouloit que tous les êtres fussent produits & conservés par l'accord des quatre Elemens, détruits par leur desaccord.

'Εδόκει δὲ αὐτῷ τάδ'ε. Στοιχεῖα μὲν
Ἐιναὶ τέτταρα, πῦρ, ὕδωρ, γῆν, ἀέρα
Φιλίαν τε ἢ συγ κρίνεται, κὴ νεῖκ⊙
ᾧ διακρίνεται. Φησὶ δ' οὕτω,
Ζεὺς ἀργὴς, Ἥρη τε φερέσβι·θ, ἠδ' Ἀιδωνεὺς,
Νῆστίς θ' ἢ δακρύοις ἐπιπικροῖ ἔμμα βρότειον.
Διὰ μὲν, τὸ πῦρ λέγων. Ἥρην δὲ,
Τὴν γῆν. Ἀιδωνέα δὲ, τὸν ἀέρα.
Νῆστιν δὲ, τὸ ὕδωρ. κὴ ταῦτα.
Φησὶν, ἀλλαττόμενα διαμπερὲς

Οὐδα

que la paix, ou l'inimitié qui regnoit par‑
mi elles, formoient leur génération & leur
cor‑

Οὐδαμοῦ λήγει, ὡς ἂν ἀιδίου τῆς
Τοιαύτης διακ⊙μήσεως οὐσης. ἐπιφέρει γοῦν,
Ἀλλοτε μὲν φιλότητι συνερχόμεν' εἰς ἓν ἅπαντα,
Ἀλλοτε δ' αὖ δίχ' ἕκαστα φορεύμενα νείκε⊙ ἔχθει.

*Hæc autem illi vifa funt ac placita, Elementa
effe quatuor; ignem, aquam, terram, aërem;
amicitiamque, qua copulentur, & difcordiam, qua
diffideant. Ait autem fic.*

*Jupiter albus, & alma foror Juno, atque po‑
tens Dis,*
*Et Neftis, lacrymis hominum quæ lumina com‑
plet.*

*Jovem ignem, Junonem terram, Aidoneum aë‑
rem, Neftin aquam dicens, & hæc ait affiduas ver‑
fare vices, definere nufquam, eftque æternus juxta
illum hic rerum ordo. Denique infert:*

*Nonnunquam connectit amor fimul omnia rurfus
Nonnunquam fejuncta jubet contentio ferri.*
Diogen. Laërt. de Vit. Dogmat. Clar. P.bilo‑
fopb. Lib. VIII. in vit. Empedocl. Segm. 76.

L'opinion d'Empedocle a paru très probable
à plufieurs Anciens. Ciceron femble l'approu‑
ver ; il veut même que les hommes puiffent en
connoître la vérité par l'expérience, & décou‑
vrir que les maffes qui compofent l'Univers,
s'en‑

corruption. Cette opinion étoit fondée
fur un raifonnement affez fpécieux. *La
contrariété*, difoient ces Philofophes, *qu'on
découvre dans les Elemens, eft évidente. L'eau
eft ennemie du feu, elle le détruit, le diffipe,
& l'éteint, parce que le feu eft chaud & fec,
& l'eau eft froide & humide. Ces deux Elemens font donc totalement oppofés, & il y a
entre eux une invincible antipathie. L'eau au
contraire, fympathife avec la terre, en ce qu'elles font froides toutes les deux; mais elles font
contraires, en ce que l'eau eft humide, & la
terre féche. Entre le feu & la terre il y a une
conformité à caufe de leur féchereffe, & une
oppofition par rapport à la chaleur du feu
& à la froideur de la terre. Ainfi, entre tous
les Elemens il y a une antipathie, & néanmoins une fympathie à plufieurs égards. Or,
toutes les chofes, foit animées, foit inanimées,
font compofées des Elemens; donc il eft néceffaire qu'il y ait entre elles une fympathie & une
antipathie plus ou moins forte, felon que la
matière de certains Elément domine en elles.*

C'EST-là la manière dont les Anciens expli-

s'entretiennent entre elles par une efpèce d'a-
mitié, & fe diffipent par leur defaccord.

*Agrigentinum quidem, doctum quendam virum,
carminibus Græcis vaticinátum ferunt : quæ in rerum natura totoque mundo conftarent, quæque mo-
vérentur, ea contrahere amicitiam, diffipare difcordiam; atque hoc quidem omnes mortales & intelli-
gunt & reprobant.* Cicer. de Amicit. Cap. VII.

expliquoient les effets surprenans que nous voions tous les jours; mais la Physique, cultivée & poussée à un point de perfection bien éloigné de celui où elle étoit du tems des Grecs & des Romains, nous a appris que l'antipathie & sympathie des Elemens ne sont que le rapport & la convenance qui se trouvent entre la subtilité, la figure, & la dureté des corps mis en mouvement, & déterminés par un premier Mobile. Nous savons que le feu n'est point chaud, que la terre n'est point froide, & que les qualités ne sont point attachées aux corps par leur nature. Le feu nous brule & nous cause de la douleur, parce que ses parties legères, pénétrant dans les pores de la chair, dérangent par leur mouvement violent l'ordre de celles du corps, & nous font sentir une sensation de douleur, à laquelle nous avons donné le nom de brulure. L'eau nous paroît froide, parce qu'elle excite dans nous un sentiment opposé à celui du feu, ses parties agissant avec peu de vigueur, & s'insinuant sans causer aucun dérangement. Cette antipathie entre les Elemens est donc imaginaire, & leurs corpuscules n'ont aucunes qualités que les trois dimensions nécessaires à la Matière. *

Si

* Quoique presque tous les Philosophes anciens aient cru que les qualités sensibles étoient

Si les causes, que les Anciens attri-
buoient à l'antipathie, nous sont connues
dans

attachées au corps par leur nature, il y en a eu
cependant parmi eux qui ont connu, aussi bien
que les modernes le connoissent aujourd'hui, que
toutes nos sensations ne sont causées que par
l'impression des corpuscules qui n'ont aucunes
qualités que les trois dimensions nécessaires à
l'essence de tous les corps. C'est la différente
manière dont ces corpuscules agissent sur nous,
qui fait que nous sentons du froid, du chaud.
Ils sont eux-mêmes sans goût, sans froideur,
sans chaleur. Ecoutons parler Lucrece.

Sed ne forte putes solo spoliata colore
Corpora prima manere : etiam secreta teporis
Sunt, ac frigioris omnino, calidique vaporis :
Et sonitu sterila, & succo jejuna feruntur :
Nec jaciunt ullum proprio de corpore odorem :
Sicut amaricini blandum, stactæque liquorem,
Et nardi florem, nectar qui naribus bullat.
Cum facere instituas : cum primis quærere par est
(Quod licet, ac potis es reperire) inolentis olivi
Naturam ; nullam quæ mittit naribus auram :
Quam minime ut possit mistos in corpore odores,
Concoctosque suo contactos perdere viro.
Propterea demum debent primordia rerum
Non adhibere suum gignundis rebus odorem ;
Nec sonitum, quoniam nihil ab se mittere pos-
  sunt,
Nec simili ratione saporem denique quemquam,
Nec frigus, neque item calidum, tepidumque va-
  porem,

Cetera :

dans les corps inanimés, il faut avoüer qu'il n'en eſt pas de même de celles que nous voions dans les hommes & dans les animaux. D'où vient une perſonne, entrant dans une aſſemblée où elle en trouvera deux autres

Cetera : quæ cum ita ſunt, tandem ut mortale conſtet
Mollia, lenta, fragoſa, putricava corpore rara;
Omnia ſint a principiis ſejunƈta neceſſe eſt,
Immortalia ſi volumus ſubjungere rebus
Fundamenta, quibus nitatur ſumma ſalutis :
Ne tibi redeant ad nihilum funditus omnes.
　　T. Lucret. de Rer. Nat. *Lib. II. verſ.* 841. *& ſeqq.*

Epicure avant Lucrece, Démocrite avant Epicure, & Lucippe avant Démocrite, avoient tous cru que les qualités ſenſibles n'étoient point attachées à la Matière ; cependant à entendre quelques Modernes, c'eſt à eux à qui l'on eſt redevable de cette découverte. Je renvoie les Cartéſiens aux vers que je viens de citer, & à ceux qui ſont ici deſſous.

Hinc, ubi quod ſuave eſt aliis, aliis fit amarum
Illis queis ſuave eſt, læviſſima corpora debent
Contreƈtabiliter caulas intrare palati :
At contra, quibus eſt eadem res intus acerba ;
Aſpera nimirum penetrant, hamataque fauces
Nunc facile ex his eſt rebus cognoſcere quæque.
　　Idem. *Lib. IV. pag.* 94. *verſ.* 659. *& ſeq.*

autres qu'elle n'aura jamais vûes, fentira-
t-elle de l'amitié pour l'une, & de la
haine pour l'autre? La chofe arrive tous
les jours, on ne peut en difconvenir, &
l'on ne dit cependant aucune raifon plau-
fible pour en donner l'explication. Il n'y
a rien de fi commun que de s'intéreffer
pour des gens qu'on n'a jamais connus.
Si l'on voit joüer deux perfonnes, on
fouhaitera que l'une perde, & que l'autre gagne. On n'a cependant aucune liai-
fon, aucune union, aucune connoiffance
même avec ces joüeurs. Pourquoi donc
s'intéreffer pour l'un, plûtôt que pour
l'autre?

Il y a des effets bien plus finguliers
de la fympathie, les hiftoires anciennes
& modernes nous en ont confervé un
grand nombre. Un Auteur de ces derniers tems en rapporte un fort étonnant
au fujet du Duc de Guife & de la Comteffe de Boffu fa maitreffe. Cette Dame
connoiffoit par un mouvement fecret lorfque fon amant fe trouvoit dans une affemblée, quoiqu'elle ne le vît point, &
qu'elle ne fût point avertie qu'il devoit
s'y trouver. „ Plufieurs jeunes Seigneurs,
„ dit cet Ecrivain *, faifoient une mafca-
„ rade d'Indiens, & alloient déguifés de
„ cette

* Vie de Henriette Silvie de Molière, *Part.*
VI. p. 151. *& fuiv.*

„ cette forte chez Madame la Comteffe de
„ Chante-Croix, où il devoit y avoir une
„ très grande affemblée. Le Duc fe fait
„ apporter un de ces habits, & n'eut pas
„ beaucoup de peine à l'avoir ; car il
„ n'y avoit point d'ordre de les cacher.
„ Il en commande un tout femblable ; &
„ fe mêlant parmi la troupe de ces gens
„ mafqués, il entre avec eux dans la falle
„ où on danfoit. Il vit Madame de * * *
„ plus belle à fes yeux qu'il ne l'avoit
„ jamais vûe , & Monfieur le Comte de
„ * * * auprès d'elle...... Si-tôt que le
„ Duc entra, la Comteffe fentit certaine
„ émotion, que fa préfence avoit accou-
„ tumé de lui donner. Elle ne put la
„ croire trompeufe ; & malgré ce que
„ fon amant lui avoit écrit d'un voïage
„ fuppofé, elle le chercha curieufement
„ parmi les mafques, & fit fi bien, qu'el-
„ le le découvrit. Cela fit fort éclater
„ leurs affaires; car l'amante dans la pre-
„ mière joie de le revoir ne put diffimu-
„ ler fes fentimens ; & l'amant fut fi
„ tranfporté, qu'il oublia les raifons qu'il
„ avoit de cacher fon amour..... J'ai
„ vû une Lettre originale du Duc fur cet
„ effet de la fympathie, qui étoit à mon
„ gré une des plus belles Lettres qu'on
„ puiffe écrire. Il s'y plaignoit de l'ex-
„ cès de fon bonheur, car il avoüoit que
„ c'en étoit un fort grand que d'être ain-
„ fi deviné par fa maitreffe. Mais il di-

E 3 „ foit

„ foit que cela lui ôtoit le plaifir de voir
„ ce qui fe paffoit dans fon cœur, fans
„ qu'elle eût envie de le lui montrer.
„ Ces fortes de découvertes étoient à fon
„ gré une des plus parfaites joies qu'un
„ amant pût fentir ; & rien ne lui pa-
„ roiffoit plus touchant pour une ame
„ délicate, que ces épanchemens de ten-
„ dreffe & de fincérité, où l'art & la
„ précaution ne peuvent être foupçonnés
„ d'avoir part. „

LES Philofophes qui ont voulu expliquer les effets finguliers de cette fympathie fi obfcure & fi myftérieufe, n'ont
rien dit de fatisfaifant. Quelques-uns
l'ont attribuée à la conformité d'humeur,
de caractère & de fentimens ; mais par
quel enchantement deux hommes, qui
ne fe font jamais ni vûs, ni connus,
peuvent-ils s'appercevoir de cette reffemblance qu'il y a entre eux ? Pour que
l'amour propre nous détermine en faveur d'une perfonne qui penfe comme
nous, il faut abfolument que nous aions
quelque connoiffance de fes opinions ;
autrement nous fommes auffi incertains
de la conformité qui fe trouve entre elle
& nous, que nous le fommes des fecrets
les plus cachés de la Nature.

PLUSIEURS Savans, au nombre des-
quels il faut ranger la plûpart des Anciens, & tous les Modernes qui ont été
prévenus en faveur de l'Aftrologie judi-
ciaire,

ciaire, prétendent que c'eft dans les aftres qu'ont doit chercher la caufe de la
fympathie & de l'antipathie. Selon eux,
deux hommes qui lors de leur naiffance,
auront un même figne pour afcendant,
s'aimeront naturellement & fans fe connoître. Ces Philofophes forment fur ce
même plan un fyftême très long & fort
circonftancié. Ils prétendent que ceux
qui ont le Soleil & la Lune en un même
figne, doivent auffi fympathifer enfemble.
„ Ce qui aide encore, dit un Philofophe
„ du quinzième fiécle *, à la conformi-
„ té, c'eft avoir la partie de fortune en
„ un même figne ou maifon, & que la
„ maifon ou figne où fera la Lune à la
„ naiffance de l'un, foit en bon refpeℭt
„ vers l'autre ; car felon que plus ou
„ moins ils auront ces conditions, auffi
„ fera plus ou moindre l'amour naturel-
„ le. De-là vient que deux hommes aiant
„ à faire une même chofe, ceft homme
„ prendra plus eftroite & particulière a-
„ mitié à l'un qu'à l'autre, fans qu'il l'ait
„ en rien offenfé ; ce qui pourroit ad-
„ venir en deux perfonnes qui auroient
„ leurs fignes afcendans contraires en
„ leur qualité, & de contraire triplicité,
„ &

* Les Diverfes Leçons de Pierre de Meffie,
Gentilhomme de Sevile &c., mifes en François
par Claude Gruget, *Part. III. Chap. V. pag.*
674.

E 4

„ & les planetes, feigneurs de leur na-
„ tivité, ennemis & contraires, comme
„ le Soleil & la Lune en oppofition &
„ fignes divers, & que ceux d'une naif-
„ fance regardent de mauvais œil ceux
„ de l'autre. Car ces chofes & autres
„ que nous pouvons dire, font caufes
„ qu'un homme, en voiant l'autre à plai-
„ fir ou déplaifir intérieur, comme il eft
„ apparent en voiant deux hommes in-
„ connus joüer enfemble, difputer, ou bat-
„ tre...Ptolomée dit que celui, qui à fa naif-
„ fance aura un figne afcendant, com-
„ me par grace d'exemple, l'un en O-
„ rient, & l'autre fur le Midi, celui-là
„ aura naturellement une manière de
„ fubjection & feigneurie. Le pareil ad-
„ vient à celui qui à fa naiffance a le figne
„ dominant, & l'autre l'a obéiffant. Et fi
„ deux ont un méme figne pour afcendant,
„ ou pour feigneur une même planete,
„ celui, en qui la force & ordre de cet-
„ te planete fera fupérieur..... aura la
„ naturelle domination fur l'autre. „

Voilà fur quoi les Anciens fondoient
les caufes de la fympathie & de l'antipathie. Bien des Modernes les ont fui-
vis : mais l'erreur des premiers ne fauroit autorifer celle des derniers; car enfin, il n'eft rien de fi chimérique que la
prétendue influence des aftres *. D'où
vient

* *Voiez* la Philofophie du Bon-Sens, ou Réflexions

vient Mars & Vénus font-ils ennemis de Saturne? Par quelle raifon Jupiter & Mercure haïffent-ils le Soleil & la Lune? Pourquoi toutes les planetes, excepté Mars, font-elles favorables à Jupiter, & pourquoi Mars les hait-il toutes, excepté Vénus, qu'il aime tendrement? Toute cette antipathie & fympathie entre les aftres n'a jamais exifté que dans la cervelle des Aftrologues. Les planetes font des corps qui n'ont en eux-mêmes que les qualités de la matière. Il eft auffi raifonnable & auffi probable de foutenir que les montagnes des Alpes haïffent celles des Pirénées, que de prétendre que Mars & Venus haïffent le Soleil. Par conféquent, toutes les chofes qu'on attribue à l'influence de ces aftres, font fauffes & chimériques. D'ailleurs, il eft abfurde de prétendre qu'il y ait certains évenemens qui dépendent de l'ordre & du gouvernement d'une planete. Si l'influence des aftres avoit lieu, il faudroit néceffairement qu'elle agît uniformement, & de la même manière fur tous les hommes; or, l'expérience nous démontre évidemment le contraire. Deux perfonnes, qui naiffent dans le même inftant & dans la même ville, ont des inclinations directement
ment

flexions Philofophiques, &c. *Tom. II. pag.* 37. *& fuiv. nouv. Edit.*

E 5

-ment oppofées : par quelle raifon cela
arrive-t-il , puifqu'elles naiffent fous la
même planete , & qu'ils doivent par
conféquent fe reffentir également de fon
influence ?

Ces raifons font d'une force à laquelle
on ne fauroit rien oppofer. Il faut donc
convenir que la fympathie & l'antipathie
dans les hommes ne dépendent point des
aftres. L'on doit en chercher la caufe ailleurs, ainfi que de celle qu'on apperçoit
dans les bêtes ; car elle n'eft ni moins fen-
fible, ni moins fingulière. Les renards aiment les couleuvres, qui font haïes de tous
les autres animaux ; les cerfs au contraire,
ont une fi grande antipathie contre elles, qu'ils les perfécutent par-tout. Les
trous ne les mettent pas même à l'abri
de leur haine , ils pofent leurs nafeaux
contre leurs ouvertures , & en retirant
avec force la refpiration, ils les amenent
à eux & les tuent enfuite. Les Natura-
liftes prétendent que la haine entre les
cerfs & les couleuvres eft fi violente &
fi forte, que fi l'on fait bruler de la cor-
ne de ces premiers animaux, toutes les
couleuvres qui en fentiront la fumée ,
fuiront & abandonneront leur retraite.
Il y a une efpèce de faucon, qui eft toujours en guerre avec les renards ; il les
bat & les perfécute dès qu'il les rencontre. Le cheval ne peut fouffrir la
compagnie du chameau. A ces premiers
exem-

exemples j'en pourrois joindre plusieurs * ;
mais ils suffisent à établir la réalité de la
sym-

* *Les Lecteurs seront peut-être bien aises de voir
ici ce que dit Plutarque sur l'antipathie que plusieurs
animaux ont contre d'autres.*

Le haïr s'étend jusques aux bêtes brutes,
comme il y en a qui naturellement haïssent les
chats & les mouches cantharides, les serpens
& les crapaux. Et Germanicus ne pouvoit souffrir ni le chant, ni la vûe d'un coq, & les
Sages des Perses, qu'ils appelloient *Magi*, tuoient
les rats & les souris, tant pour ce qu'ils les
haïssoient eux, comme aussi pour ce qu'ils di-
soient que leur Dieu les avoit en horreur, car
tous les Arabes & les Æthiopiens généralement
les abominent : là où l'ennuier convient seulement à l'homme contre l'homme, & n'y a point
d'apparence de dire qu'il s'exprime envie contre les animaux sauvages des uns contre les autres, d'autant qu'ils n'ont point d'imagination,
ni d'appréhension, si un autre est heureux où
malheureux, ni ne sont point touchés de sentiment d'honneur ou deshonneur, qui est-ce qui
plus & principalement aigrit l'envie, là où ils
se haïssent les uns les autres, se portent inimi-
tiez, & s'entrefont la guerre les uns aux autres,
comme desloyaux, & auxquels ils n'ont point
defiance, comme les dragons & les aigles se guer-
roient, les chats huants & les corneilles, les mau-
vis & les chardonnerets : tellement qu'on dit
qu'encore qu'après qu'on les a tuez, leur sang ne
se peut mêler ensemble, & qui plus est, si vous en
melez, encore s'escoulera il à part en se separant
l'un

sympathie & de l'antipathie entre les animaux, dont la cause nous est aussi inconnue, que de l'amitié & de la haine qu'il
y a entre certains hommes.

JE te salue, sage & savant Abukibak.

✻✻✻✻✻✻✻✻✻✻ ❀ ✻✻✻✻✻✻✻✻✻✻

LETTRE CENT QUARANTE - SIXIEME.

Ben Kiber, *au sage Cabaliste* Abuki-bak.

QUOIQUE je sois très persuadé, sage
& savant Abukibak, que la beauté
de l'ame ne dépend point de celle du
corps, & qu'un homme laid peut être
fort vertueux; cependant je crois que la
régularité de la figure est une qualité très
essentielle à un Prince. L'air noble &
majestueux accroît l'estime & le respect
qu'on a pour un simple particulier; à
plus forte raison donne-t-il un nouveau
relief à la personne d'un Souverain. Un
Monarque bien fait a un grand avantage
pour

l'un d'avec l'autre. *Les Oeuvr. Mor.* de Plutarq.
Tom. I. p. 337. Je me sers de la Traduction
d'Amiot.

pour acquérir l'amour des peuples. Il y a eu plufieurs Nations, qui élifoient pour leur Roi celui dont la taille étoit la plus avantageufe. Macrobe fait mention d'un peuple qui habitoit une ifle du Nil, chez lequel cette coutume étoit exactement pratiquée. Plutarque nous apprend que les Lacédémoniens n'aimoient point les petites tailles. *Théophrafte,* dit-il *, *affûre que les Ephores condamnerent à une amande leur Roi Archidamus, parce qu'il avoit époufé une femme fort petite, difant qu'elle ne leur enfanteroit pas des Rois, mais des Roitelets.*

ON peut appuier par l'exemple des Ifraélites le goût des Lacédémoniens, & l'autorifer par des traits, puifés dans les Livres facrés. Lorfque Dieu voulut donner un Roi à fon Peuple, il choifit Saül, à caufe de fa taille avantageufe: *Parmi tous les Enfans d'Ifraël, il n'y en avoit aucun de mieux fait que lui. Il les furpaffoit de toutes les épaules †. Vous voiez,* dit Samuel au Peuple §, *qu'aucun de vous ne peut être comparé à celui que Dieu a choifi.*

L A

* Plutarque, Vies des Hommes illuftres, Vie d'Agefilas, *Tom. V. pag.* 294. *de la Tradu&ion de* Dacier.

† *Et non erat de Filiis Ifrael altior illo, ab humero & furfum eminebat fuper omnem Populum.* Samuel. *Lib. I. Cap. XI. verf.* 2.

§ *Certe videtis quem elegit Dominus, quoniam non*

L a beauté a été regardée par les E-
liens comme une chofe fi avantageufe, que
chez eux les hommes difputoient, ainfi
que les femmes, les prix qu'on donnoit
à celles qui étoient les mieux faites.

I l eft certain que la laideur infpire
un certain mépris, & qu'il faut pour détruire cette prévention, des vertus bien
éclatantes. Il y a tel Prince, qui n'a dû
qu'à fa figure la moitié de l'eftime & de
la véneration de fes fujets; & fi l'on exa-
minoit les Souverains qui ont été méprifés, on trouveroit que fouvent leur laideur n'a pas peu fervi à les avilir.

L e défaut de beauté peut rendre un
Roi non feulement méprifable, mais même haïffable & infupportable à fes fujets,
quoiqu'il ait d'ailleurs d'excellentes qualités; l'Hiftoire moderne nous en fournit
une preuve bien fingulière. Ferdinand,
Roi d'Efpagne, fuivant une Proceffion
folemnelle qui fe faifoit dans la ville de
Barcelone, un Efpagnol trouva le moïen
de fe gliffer au milieu des Seigneurs dont
ce Prince étoit entouré, & lui donna
un coup de poignard dans le cou, qui
l'eût renverfé fur la place, s'il n'avoit
été paré & détourné par une groffe chaîne d'or qu'il portoit. On arrêta cet af-
faffin,

---

non fit fimilis in omni Populo. Samuel. *Lib. I.*
Cap. X. verf. 24.

saffin, & comme on craignit qu'il n'eût des complices, on lui fit effuier les plus cruelles tortures pour le forcer à les découvrir ; mais tous les fupplices qu'on mit en ufage furent inutiles, l'Efpagnol foutint fermement qu'il n'avoit eu d'autre motif d'affaffiner le Roi, que celui de fa laideur qui lui étoit infupportable. Il ajouta qu'il le haïffoit fi fort, que fi on lui rendoit la liberté, il n'en profiteroit que pour attenter de nouveau à la vie d'un Prince, trop laid pour regner & pour commander aux Efpagnols. Si tous les Caftillans avoient penfé de même que ce phrénetique, il eût été plus dangereux à un Roi d'Éfpagne de n'être pas beau, qu'il ne l'eft à un Juif riche de tomber entre les mains des Inquifiteurs.

Ce Ferdinand étoit fujet à effuier des avantures defagréables par rapport à fa figure baffe & ignoble. Etant à Naples dans fon palais, & fe promenant feul dans une galerie, un pêcheur qui avoit pris un poiffon fort rare, voulut le préfenter lui-même au Roi. Il paffa dans l'appartement où il étoit, & le prenant pour un domeftique, *Mon Ami,* lui dit-il, *je te prie de me faire parler au Roi, voici un poiffon que je lui apporte.* „ C'eft moi qui le „ fuis, répondit Ferdinand. „ Le pêcheur, regardant le prince avec un ris moqueur, alloit paffer outre, lorfque deux ou trois Seigneurs arrivant dans le moment,

ment, Ferdinand leur dit, *Venez donc cer-*
tifier à cet homme que je suis le Roi; sans
cela, nous perdrons l'excellent poisson qu'il
m'apporte.

CETTE seconde avanture n'étoit point
dangereuse: mais elle ne laissoit pas que
d'être mortifiante. Il est toujours disgra-
cieux à un homme, à plus forte raison à
un Souverain, accoutumé d'être réveré
comme un Dieu, qu'on lui fasse sentir
qu'il est d'une laideur qui paroît incompatible avec la majesté de son rang. Il
faut qu'un Prince ait une grande force
d'esprit, pour se mettre au-dessus de ces
sujets de mortification, & pour vaincre
les mouvemens de l'amour propre.

AGESILAS, Roi de Lacédémone, s'é-
toit élevé au-dessus des foiblesses, si ordinaires à ses pareils; il étoit le premier
à plaisanter sur sa difformité. Combien
peu de Princes trouve-t-on qui aient jamais imité sa grandeur d'ame? *Le défaut*
de sa jambe boiteuse, dit Plutarque *, *étoit*
caché . . . . . pendant qu'il fut à la fleur de
son âge: & la gaïeté, & la gentillesse avec la-
quelle il le supportoit, étant toujours le pre-
mier à badiner sur cela, & à en faire des
railleries, rendoient moins sensible & moins
choquante cette imperfection.

L A

---

* Plutarque, Vies des Hommes illustres,
Tom. V. pag. 294.

LA conduite d'Agéfilas devroit fervir d'exemple à tous les Souverains, à qui la Nature n'a point accordé une figure brillante ; ils feroient bien plus fagement de plaifanter fur leurs défauts, que d'inventer quelque nouvelle mode pour les cacher. Un Prince eft-il boffu, on voit toute fa Cour en grande perruque, parce que la fienne eft d'une vafte étendue, & dérobe aux yeux une partie de fa boffe ; a-t-il les jambes tortues, on fait renaître l'ufage d'aller botté & éperonné ; eft-il borgne, on enfonce le chapeau d'un côté jufqu'au milieu du vifage. Avec toutes ces précautions les défauts n'en font pas moins réels, & la perruque, la botte, & le chapeau ne fervent qu'à rappeller plus fouvent dans l'efprit du peuple la difformité du Souverain. Tout homme, qui met le matin fa perruque, dit en lui même : *J'en porterois fans doute une plus courte, fi le Roi n'étoit pas boffu.*

C'EST par les vertus de l'ame qu'il faut réparer les imperfections du corps, & non par de vains ornemens extérieurs. Les actions du grand Prince de Condé, & celles du Maréchal de Luxembourg valoient mieux que toutes les modes les plus recherchées, pour faire difparoître leurs boffes. Ce dernier Général plaifantoit fouvent fur la fienne, il imitoit la grandeur d'ame d'Agéfilas, & la fageffe de Philopemen Prince des Achéens. Un

Au-

Auteur Gaulois raconte d'une manière fort enjoüée une avanture singulière que la laideur de ce Souverain lui attira. Je rapporterai les termes dont il se sert, qui dans son vieux langage ont une grace charmante. ,, Philopemen, * Duc des ,, Achéens, tant renommé, fut de petite ,, stature , laid de visage , & de regard ,, difforme ; tellement que quand il se ,, vestoit d'habits méchaniques (comme ,, il avoit coustume bien souvent) il sem- ,, bloit plûtôt être de vil & vulgaire lieu, ,, que digne du gouvernement du peu- ,, ple. Il aimoit fort la chasse, & pour ,, ce alloit bien souvent à Mégare : & un ,, jour la grande avidité de la chasse le ,, transporta plus loing qu'il n'eût possi- ,, ble voulu ; tellement qu'il arriva en la ,, maison d'un citoïen de ce lieu, l'un ,, de ses singuliers amis, & lequel s'étoit ,, nouvellement marié, & n'avoit qu'un ,, serviteur avec soi, pour ce qu'il avoit ,, envoié les autres en autres lieux. ,, Quand il fut arrivé à la porte du logis ,, de sondict ami, il heurta à la porte. ,, Lors, la femme se mit à la fenestre, ,, & leur demandant qu'ils cherchoient, ,, son serviteur répondit que c'étoit Phi- ,, lopemen, Duc des Achéens, qui ve- ,, noit pour loger léans. La femme, lors ,, éton-

* Leçons de Pierre de Messie, &c. *Part. IV. Chap. III. pag.* 900. *& suiv.*

„ étonnée qu'un tel homme fi à l'impro-
„ vifte devoit être fon hofte; & penfant
„ que tous deux fuffent ferviteurs du
„ Duc, qui les vinffent avertir de fa ve-
„ nue, mêmes les voians tous feuls, fans
„ dire autre chofe, leur alla ouvrir la
„ porte. Puis, quand il furent venus en
„ la fale, elle commanda à un de fes fer-
„ viteurs, qu'il allât en diligence en a-
„ vertir fon mari, qui étoit pour lors en
„ un village : & puis dit à Philopemen
„ & à l'autre, qu'ils s'affiffent pendant
„ qu'elle apprêteroit le fouper : & alors
„ commença avec fa chambrière à tra-
„ caffer par la maifon, bien empêchée &
„ confufe tout enfemble, commençant u-
„ ne chofe & une autre, & rien ne para-
„ chevoit. Et peu après, cuidant n'avoir
„ jamais fait à tems, regardant Philope-
„ men, qui s'étoit enveloppé en fon man-
„ teau, lui dit qu'il lui aidât à faire le feu,
„ en attendant que fon ferviteur feroit de
„ retour, & afin que le fouper fût prêt à
„ tems pour fon Seigneur. Lors il print
„ une congnée, & commença à fendre du
„ bois, aiant averti fon ferviteur de ne
„ faire femblant de rien, à ce que la
„ Dame ne s'apperçût de fa tromperie.
„ Et pendant qu'il étoit ententif à fa be-
„ foigne, le maître du logis furvint,
„ qui reconnoiffant Philopemen, l'em-
„ braffa avec une grande réverence, &
„ lui demanda : *Que faites-vous, 'Monfei-*

,, gneur, de cette congnée? Auquel il répon-
,, dit tout en riant : Mon Ami, laiffe-mói
,, faire; car je païe la peine de ma laideur.

Si l'Hiftoire nous fournit plufieurs traits qui prouvent combien il eft fâcheux aux Princes d'être mal faits, elle nous inftruit auffi de plufieurs avantages qu'ils retirent de la beauté. Alcibiade, Scipion, & plufieurs autres héros furent autant redevables de l'amour de leurs concitoiens à leur figure aimable & féduifante, qu'à leurs victoires célèbres. Je doute cependant que foit chez les Anciens, foit chez les Modernes, on trouve rien de plus frappant, & qui prouve plus l'effet que l'air majeftueux peut produire, que ce qui arriva à Marius. Ce Général Romain étant prifonnier, Sylla * fon ennemi & fon vainqueur, envoia un Gau-

---

* Valere Maxime ajoute à ce fait qu'il rapporte, une autre aventure, arrivée au même Marius, qui ne prouve pas moins les avantages de la beauté. Il dit que les habitans d'une ville, malgré ce qu'ils avoient à craindre du couroux de Sylla, ne purent fe réfoudre à lui livrer Marius, qu'ils renvoierent fain & fauf, fi frappés ils avoient été de fon air majeftueux.

Caius etiam Marius in profundum ultimarum miferiarum abjectus, ex ipfo vitæ difcrimine beneficio majeftatis emerfit. Miffus enim ad eum occidendum in privata domo Minturnis claufum fervus publicus, natione Cimber, & fenem, & inermem,
&

Gaulois pour le tuer : mais cet homme
fut fi frappé de la nobleffe & de la grandeur qui brilloient dans la perfonne de
Marius, qu'il refta comme pétrifié , ou-
bliant même de fermer la porte de la
prifon ; ce qui donna le moïen au Général de fe fauver.

On affûre que Louïs XIV. avoit quelque chofe de fi majeftueux dans la phy-
fionomie , qu'il étoit impoffible de ne
point baiffer la vûe lorfqu'il fixoit fes regards ; on fentoit un refpect, qu'un Souverain d'une figure médiocre n'eût point
infpiré. Il eft certain que les hommes
n'attachent pas moins leur eftime & leur
vénération aux perfections du corps ,
qu'aux grandeurs & aux dignités. Lorfque tous ces objets refpectables fe trouvent

& fqualore obfitum , ftrictum gladium tenens , ag-
gredi non fuftinuit ; fed claritate viri occæcatus ,
abjecto ferro attonitus inde , ac tremens fugit. Cim-
brica nimirum calamitas oculos hominis perftrinxit ,
devictæque fuæ gentis interitus , animum commi-
nuit. Etiam Diis immortalibus indignum ratis ,
ab uno nationis ejus interfici Marium , quam to-
tam deleverat. Minturnenfes autem majeftate il-
lius capti , compreffum jam , & conftrictum dira
fati neceffitate , incolumem præftiterunt : nec fuit
eis timori afperrima Syllæ victoria , cum præfertim
ipfe Marius eos a confervando Mario abfterrere
poffet. Valer. Maxim. Dict. Fact. memorabil.
Exempl. *Lib. II. Cap. V. Art.* de Mario.

vent unis enſemble, on eſt ſûr, pour ain-
dire, de faire une impreſſion très forte
ſur tous les eſprits.

JE te ſalue : porte-toi bien ; & donnes-
moi de tes nouvelles.

LETTRE CENT QUARANTE - SEPTIEME.

Ben Kiber, *au ſage Cabaliſte* Abukibak.

QUELQUE application que j'apporte
à l'étude de la Philoſophie, je ne
puis, ſage & ſavant Abukibak, m'élever
au-deſſus des foibleſſes de l'amour. Au
milieu de mes Livres, je m'apperçois à
regret que j'ai reçu du Ciel un cœur tendre ; & malgré les réſolutions que je forme tous les jours de m'occuper uniquement des Sciences, & de leur ſacrifier
entiérement, & les plaiſirs, & les ſoins
du ménage, je me ſouviens que j'ai une
femme aimable. J'abandonne ſouvent
mon cabinet pour courir auprès d'elle,
& j'oublie alors Locke, Newton, & Deſcartes. Ce n'eſt que long-tems après,
que reconnoiſſant ma faute, je m'arrache
malgré moi à tout ce qui me flatte, &
retour-

retourne à mes Livres. Ces momens perdus dérangent infiniment mes projets Littéraires : à peine puis-je terminer dans un mois ce que je pourrois finir aisément dans une femaine si j'étois libre, & que mon cœur, exempt de paffion, ne rendît pas mon efprit le joüet de fes foibleffes.

Le fort d'un homme de Lettres, que le Ciel en naiffant forma d'un tempérament tendre, eft déplorable. S'il fe marie, & qu'il époufe une femme jolie, il fe foumet au joug d'un maître, qui, pour être aimable, n'en eft pas moins abfolu. S'il refte garçon, il n'en eft pas libre ; un funefte feu le dévore. Il fent au fond du cœur des mouvemens qu'il né fauroit calmer ; l'idée des femmes fe préfente fans ceffe à fon imagination, les occupations les plus férieufes & les plus abftraites ne fauroient l'en effacer. Lit-il les *Méditations* de *Defcartes*, il penfe au plaifir que ce Philofophe gouta avec fa maitreffe ; le nom de Diogene s'offre-t-il à fes yeux, auffi-tôt Laïs eft préfente à fa mémoire ; prononce-t-il celui de Tiraqueau, il envie le bonheur qu'a eu ce Savant de faire un Livre & un enfant toutes les années. Il eft donc impoffible qu'un homme de Lettres qui a le cœur tendre, foit heureux & tranquille, quelque état qu'il choififfe.

Les autres mortels peuvent fe livrer

entié-

entiérement aux paſſions qui les flattent.
Les Savans, dès qu'ils en ont une, elle
eſt ſans ceſſe combattue par la néceſſité
de ſe livrer uniquement à l'étude. S'ils
veulent acquérir l'eſtime du Public, &
ſe faire un nom qui paſſe à la poſtérité,
il faut qu'ils ſacrifient leurs deſirs à leur
occupation principale.

QUELLE obligation ne t'aurois-je point,
ſage & ſavant Abukibak, ſi tu pouvois
m'apprendre un moïen pour calmer mon
cœur, pour m'élever au-deſſus du commun des hommes, pour oublier les charmes ſéducteurs d'une épouſe qui plait,
& pour me rendre entiérement à mes
Livres! Je ſens que ce n'eſt pas ſans peine qu'on peut réüſſir dans une pareille
entrepriſe : mais je ſeconderai tes ſoins
avec tant de zèle, qu'il n'eſt rien que je
ne me flatte d'exécuter, dès que tu vou-
dras venir à mon ſecours. Je t'avoüe que
je ne me ſens point aſſez de forces pour
vaincre moi ſeul, je trouve dans l'amour
un ennemi trop redoutable ; & lorſque
pour ſurmonter ma foibleſſe je m'éloigne
de l'objet qui la cauſe,

*Je connois que mon ame, en ſecret déchirée,
Revole vers le bien dont elle eſt ſéparée *.*

J'AUG-

* Racine, Mithridate, *Acte III. Scene IV.*
dit :

Et

J'AUGMENTE mes maux, fans diminuer ma tendreffe ; je me mets dans un état moins tranquille que celui où j'étois auparavant , & les momens que j'ai paffés loin de ma femme, accroiffent ma paffion. Je vole donc vers elle, & perdant dans un inftant le fruit des réflexions de plufieurs jours , peu s'en faut que je ne prenne la réfolution de vivre desormais uniquement en mari , & point en Philofophe. Je pouffe même la foibleffe jufqu'à plaifanter fur ma défaite , & mon inclination pour l'étude eft regardée alors comme une paffion chimérique.

LE croiras-tu, fage & favant Abukibak ? Il eft des momens, où je parle des Sciences d'une manière auffi méprifante qu'un Petit-maître. Je fais plus , je le deviens effectivement. Il n'y a que deux jours que ma femme me félicitant de ce que j'avois été deux heures fans entrer dans mon cabinet , je lui chantai fur le champ,

Que j'étois infenfé de croire,
Qu'un vain Laurier , donné par la Victoire,
De

Et je verrois mon ame, en fecret déchirée,
Revoler vers le bien dont elle eft féparée.

J'aimerois mieux avoir fait ces deux vers, que toutes les piéces de théatre de Mariveaux.

F 5

De tous les biens fût le plus précieux !
Tout l'éclat, dont brille la gloire,
Vaut-il un regard de vos yeux ?
Vous aimer, belle Armide, est mon premier
    devoir.
Je fais ma gloire de vous plaire,
Et tout mon bonheur de vous voir *.

JE sens, sage & savant Abukibak, tout le ridicule d'une pareille saillie ; je pourrois cependant la justifier par l'exemple de bien d'autres Savans, à qui l'amour a fait commettre plusieurs impertinences. † Aristote offroit à son épouse Hermias les mêmes Sacrifices que les Athéniens faisoient à l'honneur de la Déesse Cérès. Socrate §, malgré la mauvaise humeur

---

* Armide, *Acte V. Scene I.*

† Ἀριστιππος δ' ἐν τῷ πρώτῳ περὶ παλαίας τρυφῆς, φησὶν ἐρασθῆναι τὸν Ἀριστοτέλην παλλακίδῷ τῦ Ἑρμείου. τῦ δὲ συγχωρήσαντος, ἔγημέτε αὐτὴν, κỳ ἔθυεν ὑπερχαίρων τῇ γυναίᾳ, ὡς Ἀθηναῖοι τῇ Ἐλευσινίδι Δήμητρι. τῷ τε Ἑρμεία, Παιᾶνα ἔγραψεν, ὃς ἔνδον γέγραπται.

Porro Aristippus in primo de antiquis Deliciis *Libro, Aristotelem ait Hermiæ concubinam adamasse, quam ille cum sibi permisisset, duxisse eam, & gaudio elatum immolasse mulieri, ut Athenienses Eleusinæ Cereri, Hermiæque poema scripsisse, qui infra scriptus est.* Diog. Laert. Lib. V. Segm. IV.

§ Πρὸς Ξανθίππην, πρότερον μὲν λοιδορεῖται, ὕστερον δὲ κỳ
                περι-

meur de la fienne, l'aima toujours avec
conftance, & chercha d'excufer les maux
qu'elle lui faifoit fouffrir. La Mothe - le -
Vayer fe remaria à foixante-&-dix-huit
ans. Après avoir perdu une femme avec
laquelle il n'avoit pas été trop heureux,
il en prit une feconde, & crut le mal de
n'en point avoir, beaucoup plus fup-
portable que celui d'en prendre une qui
l'expofoit à fouffrir toutes les incommodités attachées au ménage, qu'il connoiffoit parfaitement. ,, J'ai toujours pris,
,, dit-il *, ce fommeil dont Dieu affou-
,, pit notre premier Pere, devant que de
,, lui

περιχίασαν αυτῶ, ουκ έλεγον, είπεν, ότι Ξανξίππη βρονταρα,
κỳ ύδωρ ποιήσει; πρός Αλκιβιάδην είπόντα, ουκ ανικτή ή Ξανξίππη λοιδρούσα, Αλλ' εγωγ', έφη, συνειθισμαι, καθαπερεὶ
κỳ τροχηλίας ακύων συνεχές. καὶ σὺ μὲν, είπε, χηνῶν βοών-
των ανέχ. Τοῦ δὲ είπόντος, Αλλά μοι ὰ κỳ νεοττούς τίκτου-
σιν Κάμοι, φησὶ, Ξανθίππη παιδία γεννᾶ.

*Xantippe, cum in eum prius convicia & maledicta
ingeſſiſſet, poſt vero & ſordidis aquis perfudiſſet,.
Nonne, inquit, dicebam Xantippen tonantem
quandoque pluituram? Dicenti Alcibiadi non eſſe
tolerabilem Xantippen adeo moroſam, Atqui, ait,
ego ita hiſce jam pridem aſſuetus ſum, ac ſi ju-
giter ſonum trochlearum audiam. An vero tu
non toleras clamore perſtrepentes anſeres? Illo
dicente, at mihi ova pulloſque pariunt. Et mihi,
ait Xantippe filios parit. Id. Lib. II. Segm. 37.*

* La Mothe - le - Vayer, Oeuvres, *Tom. II.*
pag. 163.

,, lui préfenter une femme , non feule-
,, ment pour un avis de nous défier de
,, notre vûe comme d'une très mauvaife
,, confeillère là-deffus ; mais encore pour
,, une inftruction morale , que perfonne
,, vrai-femblablement ne s'en chargeroit,
,, fi l'on avoit les yeux de l'efprit affez ou-
,, verts pour voir dans l'avenir à combien
,, d'infortunes celui-là fe foumet qui ac-
,, cepte une fociété fi périlleufe. Et je n'ai
,, jamais lû le premier vers du dixieme Li-
,, vre des *Méthamorphofes d'Ovide*, où il don-
,, ne au Dieu Hymenée une robe de faffran,
,, *crocco velatus amictu* , fans m'imaginer
,, que ce Poëte nous a voulu poffible fai-
,, re une leçon de ce qui eft effentiel au
,, mariage ; les foucis d'une famille dont
,, vous vous chargez , l'expofition où
,, vous entrez à tant de coups de fortu-
,, ne , la jaloufie inévitable que vous au-
,, rez d'une femme , pour peu qu'elle
,, vous agrée , ou que votre honneur
,, vous touche. Ne font-ce pas autant
,, de fujets de jauniffe ? Et n'eft-ce pas
,, une merveille , fi le tempérament le
,, plus fanguin & le plus enjoüé ne
,, tombe pas dans une paffion hyftéri-
,, que * ? ,,

MALGRÉ ces réflexions , la Mothe-le-
Vayer

---

* La Mothe-leVayer, Oeuvres, *Tom. II. pag.*
163. *Edit. in folio.*

Vayer octogénaire prit une épouse. Sans doute qu'il mit à profit la réponse que fit l'Oracle à Socrate, à qui il dit *qu'indubitablement, soit qu'il se mariât ou non, il s'en repentiroit.* Cet avis doit servir à tous les hommes, & sur-tout aux Savans. Le cœur n'est jamais d'accord avec l'esprit au sujet du mariage : le premier sent qu'il est fait pour aimer le beau - sexe ; le second en connoît les défauts. Dans ce combat, l'humanité est violentée par les mouvemens de l'amour, & tourmentée par les réflexions & par la raison. Quelque parti qu'un homme embrasse, il est toujours persécuté par celui qu'il abandonne. Fuit-il les femmes, un feu mortel, que rien ne sauroit éteindre, le consume insensiblement ; se marie-t-il, il essuie tous les chagrins & tous les embarras attachés au ménage.

Il vaut cependant encore mieux prendre une épouse, que de rester garçon ; & les maux qu'entraine le mariage, ne doivent pas à beaucoup près égaler ceux que cause le célibat, puisque les plus grands Législateurs l'ont défendu par leurs Loix. Licurgue ordonna des peines très sévères contre ceux qui ne se marieroient point ; Platon dans sa République oblige les citoiens à subir le joug de l'Hymen. Il me paroît que ces statuts sont non seulement utiles au bien public, au maintien & à l'agrandissement

des

des fociétés; mais à la tranquillité des particuliers ; car laiſſant à part le retardement que le mariage apporte à la perfection & à l'avancement des connoiſſances des Savans , je crois qu'il exempte les hommes de bien des tourmens, & les délivre des peines auxquelles les expoſe le célibat.

LES plus grands perſonnages n'ont jamais pû s'accoutumer à ſe paſſer de femmes; les Saints même, en ſongeant à elles , entroient ſouvent dans une eſpèce de fureur. St. Jérôme hurloit ſouvent dans ſa caverne , comme la Sibylle de Cumes dans ſon antre ; toutes les fois qu'il ſe reſſouvenoit des Dames Romaines, il entroit en fureur. * Il n'avoit cependant

* *O quoties in Eremo conſtitutus, in illa vaſta ſolitudine, quæ exuſta Solis ardoribus horridum Monachis præbebat habitaculum, putavi me Romanis intereſſe deliciis! Sedebam ſolus, quia amaritudine repletus eram. Horrebant ſacco membra deformia. Quotidie lacrymæ, quotidie gemitus. Et ſi quando repugnantem ſomnus imminens oppreſſiſſet, nuda humo vix oſſa hærentia collidebam. De cibis vero & potu taceo, cum etiam languentes Monachi frigida aqua utantur, & coctum aliquid accepiſſe luxuria ſit. Ille igitur ego, qui ob metum Gehennæ tali me carcere damnaveram, ſcorpionum tantum ſocius & ferarum ſæpe choris intereram puellarum. Pallebant ora jejuniis, & mens deſideriis æſtuabat. In frigido corpore & ante hominem ſuam*

« dant d'autre nourriture que celle des
« Moines du défert qu'il habitoit, qui ne
« bûvoient que de l'eau, & ne mangeoient
« que des herbes crues; il couchoit fur la
« terre; il étoit couvert d'un cilice. Malgré toutes ces macérations, la chair fe
révoltoit, le cœur s'émouvoit, & dans
un corps languiffant & à demi-mort l'a-
mour allumoit fans ceffe les feux de la
concupifcence; c'étoit après des peines
inouïes, que St. Jérôme venoit à bout de
les calmer. Il nous apprend lui-même
qu'il paffoit fouvent des nuits entières à
crier au fecours, & qu'il frappoit fa poitrine jufques à ce qu'il eut vû la tempête paffée *.

VOILÀ un moïen de dompter les paffions bien dangereux·! On s'expofe ainfi
à fe procurer un crachement de fang; il
vaut mieux emploier le mariage pour
calmer la concupifcence, que les coups
de poing dans l'eftomac. Ce premier expédient eft plus utile à la Société, &
fent

---

*fuam carne præmortua, fola libidinum incendia
bulliebant.* Hieronimi Epift. ad Euftochium XXII.
    * *Itaque auxilio deftitutus, ad Jefû jacebam pe-
des, rigabam lachrymis, crine tergebam, & repugnantem carnem hebdomadarum inedia fubju-
gabam. Memini me clamantem diem crebro junxif-
fe cum nocte, nec prius a pectoris ceffaffe verberi-
bus, quam rediret, Domino imperante tranquillitas.* Id. ibid.

sent moins le fanatique. D'ailleurs, un Savant, sur-tout un homme du monde, ne peut guères avec bienséance se servir du remède de St. Jérôme. Qu'auroit-on pensé de Descartes, si les voisins de l'appartement qu'il habitoit, l'avoient entendu se donnant toutes les nuits de grands coups dans l'estomac? Comme il a beaucoup vécu en Hollande, si cela lui étoit arrivé dans ce païs, il eût couru risque d'être enfermé aux Petites-maisons. Il faut, pour se battre à son aise & sans scandale, avoir l'aisance & la commodité qu'avoit St. Jérôme. Peu de gens vivent comme lui avec des Moines; on doit chercher par conséquent d'autres moïens pour appaiser la concupiscence, qui soient plus humains & plus faciles que les siens. Je ne crois pas qu'il y en ait de plus innocent, & de plus commode que le mariage. Je ne me repens donc point, sage & savant Abukibak, de m'être marié : je voudrois seulement pouvoir faire prendre au Philosophe le dessus sur le mari, & ne donner à mon épouse que le tems que je ne puis donner à mes Livres. Aides-moi dans cette entreprise, & je t'aurai une obligation éternelle.

Je te salue, sage Abukibak.

LET-

LETTRE CENT QUARANTE-HUITIEME.

Abukibak, *au studieux* ben Kiber.

TU as eu raison, studieux ben Kiber, aimant les femmes, de te marier : tu as prévenu par-là les desordres dans lesquels tu aurois pû te plonger; & quels que soient les embarras que les soins du ménage entrainent avec eux, ils sont bien moins dangereux & bien moins nuisibles, que les maux que cause la concupiscence. ,, L'impudicité est la plus dé-,, testable de toutes les passions, * elle ,, tue également le corps & l'ame, elle ,, soumet les hommes au joug de l'amour ,, deshonnête. Sous des apparences trom-,, peu-

- * *Impudicitia semper est detestanda, obscænum ludibrium reddens ministris suis, nec corporibus parcens, nec animis. Debellatis propriis moribus, totum hominem suum sub triumphum libidinis mittit, blanda prius, ut plus noceat dum placet. Exhauriens rem cum pudore, cupiditatum infesta rabies, incendium conscientiæ bonæ, mater impænitentiæ ruina melioris ætatis.* In Auctor. *Libri* de Dono Pudicitiæ, *pag.* 120.

Tome V.

,, peufes, elle les précipite dans l'abyme
,, & ne les flatte dans les commence-
,, mens, que pour les perdre dans la fui-
,, te avec plus de facilité quand elle s'eſt
,, rendue maitreſſe du cœur. Ce vice
,, ruine la pudeur, épuiſe les biens, en-
,, flamme les paſſions, détruit la bonne
,, conſcience, & conduit enfin à l'impé-
,, nitence finale. ,,

LORSQU'ON eſt forcé de vivre dans le célibat, & qu'on eſt aſſez malheureux pour ne pouvoir pas trouver dans le mariage un remède pour appaiſer innocemment les deſirs de la chair, on ne ſauroit trop prendre de précautions pour prévenir les attaques de l'impureté, & pour reſiſter à ſes flatteuſes tentations. Un Pere de l'Egliſe, que le ſouvenir des femmes rendoit malheureux, & qui étoit ſans ceſſe en garde contre lui-même, compare le Démon de la concupiſcence à un ſerpent. Si l'on veut empêcher ce reptile d'entrer dans un trou, il faut prendre garde qu'il n'y paſſe la tête; car alors il eſt impoſſible de le retenir* : de même, pour empêcher l'impureté d'entrer dans notre cœur, il faut fortement réſiſter à ſes premières
at-

---

* *Diabolus ſerpens eſt lubricus, cujus capiti, hoc eſt primæ ſuggeſtioni, ſi non reſiſtitur, totus in interna cordis, dum non ſentitur, illabitur.* Hieron. in Cap. IX. Eccleſ.

attaques ; fans quoi, elle s'en rend la maitreffe.

UN jeune homme, qui n'étoit pas auffi
févère que St. Jérôme, difoit que l'a-
mour des femmes étoit un ragoût apprê-
té par un excellent cuifinier. Lorfqu'on
n'en avoit point gouté, on en ignoroit
toute la délicateffe, dès qu'on en avoit
tant foit peu tâté, il étoit impoffible de fe
paffer d'un méts auffi friand. On devenoit
femblable à ces chats affamés, qui, au
rifque d'attraper quelque coup de bro-
che, & d'effuier toute la mauvaife humeur des cuifiniers, volent fubtilement
le roti; de même un jeune homme, aux
dépens de fa fanté, de fa bourfe, & fouvent de fa vie, tâche de féduire quelque
Belle, s'il connoit une fois la douceur
qu'on goute dans un tête-à-tête. Le
chat ne craint point le couroux des fer-
vantes & la colère des cuifiniers ; l'a-
moureux fortuné méprife les injures des
duegnes, & les piéges des cocus.

POUR dompter la concupifcence, il
faut la détruire entiérement : fi l'on ne
fait que l'appaifer, elle reffemble à un
feu qui couve fous la cendre, & qui n'en
eft pas moins dangereux. Quoiqu'il ne
paroiffe pas, un rien peut le rallumer ;
une feule étincelle qui s'en échappe, eft
capable de caufer un grand incendie.
Heureux, mon cher ben Kiber, les gens
qui font mariés ! Ils ont toujours un ruif-

feau qui leur fournit abondamment de l'eau pour éteindre les flammes les plus violentes ; mais ceux qui vivent dans le célibat , ne font jamais affûrés d'être un inftant en fûreté. Je m'étonne que les Peres de l'Eglife, qui ont été convaincus par l'expérience de cette trifte vérité , aient donné tant de loüanges à ceux qui fuioient le mariage. Ils convenoient que l'impudicité s'allume dans une ame comme le feu dans la paille, & que comme fi l'on ne prévient pas cet incendie , il réduit en cendre & confume tout ce qu'il parcourt ; de même auffi quand on n'éteint point promptement le feu de l'impudicité , il caufe un embrafement fans remède *. Ils convenoient, dis-je, de la néceffité d'avoir toujours un moïen efficace & certain pour amortir la concupifcence ; & cependant par une bizarrerie inexprimable , ils ravaloient autant qu'ils pouvoient l'état du mariage , qui eft le feul & unique expédient pour faire

* *Quid eft libido , nifi ignis ? Quid virtutes , nifi flores ? Quid item turpes cogitationes, nifi paleæ ? Quis autem nefciat, quia fi in paleis ignis negligenter extinguitur , ex parva fcintilla omnes accenduntur ? Qui ergo virtutum flores in mente non vult exurere , ita debet libidinis ignem extinguere, ut per tenuem fcintillam nunquam poffit ardere.* St. Gregorii Expof. in Cap. XV. I. Regum, *Lib. VI.* *pag.* 173.

re ceffer innocemment le defir de la chair.

ON a beau recourir, mon cher ben Kiber, pour diffiper les tentations, aux coups de foüet & aux difciplines : ces remèdes font bons pour une demi-heure ; mais leur effet ne va pas plus loin. Dès que la douleur de la feffe ou de l'épaule frappée ceffe, les mouvemens du cœur recommencent ; & pour le tenir toujours dans une fituation tranquille, il faudroit fe faire foüetter les trois quarts de la vie. Outre que peu de perfonnes veulent ufer d'un correctif auffi cuifant, il eft prefque impratiquable, fur-tout à un Savant qui feroit détourné entiérement de fes occupations. En général nous voions que les Moines, qui fe difciplinent beaucoup, font les plus ignorans. Rarement un Jéfuite & un Benedictin s'avifent de fe meurtrir le derrière, ils laiffent aux Capucins & aux Chartreux ce pénible exercice.

FELICITES-toi donc, ftudieux ben Kiber, d'être marié ; & loin de te plaindre de quelques diftractions que te caufe ta femme, & de quelques momens qu'elle te fait perdre, fonges que c'eft à elle à qui tu es redevable d'une partie de ton bonheur & de ta tranquillité. Elle te fournit un moïen affûré de faire ceffer la tentation, fans avoir befoin de recourir à des remèdes, auffi infructueux qu'indignes

G 3   dignes

dignes d'un Philofophe. * Fuffes-tu tenté
dix fois par jour, dans moins de cinq ou
fix

* Il n'eft rien de fi honteux pour un homme
de Lettres que de s'abandonner à la débauche.
Quelqu'un qui fait profeffion d'être Philofophe,
ne doit-il pas rougir de fe plonger dans la plus
indigne crapule? Que peut-on penfer de lui, fi
ce n'eft qu'il fe moque du Public, & qu'il ne
craint point de faire criminellement ce que ceux
qui font licitement, enféveliffent dans le filence & les ténèbres? Un grand génie a eu raifon
de dire qu'il a été plus aifé à l'impudicité de
s'affranchir des règles de la pudeur, que d'en
violer les retraites. Ecoutons-le parler lui-même: fi les leçons n'infpirent pas l'horreur de
l'impudicité à certains Savans, elles les oblige-
ront peut-être à prendre des précautions pour
dérober aux yeux du Public la connoiffance de
leurs vices.

*Opus vero ipfum quod libidine tali peragitur,
non folum in quibufque ftupris, ubi latebræ ad fub-
terfugienda humana judicia requiruntur; verum
etiam in ufu fcortorum, quam terrena civitas lici-
tam turpitudinem fecit, quamvis id agatur quod
ejus civitatis nulla lex vindicat, devitat tamen publicum etiam permiffa atque impunita libido con-
fpectum; & veræcundia naturali habent provifum
lupanaria ipfa fecretum, faciliufque potuit impudicitia non habere vincula probibitionis, quam impu-
dentia removere latibula illius fœditatis. Sed hanc
etiam ipfi turpes turpitudinem vocant: cujus licet
fint amatores, oftentatores effe non audent.* Aug.
de Civitate Dei, *Tom. VII. Lib. XIV. Cap.* 18.
pag. 369.

fix minutes, elle rameneroit le calme dans ton ame. Hà! mon cher ben Kiker, tu ignores tout le prix du thréſor que tu poſſédes. Ecoutes le Sage, il te dira que *celui qui a rencontré une bonne femme, a trouvé un grand bien, & qu'elle le rendra véritablement heureux* *. C'eſt-là une des grandes récompenſes que Dieu donne ſur la terre à ceux qui l'ont fidélement ſervi †.

L'EXPERIENCE confirme tous les jours l'utilité d'une bonne femme ; les plus grands hommes ont eu quelquefois des obligations infinies aux leurs. Sans rapporter ici un nombre d'hiſtoires que fournit l'antiquité, je ne ferai mention que d'un fait arrivé dans ces derniers tems. Le Czar Pierre Alexiowitz, qui fit changer da face à toute la Moſcovie, qui créa, pour ainſi dire, de nouveaux hommes dans ce païs, qui vainquit enfin l'intrépide Charles XII. auroit été lui-même non ſeulement vaincu, mais fait priſonnier, ou tué, ſans ſa dernière épouſe. Cette femme, née dans le rang le plus vil, mais dont la grandeur de courage & le génie ſurpaſſoient tout ce qu'on a

dit

* *Qui invenit mulierem bonam, invenit bonum, & hauriet jucunditatem a Domino.* Proverb. XVIII.

† *Pars bona mulier bona, in parte timentium Deum : dabitur viro pro factis bonis.* Eccl. XXVI.

dit des plus grands héros, le tira du péril où il étoit exposé. Elle l'arracha des mains des Turcs, & profitant habilement de l'avance du Grand-Vifir, elle fit plus dans un feul inftant, que fon mari n'avoit fait pendant toute fa vie.

Les femmes ont adouci très fouvent les mœurs & le caractère des hommes les plus fauvages & les plus cruels. Efther fauva du courroux d'Afiuérus tout le Peuple d'Ifraël ; Panicatomink, Reine du Tonquin, empêcha fon mari de faire bruler tous les habitans d'une ville très confidérable.

Les Auteurs Romains nous ont confervé les hiftoires de plufieurs femmes, à qui la République eut de très grandes obligations. La mere & la femme de Coriolan garantirent Rome des fureurs de ce Général irrité. Livie donna un confeil à Augufte, qui, en faifant ceffer les profcriptions, mit auffi fin aux conjurations qu'on faifoit contre cet Empereur.

Si nous cherchions chez les Modernes, nous trouverions des exemples auffi décififs de l'utilité des bonnes femmes. Il n'y a pas encore long-tems qu'un Général s'étoit fait haïr des troupes ; elles ne pouvoient point le fouffrir, & évitoient le plus qu'il leur étoit poffible, de fervir fous fes ordres. Il fe maria, & le fort lui donna une femme, qui à la naiffance la plus illuftre joignoit la douceur la plus

plus aimable, & la politeffe la plus en-
gageante. Elle adoucit bien-tôt l'humeur
vive & hautaine de fon mari, qui regagna
la confiance & l'amitié des foldats. Aujour-
d'hui ce Général eft un des plus refpectables qu'il y ait en France, foit par fon
mérite, foit par fes lumières, foit enfin
par fon affabilité ; vertu, qui lui manquoit
entiérement avant fon mariage. S'il eût
refté garçon, il eût toujours été haï.
Combien d'aimables gens feroïent ruf-
tres, brutaux, cruels, infolens, &c. s'ils
n'avoient point été ramenés, ainfi que ce
Général, par la douceur & la fageffe de
leurs époufes !

FELICITE-toi donc, ftudieux ben Kiber, d'avoir rencontré une femme, qui
répare bien par les plaifirs qu'elle te donne, les peines legères qu'elle te caufe
quelquefois ; & qui, loin de te détourner
de tes occupations ordinaires, ainfi que
tu le penfes, te procure un moïen affûré
pour vivre tranquille, foit par les com-
plaifances qu'elle a pour toi, foit par les
confeils falutaires qu'elle te donne. Tu
te plains qu'elle trouve mauvais que tu
reftes toujours enfermé dans ton cabinet,
je crois qu'elle a raifon. Il faut que l'efprit ait le tems de fe repofer : *neque femper arcum tendit Apollo.* Une application
trop continuelle énerve bientôt le tempérament le plus fort. Goutes donc de
tems en tems quelque repos, mon cher

ben

ben Kiber, & loin de fonger à *faire prendre totalement le deſſus au Philoſophe ſur le Mari*, tâches d'être heureux, & comme Philoſophe, & comme mari. N'imites point ces Savans bourus, qui portent dans le lit nuptial la rudeſſe & la mauvaiſe humeur de l'école, & qui traitent leurs femmes avec autant de brutalité, qu'un Régent Péripatéticien qui diſpute contre un Scotiſte. En ſortant de ton cabinet, oublies Locke, Deſcartes & Gaſſendi; ne te ſouviens plus que de ce qui peut plaire à ton épouſe. Parles-lui de Madame de Villedieu, de Racine & de Segrais; ou plûtôt, dis-lui qu'elle eſt aimable, que tu l'aimes, que tu l'adores. S'il eſt jamais permis à un ſage Philoſophe de prendre le ton de Petit-maitre, c'eſt lorſque cela peut le rendre heureux dans ſon ménage, & que ſa femme eſt le ſeul témoin de ſes legères foibleſſes.

PORTE-toi bien, je te ſalue.

„ LET-

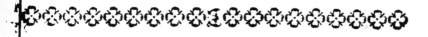

LETTRE CENT QUARANTE-NEUVIEME.

Ben Kiber, *au sage Cabaliste* Abukibak.

LEs Savans ont beaucoup parlé autrefois, sage Abukibak, des effets de certains philtres amoureux, que de prétendus Magiciens donnoient, soit pour guérir d'une passion, soit pour la faire naître. Ils ont agité avec beaucoup de soin tout ce qui pouvoit avoir quelque rapport avec ces boissons miraculeuses ; mais dans ces derniers tems les Physiciens ont démontré évidemment qu'elles n'étoient que des liqueurs naturelles & dangereuses, ainsi que tous les breuvages, composés de quelques herbes contraires à la santé des hommes. Ils ont compris que la volonté humaine étant un mode de l'ame, elle ne pouvoit être déterminée à un seul & unique objet, par une matière qui ne pouvoit agir sur elle que par la confusion qu'elle mettoit dans les organes du corps.

DE même qu'un homme qui boit excessivement d'une liqueur forte, est échauffé

chauffé & defire l'approche des femmes
s'il eſt luxurieux ; de même auſſi une perſonne , à qui l'on donne un philtre amoureux , étant exceſſivement ému & en-
flammé , pour ainſi dire , par cette boiſſon *, ſouhaite de joüir des plaiſirs de l'a-
mour ,

* Un grand maître dans l'art d'aimer qui ſe
moquoit de tous les ſortilèges , & qui diſoit
que tous les charmes magiques de Circée n'a-
voient pû empêcher Uliſſe de l'abandonner ,

Quid tibi profuerunt , Circe , perſeides herbæ,
Cum ſua neritias abſtulit aura rates ?
Omnia fec ſti , ne callidus hoſpes abiret :
Ille dedit certæ lintea plena fugæ.
        Ovid. de Remed. Amor. *Lib. I.*

Ce grand maître d'amour défendoit aux amans
qui vouloient guérir de leur paſſion , de manger
certains mêts , non qu'il crût que ces mêts é-
toient enchantés , & qu'il regardât les truffes &
la roquette comme des herbes magiques ; mais
c'eſt qu'il ſavoit qu'elles échauffoient & provo-
quoient à l'amour. Il défendoit même l'uſage
du vin par la même raiſon , & ne permettoit
d'en boire qu'au cas qu'on en prît tant qu'on
perdît le ſouvenir entiérement. Il permettoit
de s'enyvrer , mais non pas de ſe griſer.

Ecce cibos etiam , medecinæ fungar ut omni
Munere , quos fugias , quoſve ſequare , dabo.
Daunius , an Libycis bulbus tibi miſſus ab oris,
An veniat Megaris , noxius omnis erit.

                                          Nec

mour, il eft naturel qu'il porte plûtôt la
vûe fur les gens qu'il voit ordinairement,
& avec lefquels il vit, que fur des étrangers qui lui font prefque inconnus. Voilà ce qui fait que fouvent les breuvages
que donnent les prétendus forciers, produifent l'effet qu'ils promettoient. Un
homme qui a fait donner une pareille liqueur à fa maitreffe, en eft aimé plûtôt
qu'un autre, parce que dans les mouvemens que le poifon produit en elle, fon
imagination eft frappée du fouvenir d'une
perfonne qui la fréquentoit journaliére-
ment, & dont elle favoit être aimée.
Mais le philtre n'a aucune part à la dé-
termination de la volonté : il ne feroit
pas même fort furprenant qu'il produifit
un effet tout contraire à celui que promet le magicien : il ne faudroit pour cela

Nec minus erucas aptum vitare falaces,
Et quidquid Veneri corpora noftra parat.
Utilius fumas acuentes lumina rutas:
Et quidquid Veneri corpora noftra negat.
Quid tibi præcipiam de Bacchi munere quæris;
Spe brevius monitis expediere meis.
Vina parant animum Veneri, nifi plurima fumas;
Ut ftupeant multo corda fepulta mero.
Nutritur vento, vento reftinguitur ignis.
Lenis alit flammam, grandior aura necat.
Aut nulla ebrietas, aut tanta fit, ut tibi curás
Eripiat: fi qua eft inter utramque nocet.
        Ovid. de Remed. Amor. *Lib. II.*

la qu'un coup du hazard. Si un homme indifférent fe préfentoit devant la Belle dans les momens où la force de la boiffon agit fur tous fes fens, il pourroit bien profiter de l'occafion, & être l'heureux, qui retireroit le fruit du prétendu fortilège.

L'EXPERIENCE a démontré fouvent cette vérité, il eft même arrivé quelquefois que le tempérament de la perfonne qui prenoit le philtre, fe trouvant trop foible pour réfifter à fa violence, il a produit un effet contraire à celui qu'on efperoit, & a rendu furieufe l'infortunée victime de la fauffe magie. Loin de reffentir les mouvemens d'une vive tendreffe, elle étoit livrée aux tranfports d'une affreufe phrénefie ; marque fûre & évidente que les philtres n'agiffent point fur la volonté, & ne la déterminent pas à un objet marqué. Lucrece, ce Poëte auffi favant qu'ingénieux, fut privé par une de ces boiffons pernicieufes de l'ufage de la raifon. *Sa maitreffe, ou fa femme Lucilia*, dit l'hiftorien de fa Vie *, *pour en être plus fortement aimée, lui donna un philtre amoureux, dont la violence lui altéra l'efprit, & ne lui laiffa que quelques intervalles*
de

* *Vie de Lucrece*, par Mr. des Coutures, *pag.* 11.. dans la Traduction du Poëme de cet Ancien.

de santé, qu'il emploia à composer son Poëme; de sorte qu'ennuié de souffrir son mal, il s'ôta lui-même la vie.

VOILA un bel effet des philtres amou-reux, & une marque de leur puissance sur la volonté! Lucilia vouloit être ai-mée de **Lucrece**, elle le rend furieux & insensé. Il faut convenir, sage & savant Abukibak, avec les grands Physiciens d'aujourd'hui que les personnes auxquel-les on donne de ces breuvages perni-cieux, & qu'on prétend avoir éprouvé toute l'étendue de leur vertu magique, étoient déjà amoureuses, & qu'elles n'ont été qu'échauffées & incitées à l'acte Vé-nérien; ou bien, on doit les regarder com-me des gens insensés & privés de la rai-son, qui sans le secours de la Magie se-roient également devenus fous. On at-tribue aux philtres ce qu'il ne faut impu-ter qu'au hazard & au dérangement du cerveau. Tous les tems nous fournissent des exemples de la bizarrerie & du capri-ce de l'amour chez les hommes. Pour ex-pliquer la cause de ces caprices, il n'est pas besoin de recourir à la sorcellerie; il ne faut que considérer les foiblesses de l'humanité. En visitant les Petites-mai-sons, on s'instruit davantage sur ce sujet, qu'en feuilletant tous les livres d'Agrip-pa.

SI l'on avoit voulu, n'auroit-on pas été en droit d'attribuer dans Athenes à

la

la Magie la manie de ce jeune Grec *, qui, d'ailleurs très fenfé, n'avoit d'autre folie que celle d'aimer une ftatue? Il en étoit fi épris, qu'il ne pouvoit s'en éloigner : Il l'embraffoit, il lui parloit, il lui faifoit même quelquefois des reproches. Sa paffion alla fi loin, qu'il demanda au Sénat de pouvoir tranfporter chez lui cette ftatue, offrant d'en faire faire un autre. Les Magiftrats lui aiant refufé cette grace, ne trouvant pas qu'ils duffent vendre

* Πᾶς δὲ ἐκ ἂν φαίν τις γελοίας ἅμα, κ) παραδόξες τάς δὲ τὰς ἔρωτας; τὰς μὲν Ξέρξε, ὅτι πλατάνε ἠράσθη νεανίσκϴ ᾖ Ἀθήνησι ᵈ εὖ γεγονότων πρὸς τῷ πρυτανεία ἀνδριάντῳ ἐςῶτϴ ᵈ ἀγαθῆς τύχης θερμότητα ἠράσθη. κατεφίλει γὰρ ᵗ ἀνδριάντα περιβάλλων, εἶτα ἐκμανεὶς κ) οἰςρηθεὶς ὑπὸ τοῦ πόθε, παρελθὰν εἰς τὴν βελὴ, κ) λιτανεύσας, ἕτοιμϴ ἦν πλεὶς ων χρημάτων τὸ ἄγαλμα πρίασθαι. ἐπεὶ ᵈ ἐκ ἐπείθετ, ἀναδήσας πολλαῖς ταγγίαις, κ) ςεφανώσας τὸ ἄγαλμα, κ) θύσας, κ) κοσμὶν αὐτῷ περιβαλὰν πολυτελῆ, εἶτα ἑαυτὸν ἀπέκτεινε, μυρία πρὸς κλαύσας. *Quis neget hos amores & ridiculos effe, & abfurdos? Primum Xerxis quod Platani amore capiebatur. Deinde cujufdam adolefcentis Athenienfis, honefto loco nati, qui ftatuam bonæ fortunæ, ad Prytaneum ftantem, deperibat: & fæpe in complexus ejus fe infinuans, ofcula dabat: atque inde raptus in furorem, œftroque percitus, propter cupiditatem, in Senatum venit, & enixe rogavit, ut fibi eam liceret utcumque magno emere. At quum nibil proficeret, multis redimita tæniis & coronis imagine coronata, oblato facrificio, ipfaque preciofo veftitu exornata, profufis innumerabilibus lacrymiis, ipfe fibi mortem confcivit. Eliani Variæ Hift. Lib: IX. Cap. XXXIX.*

dre une statue publique, il en fut si touché, que de desespoir il se tua. Si quelque sorcier eût donné un breuvage à ce Grec, sa folie auroit d'abord été imputée aux charmes magiques. On dit que Xerxès fut amoureux d'un arbre, qu'il caressoit comme si c'eût été une belle femme; la vertu des enchantemens auroit encore servi à expliquer la cause d'une manie aussi singulière.

Je m'étonne qu'à Rome, où la croiance de la Magie est si fortement établie, & où l'Inquisition, en dépit du bon sens, veut qu'on admette, sous peine d'être brûlé, l'existence des sorciers, je m'étonne, dis-je, que dans cette ville si superstitieuse on n'ait pas attribué à quelque philtre l'extravagance de cet Espagnol qui se cacha dans l'Eglise de St. Pierre, & qu'on trouva pendant la nuit joüissant d'une statue dont il étoit devenu amoureux. Cette figure existe encore ; & comme elle étoit excessivement découverte, de crainte que quelque basané Andalousien ne prît la même fantaisie que son compatriote, on l'a fait couvrir en partie d'une draperie de bronze, qui dérobe aux yeux du Public les charmes qui tenterent l'Espagnol. Si l'on fait attention à toutes les histoires surprenantes qu'on débite sur les gens qu'on assure avoir été ensorcellés & déterminés de s'abandonner à des passions bizarres, criminelles &

monftrueufes, on verra qu'on n'en trouvera aucune qui le foit autant que celles
dont je viens de faire mention. Cependant on convient qu'elles n'ont point été
produites par aucun fortilège ; pourquoi
donc ne pas juger de même des autres ?

LES remèdes, dont certains Auteurs
ont parlé pour la guérifon des maux caufés par les philtres, me paroiffent prefque tous ridicules. Il faut d'abord po-
fer ce premier principe, que les remèdes
qu'on doit donner à ceux qui ont bû de
ces liqueurs empoifonnées, doivent être
pris dans les plantes & dans les mineraux
que nous fournit la Nature. Comme le
mal eft caufé par un dérangement arrivé
dans le corps, il faut le guérir en y rap-
pellant l'ordre, & en purifiant le fang
& les parties qui peuvent être gâtées.
Tous les charmes & les conjurations font
des remèdes auffi inutiles que ridicules. Qui
peut s'empêcher de rire, en lifant la re-
cepte que Pline donne aux amoureux
pour éteindre leur paffion ? Il leur ordonne de prendre de la poudre fur laquelle
une mule s'eft vautrée, & d'en répandre
fur eux. Le fecret eft merveilleux, c'eft
dommage qu'il foit fi mal propre, & fi
nuifible aux habits noirs. Cardan * apprend

---

* Cardanus, de Subtilit. *Lib. XI. peg.* 300.

Dans

prend encore un remède auffi fingulier ;
mais il eft beaucoup plus craffeux : c'eft
de

Dans un autre Ouvrage, le même Cardan débite gravement un grand nombre de fottifes &
de puérilités ; c'eft dans le troifième Livre qu'il
a écrit fur les poifons & les venins. Il ne manque pas de dire ce qu'ont raconté certains Anciens. Il confeille, par exemple, avec Apulée,
à ceux à qui l'on a fait boire des philtres qui
empêchent de connoitre des femmes, (c'eft ce
qu'on appelle aujourd'hui parmi le petit peuple
nouer l'éguillette.) il confeille, dis-je, fondé fur
l'avis d'Apulée, à ceux qui font enchantés, de
fe faire laver avec une certaine décoction d'herbes au déclin de la Lune, pendant la nuit fur le
feuil de leur porte. Il faut auffi que celui qui
lave le maléfice, fe lave à fon tour, & qu'il
s'en retourne chez lui fans le regarder, & fans
détourner la tête. A ce premier fecret Cardan
en ajoute plufieurs autres, puifés également dans
les Anciens. Pline lui fournit celui de l'ufage
de plufieurs herbes & des plumes de paon. Ceux
qui entendront le Latin, feront bien aifes d'entendre parler Cardan lui-même.

Ad eos qui concumbere nequeunt, Apuleius (fi
qua fides huic viro adhiberi poteft) ita fcriptum
reliquit : Leontopodii frutices feptem abfque radicibus
decoque, & Luna decrefcente lavato eum qui fri-
gidus eft, & teipfum, ante limen fuæ domus pri-
ma nocte, & fuffumigato herba ariftolochiæ, &
redi domum, illum nequaquam refpiciens. Aliud ve-
rifimilius. Ex pugione quo homo fit occifus, tres
facies annulos. Unum geftabit collo appenfum, fe-

H 2 *cundum*

de mettre fur foi de la fueur d'une mule échauffée. Voilà les mules d'une grande utili-

cundum in digito, tertium cervici fubdat. Juvat & pugionem ipfum fupponere cervicali. Plinius mirum in modum commendat abrotonum, adeo ut etiam pulvinari fubditum, prodeffe putet. Putant generaliter omnes bis generibus prodeffe centaurium devoratum duplex genus: minus, cujus herba in ufu eft; majus, cujus radix rhapontici fub nomine venalis eft, inde molydeorum, ab Homero appellatum, cujus Plinius defcribit figuram, medium quafi inter cyclamen ac fcyllam: hujus habet folia, illius radicem. Sed & cyclamen ipfum fi feratur in domo, & verbena fi fufpendatur, quam ob id hierobotanen, id eft facram vocant herbam, plurimum prodeffe creditur. Huic fuccedit betonicæ femen, quod qua die homo deguftarit, negant poffe ullo genere veneficii tentari. Inde femnion a Plinio colore pennarum paonis: & heliocallis, quibus Perfarum Reges intus priore, extra pofteriore uti referunt. Poft lotos, id eft, fertula campana. Inde femen filicis, quod apud me eft. Decimo loco fcylla: hæc averruncant. Hier. Cardani de Venenis. Lib. III. Cap. XV. pag. 1004. Num. 50. & feq.

A tant de remèdes, pris chez les Anciens contre les philtres, Cardan en ajoute plufieurs autres, dont certains Auteurs modernes, follement entêtés de Magie, font un grand cas. Par exemple, de dormir dans la peau d'un loup: celle d'un lion eft encore plus efficace; le front d'un âne a encore une vertu furprenante. Ecoutons Cardan lui-même fur tous ces remèdes *anti-magiques.*

Et

utilité! Je m'étonne que quelque Auteur ne se soit pas avisé d'attribuer une grande

Et dormire in pellibus lupi : sed longe melius sub calcitra pellis leonis. Et carbunculus granatus magnus, ardenti primæ similis, & quasi soli collo appensus. Et comedat assidue buglossum, petrosilium vulgare, & muniat animum Philosophiæ præceptis, & legat Theonoston. Et mutatio regionis ad hoc confert, & vincire frontem corio frontis asini, creditur utilissimum ad fascinum. Hier. Card. de Venenis, *Lib. III. pag.* 1006.

Il étoit juste que Cardan fît entrer le Ciel dans la guérison des maux causés par les philtres; aussi n'y a-t-il pas manqué. Il est vrai qu'il n'ajoute pas tant de foi à ce qu'on en dit, qu'il ne croie qu'il soit toujours très prudent de manger des cœurs de loup, & de coucher sur des peaux de lion. Il en revient toujours à ces peaux, elles lui tiennent au cœur.

Auxilium e Supernis fallax non est : consistit aut in perfectione summa, id est triplicata. Et sensus, & verborum, & elementorum numerus in hoc convenit. Nunquam amovebis a te, neque mente, neque verbo; neque corpore. Serva cor syncerum erga Deum, & illius vita te tuebitur. Poeniteat, cupiat, deliberet, confidat, qui a devotione liberare se velit. Quod referunt de Psalmo illo, Judica me Deus, & discerne causam meam : *credo verum non esse, quoniam non justificabitur in conspectu tuo omnis vivens. Melius ergo solum tutis inniti. Et umbra sapientis ac felicis defendit hominem, non devotum divinis verbis ob sympathiam. Devotum autem magicis carminibus atque opinione, con-*

H 3 *sir-*

de vertu aux endroits où elles fientent.
Pourquoi ne point emplóier aux grandes
chofes , non feulement tout ce qui ap-
partient aux mules ; mais encore ce à
quoi elles touchent? Il n'eût fallu pour
cela que les mêmes raifons qui ont fait
ériger leur fueur en excellent antidote
amoureux; on auroit été également fondé à foutenir des extravagances auffi abfurdes. Les Anciens en étoient beaucoup
plus entêtés que les Modernes : dès qu'il
s'agiffoit de calmer ou de chaffer une
paffion, ils recouroient à la Magie, c'eft-
à-dire à des expédiens auffi fautifs que
criminels *.

FAUS-

*firmat adamas geftatus in brachio finiftro , velut
dictum eft de præftigiatis. Differunt , quoniam
præftigiati medicamentis moventur a mente, devoti
re divina , aut Dæmone , vel aftrorum vi , aut opinione. Ad devotos plerumque conferunt , quæ ad
præftigiatos. Et hujufmodi hominibus confert edere
corda luporum , & os cordis eorum , ac leonum , &
cubare fub leonis pelle. Hier. Cardani de Venenis, Lib. III. pag. 1007.*

Après tous les raifonnemens de Cardan, je
laiffe à décider aux gens qui ne font pas la dupe de leurs préjugés & des contes de leurs
nourrices, de la croiance qu'on doit donner
aux Auteurs qui ont écrit gravement au fujet
des philtres , les impertinences les plus ridicules.

* Ovide eft un des Anciens qui a parlé le
plus

FAUSTINE, fille de l'Empereur Antonin, & femme de Marc-Aurèle, devint amoureuse d'un gladiateur; & sa tendresse alla si loin, qu'elle pensa lui coûter la vie. Cette Princesse languissoit, dès qu'elle étoit éloignée de son amant. Marc-Aurele, instruit d'une passion honteuse, fit assembler un grand nombre d'Astrologues & de Médecins : tous ces Savans, après avoir bien disputé, ne trouverent point de meilleur moïen pour guérir l'Impératrice, que de faire mourir le gladiateur sans qu'elle en eût connoissance, & de

plus sensément sur les prétendus charmes magiques. *Il faut être bien crédule*, dit-il, *pour s'imaginer que l'amour se puisse guérir par les herbes malignes de Thessalie. Ce sont-là de vieilles erreurs qui conduisent aux sortilèges.* Dans un autre endroit ce Poëte dit que *ceux à qui il donne ces remèdes, ne doivent plus ajouter foi aux poisons & aux enchantemens.*

Viderit, hæ monia si quis mala pabula terræ,
Et magicas artes posse juvare putat:
Ista veneficii vetus est via, noster Apollo
Innocuam sacro carmine monstrat opem.
Me duce non tumulo prodire jubebitur umbra,
Non anus infami carmine rumpet humum.

- - - - - - - - - - -
- - - - - - - - - - -

Ergo age quisquis opem nostra tibi poscis ab arte,
Deme veneficiis, carminibusque fidem.

Ovid. Remed. Amor. *Lib. I.*

H 4

de lui en faire boire le fang; après quoi, l'Empereur fon mari coucha avec elle, & la connut. Les hiftoriens qui nous ont tranfmis cette hiftoire, ajoutent que Fauftine fut parfaitement guérie, & qu'elle ne fe fouvint plus de ce gladiateur. Quant à moi, je penfe que ce qu'il y eut de plus fpécifique dans ce remède, fut la mort de cet amant. L'Impératrice, l'aiant fans doute apprife, & n'y trouvant aucun remède, prit patience, & jugea à propos de fe confoler. Elle fut charmée apparemment d'attribuer fa guérifon à la Magie, pour rendre moins honteufe fa foibleffe, en la faifant paffer pour un effet de quelque maléfice, pour une fuite de l'influence maligne des aftres. Si l'on confultoit à Paris toutes les femmes qui font cocus leurs maris, dont le nombre à coup fûr n'eft pas petit, & qu'on leur propofât d'avoüer en public, ou qu'elles font forcés par des fortilèges à l'infidélité, ou déterminées fimplement par leur goût & leur penchant à la galanterie, il n'en eft aucune, qui, pour garder le *Decorum*, ne prétendît être cent fois plus obfédée que la Cadière & Madelaine de la Palu. On ne verroit à Verfailles, à Paris, & dans tout le Roïaume que des femmes qui fe plaindroient de la méchanceté des forciers.

Porte-toi bien, fage Abukibak.

L e t-

✿✿✿✿✿✿✿✿✿✿:✿✿✿✿✿✿✿✿✿

LETTRE CENT CINQUANTIEME.

Ben Kiber, *au Cabaliste* Abukibak.

PUISQUE le plaisir que tu prens, sage & savant Abukibak, à faire des expériences chymiques, est pour toi si grand que tu ne saurois t'en passer, quelque nuisible qu'il soit à ta santé, souffres que je te fasse faire quelques réflexions sur les précautions que tu dois prendre, & que j'expose à tes yeux tout le danger que tu cours dans ton laboratoire.

LES particules venimeuses qui se détachent sans cesse des minéraux que tu calcines, que tu pulvérises, ou auxquels tu donnes une nouvelle forme, attaquent insensiblement ton estomac, ta poitrine & ton cerveau, & te causeront tôt ou tard quelque dangereuse maladie. Presque tous les maux des Chymistes sont occasionnés par la nature des matériaux sur lesquels ils travaillent. Un savant Médecin de ces dernieres tems prétend que tous ceux qui mettent en usage les mineraux, sont sujets aux mêmes incommodités. Il veut qu'ils se ressentent également des corpuscules qui s'en détachent ; il prouve le

H 5   mal

mal qu'elles peuvent caufer, par celui que fouffrent tous ceux qui travaillent aux mines *.

IL eft certain, fage & favant Abuki-bak, que l'expérience ne démontre que trop que les mineraux renferment prefque tous un poifon d'autant plus dangereux, qu'il eft fubtil & imperceptible. On n'en reffent les atteintes que lorfqu'il eft, pour ainfi dire, impoffible de pouvoir y remédier : & quoique tous les Chymiftes fe vantent d'avoir des remèdes fpécifiques pour guérir toutes les maladies, la pâleur de leur vifage dément évidemment les vertus de leur élixir † ; quelquefois même il ne peut leur fervir

---

* *Primo itaque in cenfum venient ii morbi, qui a prava materiæ indole ortum ducunt, ac inter eos, qui Metallurgos infeftant, & quotquot alios Artifices qui in fuis opificiis mineralibus utuntur, ut Aurifices, Alchymiftæ, quique aquam fortem diftillant, Figuli, Specularii, Fufores, Stanndrii, Pictores quoque & alii. Qualis vero & quam peftiferæ noxæ intra venas metallicas recondantur, experiuntur primo mineralium Foffores, Bernardini Ramazzini Opera Medica & Phyfiologica &c. de Morbis Artificum, Cap. I. pag. 477.*

† *Quamvis Artem cuncta mineralia cicurandi tenere fe jactitent Chymici, non impune tamen ipfi quoque ab illorum vi perniciali evadunt ; eafdem enim perfæpe noxas ac alii Artifices accerfunt, qui circa mineralia exercentur : at fi verbis id pernegent,*

servir à rien, & ne sauroit, les soulager.
Un Auteur, qui est entré dans un détail
très circonstancié des maladies des Chymistes, raconte un accident arrivé à *Tachenius.* Cet Artiste, aiant voulu sublimer
de l'arsenic, jusques à ce qu'il pût demeurer fixe dans le fond d'un vase, l'ouvrit
après plusieurs *sublimations,* & fut très surpris de sentir une odeur suave ; mais demi-heure après, il fut attaqué d'un grand
mal d'estomac. Il avoit beaucoup de difficulté à respirer, il cracha du sang, fut
attaqué de la colique & d'un tremblement dans tous les membres. Il rétablit
médiocrement sa santé par l'usage du lait
& de l'huile : ce remède ne l'empêcha
cependant point d'être tout un hyver incommodé d'une fiévre lente & hecti-
que, dont il ne put entiérement se guérir qu'en bûvant pendant long-tems des
décoctions faites avec des herbes vulne-
raires *.

VOY

gent, *faciei colore satis fatentur.* Ramazzini *de*
Chymicor. Morbis, *Cap. IV. pag.* 492.

* *Satis curiosum est quod sibi accidisse fatetur*
Tachenius, *in suo* Hipocrate Chymico. *Refert
enim quod cum arsenicum sublimare vellet, donec
in vasis fundo fixum permaneret, & post multas
sublimationes vas aperuisset, suavem quemdam odorem multa cum admiratione percepisse : sed post se-
mi horam stomachum dolentem, confractum sensisse,*
cum

Voila un exemple, sage & savant A-
bukibak, de l'inutilité dans certaines oc-
casions de l'élixir merveilleux des Chymistes. Le même Auteur en fournit encore plusieurs autres, & entre autres celui de *Carolus Lancillotus*, Artiste célèbre, qu'il assûre avoir connu particuliér-
rement, & que les travaux Chymiques
avoient rendu chassieux, tremblant, é-
denté, asthmatique, puant, n'aiant enfin
d'autre mérite que celui que lui avoient
acquis les remèdes & les drogues qu'il
faisoit *.

En montrant tout le danger que cou-
rent les Chymistes, je ne prétends point
mépriser absolument tous leurs remèdes ;
ce n'est pas-là mon dessein. Je veux seulement te mettre devant les yeux combien il est nécessaire, pour conserver leur
santé, qu'ils aient de prévoiance. Car
d'ail-

---

cum *difficultate respirandi, sanguinus mictu, coli-
co dolore, ac omnium membrorum convulsione. Olei
& lactis usu mediocriter restitutum ait ; verum per
integram byemem febre lenta bectica simili mulcta-
tum fuisse, a qua decocto ex herbis vulnerariis, &
esu summitatum brassicae, tandem se expedivit. Ramazzini, pag.* 493.

* Carolum Lancillotum, *Chymicum nostratem
celebrem, ego novi tremulum, lippum, edentulum,
anbelosum, putidum, ac solo usu medicamentis suis,
Cosmeticis praesertim, quae venditabat, nomen &
famam detrahentem. Ramazzini, pag.* 493.

d'ailleurs ils font quelquefois des poudres & des liqueurs qui font très bonnes & très utiles ; mais il faut bien prendre garde à ceux dont on achete ces remèdes, & être affûré de leur fcience dans leur métier. *La moindre variation*, dit l'Auteur que j'ai déjà cité, *peut changer en poifon les remèdes des Chymiftes.* Un Médecin ne peut les emploier en confcience, s'il ne les a préparés lui-même, ou s'il ne les a vû faire à quelque habile Artifte *.

La précaution que les Chymiftes font obligés d'apporter dans la compofition de leurs médicamens, s'ils veulent y réüffir, eft la principale caufe de leurs maladies ; ils font forcés d'être continuellement auprès de leurs fourneaux, d'obferver fans ceffe le dégré de violence de leur feu. La fumée du charbon, les corps qui s'exhalent des matières qu'on diftille, tout femble s'unir pour détruire leur fanté ; il eft donc prefque impoffible qu'il ne leur arrive tôt ou tard quelque funefte accident. L'on ne doit point, à caufe

de

* *Minima fi quidem variatio & incuria in Chymicis remediis elaborandis, illorum qualitates fic immutare poffe, ut in venenorum claffem tranfeant, ait* Renat. Cartefius. *In hanc rem* Juncken *quoque in fua Præfatione ait Chimica medicamenta, falva confcientia, non poffe a Medico exhiberi, nifi ejufdem manu fuerint parata, five & perito Chymico illa viderit laborari.* Ramazzini, *pag.* 494.

de cela, méprifer leur Art ; il y auroit
autant d'injustice à penfer de cette façon, qu'à outrager un habile Ecuyer,
parce qu'en domptant un cheval farouche, il en auroit été renverfé, ou en auroit reçu quelque coup de pied *. Il faut
favoir beaucoup de gré à ceux qui fe facrifient pour le bien public. Les Chymiftes ruinent leur fanté pour compofer
des remèdes utiles à la guérifon des hommes, on doit leur être obligé de leurs
travaux : s'ils ne font point cet élixir
univerfel dont ils fe vantent, ils ont de-
couvert, & découvrent encore tous les
jours plufieurs bons remèdes. Je fuis
donc bien éloigné de regarder les Chymiftes comme des gens peu eftimables.

Au refte, quelque cas que je faffe de
leurs talens, je ne voudrois point être
leur voifin; je ne doute pas que le venin
des matières qu'ils purifient, n'influe plus
loin que leur laboratoire, & ne s'étende
dans les lieux circonvoifins. Bernardino
Ramazzini rapporte une hiftoire qui ap-
puie fortement mon opinion. *Il y a quel-*
ques

* *Sicuti ergo Equifoni non imputandum, fi equum*
ferocem ac refractarium perdomando, ab eodem ali-
quando dejiciatur, & calces referat : fic ridendus
non eft Chymicus, fi interdum e fuis laboratoriis
-fqualidus exeat ac attonitus, tanquam unus ex Or-
ci Familia. Ramazzini, pag. 494.

ques années, dit-il, qu'un homme eut un procès très confidérable avec un Chymifte qui avoit un fort grand laboratoire, dans lequel il faifoit beaucoup de fublimé. Cet homme cita devant les Juges le Chymifte, & demanda qu'il eût à transporter fes fourneaux dans un autre endroit qui fût hors de la ville, parce qu'il empoifonnoit tout fon voifinage, lorfqu'il calcinoit le vitriol, & qu'il travailloit au fublimé. Il offrit de prouver fon accufation, il apporta un certificat des Médecins, & une atteftation des Curés, par lefquels il conftoit qu'il mouroit beaucoup plus de gens auprès du laboratoire, que dans les autres quartiers de la ville. Les maladies dont les perfonnes périffoient, attaquoient ordinairement le cœur ; & un Médecin avoit certifié que la fumée du vitriol étoit très dangereufe, qu'elle empeftoit l'air circonvoifin, & rendoit pulmoniques les gens qui le refpiroient. Bernardino Corrado plaida la caufe du Chymifte, & Cafina Stabe, Médecin, celle du bourgeois plaignant. Ces deux Avocats firent plufieurs Ecrits fort beaux & fort favans, dans lefquels ils difputerent beaucoup fur le danger où la fumée du vitriol expofoit. Le Chymifte gagna fon procès, il fut abfous, lui & fon Art, de toutes les morts qu'on leur imputoit. Je laiffe aux habiles Phyficiens à décider, comme juges des fecrets de la Nature, fi les Jurifconfultes penferent bien dans cette occafion *.

CES

---

* Paucis ab hinc annis lis non parva exorta eft

inter

CES derniers mots de *Ramazzini*, fage & favant Abukibak, marquent qu'il condamne cette décifion, & qu'il regarde comme très dangereux, non feulement, de demeurer dans un laboratoire, mais même d'habiter auprès. Tâches donc de te

inter Negotiatorem quendam Mutinenfem, qui in oppido hujufce ditionis, Finali dicto, laboratorium ingens habebat, in quo fublimatum fabricabatur, ac inter civem Finalenfem. In Jus vocavit Finalenfis Negotiatorem hunc, inftando ut officinam extra-oppidum, vel alio transferret, eo quod totam viciniam inficeret dum vitriolum *in furno operarii calcinaret pro* fublimati *fabrica. Ut vero accufationis fuæ veritatem comprobaret,* Medici *illius oppidi atteftationem afferebat, ac infuper Parochi necrologium, quo conftaret multo plures in illo vico, & locis laboratorio proximioribus, quam in aliis, quotannis interiiffe. Ex tabe autem ac morbis pectoris præcipue, mori folere, qui in illa vicinia habitarent, teftabatur* Medicus, *qui fumum vitrioli exhalentem maxime culpabat, & proximum aërem inquinantem, ut pulmonibus infeftus, & hoftilis redderetur. Negotiatoris Caufam fufcepit* D. Bernardinus Corradus, *Rei Tormentariæ in Eftenfi ditione Commiffarius; Finalenfis vero* D. Cafina Stabe, *illius oppidi tunc Medicus. Variæ propterea ultro citroque editæ funt fcripturæ fatis elegantes, in quibus acriter de fumi umbra difputatum eft. Negotiatori tandem favere Judices, & vitriolum ex capite innocentiæ abfolutum. An Jurifperitus hac in re rite judicavit, Naturæconfultis judicandum relinquo.* Ramazzini, *pag.* 494.

te précautionner le plus qu'il te fera possible ; & puisqu'il t'est impossible de te priver du plaisir de t'appliquer à la Chymie, corriges, le plus qu'il te fera possible, le dangereux de cet Art.

Je te salue, sage & savant Abukibak. Porte-toi bien, & ménages ta santé ; c'est après la raison, le don le plus précieux que nous aions reçu du Ciel.

LETTRE CENT CINQUANTE-ET-UNIEME.

Ben Kiber, *au sage & savant* Abukibak.

J'AI refléchi souvent, sage & savant A-bukibak, à l'énorme puissance que les Jésuites ont acquise dans la moitié de l'Europe, & j'ai cru devoir jüger par bien des circonstances que ces Religieux auront un jour le même sort que les Templiers. Leur trop grand pouvoir causera leur ruine ; leur Société, semblable à ces tours qui s'élevent dans les nues, n'en est que plus exposée aux orages, & en danger d'être frappée de la foudre. Le destin qui menace les Jésuites, accabla les Templiers dans le tems qu'ils parois-

Tome V. I foient

foient avoir le moins à craindre, & le revers de la fortune de ces Religieux militaires montre évidemment la poffibilité
de celui que peut effuïer la profpérité
des Ignaciens.

Il y a entre l'inftitution, l'agrandiffement, & l'augmentation de l'Ordre des
Templiers & de celui des Jéfuites, tant
de conformité, qu'il femble naturel qu'ils
doivent avoir tous les deux la même fin.
Permets, fage & favant Abukibak, qu'en
parcourant briévement ce que dit un ancien Auteur, je te faffe fentir cette parfaite conformité. Voions d'abord l'inftitution
des Templiers. *Un an après fon couronne-
ment, Godefroi de Bouillon mourut ; & fut
Roi en fon lieu, fon frere Baudouin, homme
égal au mérite du défunt : pendant le Regne
duquel, entre les autres qui pafferent par-de-
là, furent neuf Gentilhommes, fort grands
compaignons & amis ; defquels il ne s'en trouve que deux nommés, qui peut-être étoient les
principaux, l'un Hugues de Paganis, l'autre Gau-
frede de Sainct Adelman : lefquels arrivés en Jérufalem..... firent vœu, pour faire agréable Service à Dieu, d'employer toute leur vie à rendre
le chemin feur & facile, ou mourir en cette entreprife...... Toutes-fois, encore qu'ils fuffent en
grand nombre, fi n'avoient-ils Habits ne Rei-
gle défignée ; ains vivoient ainfi en commun* .*

JE

* Diverfes Leçons de Pierre Meffie, *Part. II.
Chap. IV. pag.* 344.

JE ne penfe pas, fage & favant Abukibak, qu'on puiffe rien trouver de plus
reffemblant à l'inftitution des Jéfuites.
Ignace, avec cinq ou fix compagnons,
fe réünirent enfemble pour fonder une
Société, qui affûrât aux Papes des foldats & des défenfeurs auffi utiles, que les
Templiers aux Rois de Jérufalem. *Ils firent vœu d'employer leur vie à rendre* abfo-
lue l'autorité de la Cour Romaine, *& de
mourir en cette entreprife, s'il étoit néceffaire.*
Pafquier fera mon garant. *Ce qui rend,*
dit-il, *les Jéfuites plus recommandés dans
Rome, eft l'obéiffance aveugle qu'ils rendent
au Saint Siége, par eux appellée* Obedientia
cœca, *qui m'étoit inconnue, quand je plaidai
la caufe contre eux..... Je ne dis rien, qui
ne foit par leur Conftitution Latine plus étroi-
tement ordonné; & eft l'un des premiers vœux
auxquels ils s'obligent en entrant dans leur Religion : Règle, qu'Ignace de Loyola leur foutenoit devoir être fi ftable, comme j'ai dit en
mon plaidoyer, que fi au milieu d'un orage le
Pape lui eût commandé d'entrer en un petit
efquif fans gouvernail, il fe fût très volontiers
expofé; & que le femblable devoit être fait
par les fiens* *. Pafquier me fournit encore une continuation de preuve. *Ils pri-
rent,* dit-il †, *la hardieffe de fe tranfporter à
Rome,*

* Pafquier, Recherches de la France, *Liv.
III. Chap. XLIV. pag.* 342.
† Là même, *Liv. III. Chap. XLIII. pag.* 319.

Rome, où *ils commencerent de publier leur Secte ;
combien que la plûpart d'entre eux ne sceussent
pas , non seulement la Théologie , mais même
les premiers élemens de la Grammaire.* Voilà,
sage & savant Abukibak , une nouvelle
conformité avec les Templiers. Les Jésuites , ainsi que ces Religieux militaires,
*sans Habits ni Règle désignée , cependant vi-
voient en commun.*

POURSUIVONS notre examen , & venons à l'agrandissement & à l'augmentation de ces deux Ordres; nous continue-
rons à consulter nos deux Auteurs. *Les
Rois & Princes de plusieurs païs,* dit le plus
ancien,* *donnerent aux Templiers de grands
revenus , qu'ils employerent en ces Guerres ; . . . . & par succession de tems accrurent
, tellement d'heure à autre en puissance & richesses , que par toutes contrées & provinces
ils avoient de grandes villes & lieux forts ,
avec force subjets.* Les personnes les plus
simples sentent d'abord combien cela convient aux Jésuites. Quels biens immenses
en Portugal, en Espagne, en France, en
Italie, en Allemagne, en Pologne, n'ont-
ils pas acquis dans peu de tems par l'a-
mitié des Princes qu'ils ont séduits ? On
convient dans tout le monde que les richesses de ces Religieux sont immenses :

ils

_____

* Diverses Leçons de Pierre de Messie , &c.
Part. II. Chap. IV. pag. 347.

ils ont non feulement dans les Indes au Paraguai, mais encore dans l'Europe, *de grandes villes & lieux forts, avec force fub- jets.* Ils acquiérent tous les jours de nou- veaux domaines, & il eft peu de Sou- verains qui poffedent autant de tréfors qu'en a la Société. Il ne fera pas nécef- faire d'appuier ce fait de l'autorité de Pafquier, pour en conftater la vérité: mais il n'eft pas hors de propos de pla- cer ici les moïens dont les Jéfuites fe fervent pour accroître leurs richeffes; ils reffemblent parfaitement à ceux qu'em- ploioient les Templiers. Ces Religieux militaires s'autorifoient du prétexte d'é- tendre le Chriftianifme, & de le foutenir par leurs armes; les Jéfuites fe fervent des mêmes excufes. *L'Exercice de leur Ordre,* dit Pafquier *, *git entiérement en deux points. Par le premier, ils promettent de traiter le fait de la Religion, d'adminiftrer le Sacrement, tant de Penitence que d'Autel, & d'exhorter les Infidèles. Le deuxième, c'eft d'enfeigner les Arts liberaux. Par quoi, ce- lui qui le premier mit la main à l'établiffement de cette Secte, trouvant la pauvreté telle qu'il avoit voüée, de trop difficile digeftion, par un efprit fophiftique s'avifa de faire une dif- tinction, c'eft à fçavoir, que puifque l'Exer- cice*

* Recherches de la France, *Liv. III. Chap.* XLIII. *pag.* 323.

I 3

cice de fa profeffion étoit double, tant pour la Religion que les bonnes Lettres, auffi devoit fon Ordre confifter tant en Monaftères que Collèges, & que les Monaftères feroient quelques petites Chapelles ou Cellules, comme étant le moindre de fon opinion, & les Collèges amples & fpatieux Palais ; & qu'en qualité de Religieux, ils ne pouvoient rien poffeder, ni en général, ni en particulier ; mais bien en qualité d'Ecoliers : & néanmoins que l'adminiftration de ce bien apartiendroit aux Religieux profex, pour être diftribué comme il verroit être bon à faire. Ainfi, tous ceux du petit Vœu, qui font les Collégiaux, font quelquefois quinze ou vingt ans avant que de franchir le pas de la grande Profeffion, felon qu'il plaît au Général de leur Ordre ; pendant lequel tems ils fe gorgent, & puis quand ils fe font fait riches, fi le Supérieur les trouve dignes, ils font contraints comme Membres de rapporter au Corps général de leur Ordre tout ce qu'ils ont acquis.

APRÈS avoir montré, fage & favant Abukibak, la parfaite conformité qu'il y a entre l'établiffement & l'agrandiffement des Templiers & des Jéfuites, je crois pouvoir avancer que felon toutes les apparences, les Ignaciens doivent avoir la même fin que celle des Religieux militaires. Les raifons qui cauferent la perte des premiers, occafionneront tôt ou tard celle des derniers. Les Templiers furent détruits *par la profpérité & grandes richeffes qu'ils*

qu'ils avoient , par le moïen desquelles ils devinrent méchans, & se ruinerent eux-mêmes *.
Les Jéfuites n'imitent que trop pour le
malheur de l'Europe , l'infolence & la
fierté des Templiers. Ils ont une ambition démefurée , ils s'élevent au-deffus
des Souverains, méprifent les Magiftrats,
& ruinent les libertés & les privilèges
des Nations. N'eft-il pas naturel que dans
le cours de deux ou trois fiécles il naif-
fe un Prince, auffi grand, auffi fage, &
auffi intrépide que Philippe-Augufte ? Ce
Monarque purgea la terre des Templiers ;
fon imitateur délivrera l'Europe des maux
que lui caufe la Société, & détruira de
fond en comble cette dangereufe Secte.
Si le feu Roi de Sardaigne eût été Roi
de France , le fecond Philippe-Augufte
étoit arrivé.

LES crimes, pour lefquels on fit périr
les Templiers, font les mêmes que ceux
dont on accufe les Jéfuites , & qu'on
leur a plufieurs fois reprochés. Voions
ce qu'on imputoit aux premiers. On difoit *que leurs prédéceffeurs avoient été caufe
de perdre la Terre Sainte; qu'ils élifoient leur
Grand-Maître en fecret ; qu'ils avoient de
mauvaifes fuperftitions ; qu'en fecret ils ju-
roient de s'aider l'un à l'autre, leur attribuant*

par

* Diverfes Leçons de Pierre de Meffie , *Part.
II. Chap. IV.* pag. 348.

I 4

par ce moïen l'abominable péché contre Natu-
re, & qu'ils en étoient tous coupables *. Ré-
capitulons ces accufations, fage & favant
Abukibak, & nous trouverons qu'il n'en
eſt aucune que les adverſaires des Jéſuites ne leur imputent. On les accuſe
de la ruine de la Religion dans bien des
païs, on prétend qu'ils ont détruit dans
la Chine † tout le fruit qu'y avoient produit les autres Miſſionnaires, on les blâme du ſecret impénétrable qu'ils gardent
ſur leurs Conſtitutions, & ſur les points
principaux de leur Règle, on leur attribue toutes les diviſions qui regnent dans
l'Egliſe, on les regarde comme les principaux Auteurs d'un Schiſme pernicieux,
on les blâme de ſoutenir pluſieurs pro-
poſitions héretiques & pluſieurs dogmes
erronés, ‡ on leur reproche l'affectation
qu'ils ont à vouloir juſtifier les actions les
plus criminelles de leurs confreres §, enfin

---

* Diverſes Leçons de Pierre de Meſſie, &c.
Part. II. Chap. IV. pag. 349.

† Voiez l'*Hiſtoire du Chriſtianiſme des Indes*
du célèbre Mr. de la Croze. Voiez auſſi l'*Hiſtoire du Chriſtianiſme d'Etbiopie* du même Auteur. Conſultez encore la *Morale Pratique*,
Livre écrit par l'illuſtre Mr. Arnaud.

‡ Voiez les *Lettres Provinciales.* Ce ſeul Livre eſt plus que ſuffiſant.

§ *On voit la preuve de ces accuſations dans*
l'A-

fin on les accuse de *l'abominable péché con-tre Nature.* Les Poëtes se sont égaïés plusieurs fois sur ce sujet ; & tu sais, sage & savant Abukibak, les vers qui fu-rent faits à l'occasion du feu qui prit à la Maison Professe des Jésuites , le jour même , à la même heure que l'on punis-soit un fameux Sod ***.

> *Quand du Chaufour l'on brula ,*
> *Pour le péché philosophique ,*
> *Le feu , par vertu sympathique ,*
> *S'étendit jusqu'à Loyola.*

PUISQUE les sujets de plainte , qu'on pense avoir dans toute l'Europe contre les Jésuites , sont si conformes à ceux qu'on eut autrefois contre les Templiers , n'est-il pas apparent que ces deux Or-dres, si ressemblans en tout, auront une pareille fin? La grandeur à laquelle les Jésuites se sont élevés , l'autorité qu'ils ont acquise , les biens immenses qu'ils possedent , ne les garantiront point du sort qui les attend. Les Templiers avec tous ces avantages ont péri dans le tems qu'ils sembloient avoir le moins à crain-dre, il en sera ainsi de la Société. L'on ou-

l'Apologie *que le Pere* Richeome *a faite du Je-suite* Guignard, *pendu par Arrêt du Parlement de Paris, pour avoir conspiré contre Henri IV.*

ouvrira tôt ou tard les yeux, & on con-
noîtra combien de grands maux elle a
caufés; fa chûte fera d'autant plus étonnante, qu'elle aura été imprévûe. Les
Jéfuites n'ont-ils pas été dejà bannis &
chaffés de la France, des Etats de la Re-
publique de Venife, &c.? S'ils ont trouvé le moïen de rentrer dans ces païs, ils
n'auront pas toujours le même fort. Plus
on va, plus leur ambition, plus leur orgueil & leur mauvaife foi s'accroiffent,
& plus auffi on apprend à les connoître.
On viendra un jour à fentir toute la vérité des reproches de Pafquier, *J'efpere
vous montrer*, difoit ce fage Avocat au
Parlement de Paris, *que cette Secte, par
toutes fes propofitions, ne produit qu'une divi-
fion entre le Chrétien & le Jéfuite, entre le
Pape & les Ordinaires, entre tous les autres
Moines & eux: finalement, que les tolerans,
il n'y a Prince, ni Potentat, qui puiffe affûrer fon Etat contre leurs attentats. Je vous
ai dit, & eft vrai, que cette Secte a été bâtie
fur l'ignorante d'Ignace. J'ajouterai qu'elle a
été depuis entretenue par l'orgueil & l'arrogance
de fes Sectateurs.* *. Si le Parlement de Paris
& les Rois n'ont pas profité de ces fages
avis, peut-être un jour en feront-ils un
meilleur ufage. Que deviendront alors
les

---

* Pafquier, Recherches de la France, Liv.
III. Chap. XLIII. pag. 329.

:les Jéfuites ? Ce que font devenus les
: Templiers.

Je te falue, favant Abukibak. Porte-
:toi bien, & fouviens-toi que Dieu punit
·enfin les méchans.

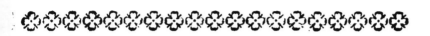

l LETTRE CENT CINQUANTE-DEUXIEME.

Ben Kiber, *au fage Cabalifte* Abukibak.

J'AI été étonné plufieurs fois, fage &
favant Abukibak, que la plûpart des
Auteurs modernes qui ont parlé des
devoirs & des obligations des Militaires, foit dans ce qui regarde la Religion,
foit dans ce qui concerne la vie civile,
aient dit des chofes auffi peu utiles & auffi impratiquables. Les Ecrivains pieux qui
ont traité ces matières, font tombés dans
un excès très vicieux ; ils ont prefcrit
des règles, plus propres à des Capucins,
qu'à des foldats & à des Officiers. Les
gens du monde, qui ont donné quelques
préceptes aux Militaires, ont échoüé
contre un autre écueil : ils ont entiérement oublié les loix de la Nature & de
la raifon, comme fi un Officier étoit dif-
penfé par fon état de confulter le bon
fens;

fens ; ils ont établi pour maximes fûres & conftantes les fottifes les plus grandes. On peut avancer hardiment que jufques ici très peu de perfonnes ont écrit fenfément fur les obligations civiles des Militaires ; voions-en d'abord une preuve dans ce qu'on a dit fur les duels.

Tous les Théologiens crient fans ceffe que ces combats particuliers font abfolument défendus, & qu'il faut non feulement les éviter, mais les refufer, fi l'on a malheureufement quelque démêlé. Ils n'apportent aucune reftriction fur cet article ; ainfi, ils mettent un homme dans la néceffité d'être deshonoré. Peu de gens font affez touchés des récompenfes de l'autre vie, pour prendre un parti auffi dur. Il ne refte aucune reffource à un homme, qui eft regardé dans le monde comme un lâche, que celle de fe faire Moine. Les Officiers & les Gentilshommes ont rarement de la difpofition à chanter *Laudes & Matines*. Prefcrire une loi auffi févère que celle des Théologiens, c'eft vouloir qu'elle ne foit point fuivie. D'un autre côté, la plûpart des gens du monde fe figurent qu'on eft obligé de fe prêter fans reftriction & fans ménagement à la fureur ou à l'étourderie d'un jeune éventé, ou à la folie d'un bretteur ; ils veulent qu'on ne puiffe jamais refufer un rendez-vous. Cette opinion eft plus infoutenable que celle des Théo-

Théologiens. Eſt-il rien de plus abſurde que d'exiger que pour contenter la
paſſion d'un inſenſé, un galant homme
ſoit forcé de perdre la vie, ou de paſſer
dans les païs étrangers ? Ceux qui penſent de cette manière, ne font guères
uſage de leur raiſon ; il eſt aiſé de voir
qu'un ancien & funeſte préjugé les a-
veugle.

JE penſe, ſage & ſavant Abukibak,
qu'il eſt aiſé à un Officier de trouver un
juſte milieu entre ces deux ſentimens op-
poſés, & d'allier les loix de l'honneur
avec celles de la Religion & du bon ſens.
Les duels ſont défendus de Dieu & par
le Prince, il faut abſolument les éviter :
mais une juſte défenſe n'eſt point inter-
dite, ni par le droit divin, ni par le
droit humain ; elle eſt au contraire or-
donnée par tous les deux.

CES premiers principes poſés, j'en établis un autre auſſi certain ; c'eſt qu'il faut
être fou, ou imbécille, pour avoir des égards
pour une perſonne qui en eſt indigne,
ſur-tout lorſque ces égards peuvent nous
nuire conſidérablement. Or, je ſuppoſe
qu'un homme me faſſe une querelle mal-
à-propos, & qu'il me propoſe de me
couper la gorge avec lui. Je lui réponds
que ſa conduite ne mérite point que j'aie
pour lui une condeſcendance qui m'eſt
défendue par le Roi mon maître. S'il
m'attaque dans le moment, ou dans un
autre

autre tems, je me défends le mieux qu'il m'eft poffible : fi je le tue, le Ciel ne me demande point compte de fon fang ; le Prince me pardonne une action forcée & involontaire. Je le repete, fage & favant Abukibak, ceux qui prétendent qu'on ne peut refufer un rendez-vous, défendent un fentiment abfurde. Je foutiens que non feulement un Chrétien, mais qu'un homme de fens ne doit jamais en donner, ni directement, ni indirectement.

IL y a un cas qui paroit affez épineux, c'eft celui, où étant infulté le premier, on eft obligé d'aller chercher fon ennemi. On peut prevenir cet inconvénient. Un homme porte-t-il la main fur moi, voilà le cas d'une jufte défenfe ; je ne remets point au lendemain à vuider une affaire, qui, étant pour lors innocente, devient criminelle fi elle eft différée. Je venge dans l'inftant l'outrage qu'on m'a fait, tout concourt pour lors à ma juftification, la néceffité de me défendre, la violence du premier mouvement, la vivacité, enfin la foibleffe humaine, qui ne peut s'élever que jufqu'à un certain point de perfection.

JE pouffe les chofes plus avant, & je vais jufqu'au dernier point. Si un homme qui a reçu un fouflet, n'a pû dans l'inftant fe venger de fon ennemi, il ne doit pas cependant lui donner aucune

affil'affignation. A quoi fert-il qu'il fe mette dans le cas d'être puni par le Ciel & par fon Prince? Il doit l'attaquer lorfqu'il le rencontre. Cette action alors est graciable chez le Souverain, & moins criminelle devant Dieu, parce qu'elle est excufable par tout ce qui favorife les fautes qu'on commet dans un premier mouvement.

Examinons à préfent, fage & favant Abukibak, fi fur les autres points on a prefcrit des règles plus fûres & plus néceffaires que fur celui des duels. La plûpart des Théologiens regardent la profeffion des armes comme un état fi dangereux, qu'il est prefque impoffible de s'y fauver. Ils prétendent que les plus vertueux fe corrompent tôt ou tard par l'exemple, ou par la perfuafion des autres. Les gens du monde confidérent au contraire l'état d'un Officier comme le plus noble, le plus diftingué, & le plus brillant; à peine accordent-ils aux autres quelque eftime. Il est fort commun d'entendre appeller *Pedans* tous les Eccléfiaftiques, & *Robins* les plus augustes Magistrats.

Ces deux excès font également vicieux. Toutes les profeffions, utiles à la Société civile, font refpectables. Quant à celle des armes, lorfqu'on l'embraffe parce que la naiffance ou l'inclination nous y portent, elle n'est pas plus dangereugereuſe qu'une autre. *Ce n'eſt pas*, dit un des plus grands génies du quatrième ſié- cle, *l'état des armes qui eſt criminel; c'eſt la manière de s'y comporter, & le deſſein de pil- ler en l'embraſſant* *. Un galant homme, qui prend le parti du Service, ſait bien qu'il doit ſe ſouvenir que le *premier devoir d'un Chrétien, dans quelque ſituation qu'il ſoit, eſt d'être vertueux* †. Il faut être fou, pour ſe perſuader qu'il eſt un état qui diſpenſe de la probité. Quel eſt l'Officier qui veuille faire uſage de ſa raiſon, qui ne connoiſſe que *les talens qu'il a pour ſon metier, la valeur, le courage, l'intrépidité, ſont des dons du Ciel, qu'il ne doit point em- ploier à lui déplaire* §? Mais, dira-t-on, on en voit beaucoup qui ne penſent pas de même; cela n'influe en rien ſur l'inno- cence de leur profeſſion. Dans quel état eſt-ce qu'il n'y a pas plus de méchans que de bons? Soutiendra-t-on qu'on ne ſauroit être Magiſtrat ſans ſe damner,

parce

* *Non enim militare delictum eſt, ſed propter prædam militare peccatum eſt.* St. Auguſt. Serm. XIX. de Verbis Domini.

† *Apud omnem Chriſtianum prima honeſtatis de- bet eſſe Militia.* St. Auguſtin. ibid.

§ *Hoc primum cogita quando armaris ad pugnam, quia virtus tua etiam ipſa corporalis donum Dei eſt. Sic enim cogitabis de dono Dei non facere contra Deum.* St. Auguſt. Epiſt. CCV. ad Boni- facium.

parce qu'il y en a beaucoup plus d'ignorans, de corruptibles & de partials, que d'habiles & d'intègres? Bannira-t-on tous les Evêques & les Prêtres, établira-t-on le Quakrisme par tout l'Univers, parce que dans toutes les Communions différentes le nombre de mauvais Eccléfiastiques l'emporte de beaucoup fur les bons? Tel eft le fort infortuné de l'homme, depuis la chute du premier pere, il eft porté plûtôt au mal qu'au bien; quelque état qu'il embraffe, il y porte le levain du péché. L'Ecriture nous apprend que le nombre des Elus eft petit. Qu'on ne prenne aucun état, on ne courra pas moins le rifque de fuccomber aux tentations; au contraire on y fera expofé davantage. Un homme, livré à lui-même, eft en proie à l'oifiveté & à la pareffe. Plus une profeffion eft pénible & fatigante, plus elle éloigne les occafions de pécher; ainfi, celle d'un Officier a bien fouvent, & fur-tout lorfqu'il eft à l'armée, un avantage confidérable fur les autres. Je conviens qu'il n'en eft pas de même lorfqu'il eft en garnifon; mais quel eft l'état qui n'emporte pas avec foi fon bien & fon mal?

CONVENONS donc, fage & favant Abukibak, qu'on a peu de raifon à vouloir rendre le parti des armes dangereux. Il me feroit aifé de prouver que les deux chofes qu'on cite comme des écueils inévîtables, doivent naturellement être plus funestes aux Eccléfiaftiques & aux Magiftrats, qu'aux Militaires. La prèmière eft l'impureté, la feconde l'avidité du gain. Quant à l'impureté, je penfe qu'un Prêtre, renfermé dans un Confeffional, écoutant les péchés les plus fecrets d'une jeune & aimable perfonne, rifque bien plus d'être ému, qu'un Officier qui voit une Dame dans une affemblée nombreufe, ou qu'un foldat qui apperçoit une fervante fur la porte d'un cabaret. Le Confeffional, felon moi, eft l'endroit le plus funefte à la chafteté. Il faut avoir reçu du Ciel une grace furnaturelle, pour éviter du moins les defirs & les penfées criminelles, entendant journellement le récit des actions les plus lafcives. Si les femmes ne fe confeffoient qu'à foixante ans, je comprendrois comment un Prêtre peut toujours être infenfible; mais une pénitente de dix-huit eft un fujet bien capable de faire naître des tentations.

QUANT à l'avidité du gain, & au defir d'amaffer des richeffes, ce font des défauts plus à craindre pour les Magiftrats, que pour les Militaires. Un Officier trouvera peut-être dans vingt annécs une occafion de s'enrichir illicitement; encore parmi cent, un feul eft-il dans ce cas: mais un Juge peut tous les jours contenter fon avarice. Chaque procès qu'il
juge,

juge, eſt une attaque que reçoit ſa vertu. Combien voit-on de Magiſtrats qui
ſuccombent ? On pourroit peindre aujourd'hui la Juſtice avec une bourſe, cet
attribut lui conviendroit beaucoup mieux
qu'un bandeau.

Je ſuis fermement perſuadé, ſage &
ſavant Abukibak, que l'état d'un Officier
n'a rien de plus dangereux pour le ſalut,
que celui d'un Prêtre & d'un Juge. On
peut réduire ſes principaux devoirs civils à deux points, qui ſont également
eſſentiels à tous les honnêtes gens ; les
bonnes mœurs, & la généroſité. Pour
être convaincu de la néceſſité de ces
choſes, un Militaire ſenſé doit refléchir
qu'il eſt honteux qu'un homme qui ne ſe laiſſe
pas vaincre par les armes, ſuccombe ſous le
vin & ſous la débauche *. Il faut auſſi qu'il
profite de l'avis de St. Auguſtin. *C'eſt la*
néceſſité, dit ce Pere, *qui nous fait accabler*
un ennemi qui ſe défend, & non pas le deſir
de le tuer. Il eſt auſſi généreux de pardonner
à une perſonne vaincue, que courageux d'uſer
de force lorſqu'elle nous réſiſte †. Les loix
de

---

* *Ornet mores tuos pudicitia conjugalis, ornet*
ſobrietas & frugalitas; valde enim turpe eſt, ut
quem non vincit homo, vincat libido, & obruatur
vino qui non vincitur ferro. Sancti Auguſt. Epiſt.
CCV. ad Bonifacium.

† *Hoſtem pugnantem neceſſitas perimat, non vo-*

lun-

de l'honneur & de la probité font conformes aux fages confeils de ce Pere de
l'Eglife.

Je te falue, fage & favant Abukibak.
Porte-toi bien, & donnes-moi de tes
nouvelles.

✳✳✳✳✳✳✳✳✳✳✳✳✳✳✳✳✳✳✳✳✳✳✳✳

LETTRE CENT CINQUANTE-TROISIEME.

Ben Kiber, *au fage Cabalifte* Abukibak.

JE comptois, fage & favant Abukibak,
après t'avoir appris ce que je penfois fur
les principaux devoirs des Officiers,
te faire part des réflexions que je ferois
fur les Sciences auxquelles il conviendroit qu'ils s'appliquaffent avec affiduité.
Pendant que j'étois occupé de ce projet,
un Officier de mes amis m'en a communiqué plufieurs qui m'ont paru excellentes. Je t'avoüe que je crois n'avoir rien
lû

luntas. *Sicut enim rebellanti & refiftenti violentia
redditur, ita victo vel capto mifericordia jam debe-
tur, maxime in quo pacis perturbatio non timetur.*
Sti. Auguft. Epift. CCV. ad Bonifacium.

lû de meilleur fur ce fujet : je fuis
perfuadé que tu en jugeras de même ;
& quoique je n'y aie aucune part, tu me
fauras toujours beaucoup de gré de te
les avoir fait connoître. *

* Je ne fuis pas moins perfuadé que tous les
Lecteurs me fauront le même gré, & qu'ils ne
me reprocheront point d'avoir groffi mon Ouvrage d'une petite Differtation, où je n'ai d'autre part que quelques Notes, qu'on verra au
bas de la page, & qui ne m'ont pas paru inutiles. Au refte, je fouhaite que les Officiers
qui liront les fages confeils qu'on leur donne
ici, puiffent en profiter. Ils verront que l'homme d'efprit qui cherche à les inftruire, connoît
parfaitement leurs défauts, & qu'il les leur repréfente véritablement tels qu'ils font. Ils fentiront auffi que ce n'eft point un pedant qui parle, mais un maître qui poffede toute la legéreté
du courtifan le plus délié. Il auroit été fâcheux pour tous les gens qui cherchent à s'inftruire, que fes réflexions n'euffent point été
imprimées.

„ R E F L E X I O N S

„ SUR LES SCIENCES, CON-
„ VENABLES AUX GENS
„ DE GUERRE.

„ Si tout le mérite d'un homme de guer-
„ re confiftoit dans la force, la vigueur,
„ la bravoure, il ne lui faudroit ni foins,
„ ni étude pour fe perfectionner dans fa
„ profeffion ; mais comme ces qualités
„ font à peine le mérite du fimple fol-
„ dat , & que l'Officier doit avoir des
„ connoiffances à proportion des emplois
„ dont il eft chargé , il ne fauroit trop
„ s'appliquer à les acquerir, s'il veut rem-
„ plir tous les devoirs de fon état.

„ Je fuis perfuadé que ce langage pa-
„ roîtra nouveau à bien des gens, qui,
„ pour avoir une efpèce d'excufe, plûtôt
„ que pour juftifier leurs véritables fen-
„ timens , foutiennent que le métier de
„ la guerre ne s'apprend que par l'ex-
„ périence; que celui qui s'y donne, n'a
„ que faire d'étude ni de Science pour
„ s'y perfectionner. Je ne m'amuferai
„ point à réfuter ce vain raifonnement ,
„ je tâcherai feulement d'établir la véri-
„ té contraire, (autant que mon fujet le
„ demande) pour l'inftruction de ceux
„ qui voudront en profiter.

„ Si

„ S I l'Officier fe confidére par rap-
„ port à la Société , ou par rapport au
„ Service , il fe trouve également dans
„ l'obligation de s'inftruire dans la con-
„ noiffance du monde , & d'acquerir les
„ lumières néceffaires à fa profeffion ;
„ rien ne le difpenfe de ce double enga-
„ gement.

„ LE métier des armes en général eft ho-
„ norable à tous ceux qui l'exercent.
„ Des gens nobles par leur naiffance, ou
„ qui joüiffent des mêmes privilèges ,
„ doivent foutenir cette idée avantageu-
„ fe, par leurs manières & par leur con-
„ duite. Rien n'eft moins excufable dans
„ un Officier, que de vivre fans principes.
„ La groffiéreté & l'impoliteffe font les
„ fuites de l'ignorance : il doit travailler
„ à s'en défaire , & s'appliquer à des é-
„ tudes qui puiffent orner fon efprit en
„ adouciffant fes mœurs ; & pour ne pas
„ fe livrer à quelque Science bizarre qui
„ lui gâtcroit le goût , plûtôt que de le
„ former , il n'a qu'à prendre le confeil
„ de quelque ami éclairé fur le choix qui
„ lui convient , & fur-tout fe faire un
„ plan exact de l'ordre qu'il doit tenir ,
„ des chofes qu'il veut apprendre , &
„ ne jamais s'en écarter , fe contenter
„ de peu à la fois , mais comprendre ce
„ peu avec netteté. L'envie de tout em-
„ braffer , que l'impatience fait naître ,
„ eft une marque de pareffe , ou de le-
„ géreté d'efprit.

„ LES

„ Les élemens font toujours difficiles
„ & peu amufans ; cependant ceux qui
„ ont du génie pour les Sciences , ne
„ laiffent pas d'y entrevoir des beautés,
„ qui commencent à les fatisfaire. Une
„ feule chofe que l'on entend bien , fa-
„ cilite l'intelligence des autres. Une
„ connoiffance exacte de la Géographie,
„ par exemple, nous met au fait de tout
„ ce qui fe paffe dans le monde ; la fitua-
„ tion des Etats nous donne une idée de
„ leurs différens intérêts ; une négocia-
„ tion , un mouvement de troupes , la
„ moindre démarche d'un Prince nous
„ fait juger de fes vûes, & nous avons
„ le plaifir de démêler par nous-mêmes
„ des chofes qui intéreffent: au lieu qu'u-
„ ne connoiffance fuperficielle jette no-
„ tre efprit dans la confufion , & fait
„ connoître notre foible, lors même que
„ nous cherchons à le couvrir. C'eft la
„ manière ordinaire de ceux qui ont de
„ ces fortes de connoiffances fans prin-
„ cipes, de vouloir paffer pour Savans ;
„ le peu qu'ils favent, leur fait apperce-
„ voir le vuide qui refte encore dans leur
„ efprit , & les foins qu'ils prennent de
„ le cacher, les jettent quelquefois dans
„ des bevûes qui les dévoilent abfolu-
„ ment. On paffe volontiers fous filence
„ une ignorance modefte ; mais on ne
„ pardonne pas une fauffe érudition qui
„ fe pare de fuffifance.

„ J'ai connu dans une Cour étrangère
„ un

,, un Miniftre étranger, à qui je donne
,, ici place, parce qu'il étoit Officier. Il
,, fe piquoit de paffer pour favant en
,, Aftronomie ; il le fit même croire pen-
,, dant un tems, à la faveur de quelques
,, termes de l'art, jufqu'à ce qu'il eût
,, une fois le malheur de foutenir qu'une
,, étoile du Cancer, qui pour lors paroif-
,, foit à l'horizon fur le minuit, étoit
,, celle de Vénus. Cette décifion gâta
,, tout, & fit qu'on le crut peut-être plus
,, ignorant qu'il n'étoit.

,, CEUX qui ont l'entêtement de vou-
,, loir paffer pour Savans, feroient bien
,, mieux de s'appliquer à le devenir ; ils
,, y parviendroient par l'étude avec moins
,, de peine, qu'ils n'en prennent pour
,, donner le change ; il y a peu de pru-
,, dence à s'agiter fi mal à propos.

,, UN Officier qui néglige de s'inftrui-
,, re, donne mauvaife opinion de lui,
,, & fait juger qu'il doit avoir un grand
,, fond de nonchalance, ou beaucoup
,, de ftupidité. Ce n'eft pas qu'il lui manque
,, du tems, & fur-tout depuis que dure la
,, paix ; il fe trouve le plus fouvent defœu-
,, vré du matin au foir, & fi la chaffe, le
,, jeu, ou la débauche ne l'occupent, il
,, ne fait que devenir. * Il s'ennuie conti-
,, nuel-

* L'Auteur de ces Réflexions auroit dû mettre les Caffés & les cabarets parmi les occupa-

tions

„ nuellement, & ennuie par conséquent
„ ceux qui tombent fous fa main. Eſt-ce
„ donc un travail ſi penible que de donner
„ à l'étude deux ou trois heures par jour?
„ Outre l'ennui & l'oſiveté qu'il éviteroit,
„ il pourroit acquerir des connoiſſances,
„ néceſſaires à fa profeſſion , & utiles au
„ commerce de la vie. Il apprendroit à
„ parler d'autres choſes que des che-
„ vaux * & de leurs maladies dégoutan-
„ tes, que de remontes , de recrues &
„ d'habillemens. Ces ſortes de détails
„ qui n'intéreſſent perſonne, doivent reſ-
„ ter dans le Service; c'eſt une indiſcre-
„ tion que de les porter plus loin.

„ RIEN n'eſt plus agréable que la con-
„ verſation d'un Officier qui a du mon-
„ de , du ſavoir & de l'eſprit; il répand
„ ſur ſon entretien ce dégagement &
„ cette noble aſſûrance qu'inſpire le m-
„ tier

tions des Officiers, elles ne ſont pas les moins
nuiſibles & les moins dangereuſes.

* L'Officier de Cavalerie eſt ici en géuéral
fort bien dépeint; celui d'Infanterie ne l'eſt pas
moins naturellement. Il n'eſt aucun milieu dans
les converſations des repas: ou l'on y médit
de quelques femmes, ou l'on y parle du détail
du Service. Dans les auberges des Officiers de
Cavalerie, les chevaux reviennent réguliére-
ment ſoit & matin; & dans celles des Officiers
d'Infanterie, les recrues, les habillemens ont le
même ſort.

,, tier des armes. Il femble que les au-
,, tres profeffions donnent un air plus
,, contraint ; mais cette même affûrance
,, devient effronterie ou rufticité , fi le
,, difcernement ne la conduit, comme il
,, arrive à quelques indifcrets, qui fe fai-
,, fiffent d'une converfation , & fe font
,, écouter malgré qu'on en ait , par le
,, ton de leur voix , qui marque la ru-
,, deffe de leur efprit , autant que la force
,, de leurs poulmons.

,, Un Officier général qui fervoit en
,, Allemagne , entra un jour dans une
,, falle. Plufieurs perfonnes regardoient
,, le plan de Venife , il s'approcha d'un
,, air déliberé, fe fit faire place jufqu'à la
,, table, autour de la quelle on étoit ;
,, *Qu'eft-ce que c'eft,* dit-il? *Cette gran-*
,, *de ville de Venife ?* Et après avoir con-
,, fidéré quelque tems comme un homme
,, qui cherche des yeux : *Et bien* ajouta-
,, t-il, *où eft donc le Carnaval?* *

,, On

* J'ai entendu quelque chofe d'auffi abfurde
que la demande de cet Officier général. Nous
difputions plufieurs Officiers fur l'invention qui
marquoit le plus la pénétration, la fagacité de
l'efprit humain. Les uns prétendoient que c'é-
toit l'Imprimerie, les autres la Peinture, &c.
Notre Lieutenant-Colonel, prenant la parole,
dit gravement: *L'invention la plus fubtile, & qui*
prouve le mieux l'étendue de l'efprit humain, c'eft
l'art

,, ON a peine à se persuader que des
,, gens qui remplissent des emplois con-
,, sidérables, puissent porter l'ignorance
,, jusqu'à confondre un tems de l'année
,, avec un bâtiment, ou une place pu-
,, blique; cependant l'expérience nous
,, empêche d'en douter. Nous avons vû
,, faire des questions aussi extraordinai-
,, res, & c'est un défaut considérable
,, dont il importe de se corriger, en tâ-
,, chant d'acquérir les premières notions
,, des choses les plus générales par quel-
,, que lecture utile, qui apprendroit au
,, moins à s'énoncer d'une manière à se
,, faire entendre. Il est indecent à un
,, Officier de parler en mauvais termes
,, comme le bas peuple, ou d'écrire com-
,, me un soldat, sans style & sans ortho-
,, graphe.

,, IL y a quelques années qu'on vou-
,, loit établir en France une Académie
,, mili-

l'art de faire des saucisses. Ne falloit-il pas bien
du génie pour aller s'aviser de hacher de la
viande, de souffler dans un boyau, & en pous-
fant avec le doigt cette viande dans le boyau,
produire un des plus excellens mêts? Bien des
gens qui liront cette Note, auront connu l'Officier dont je parle; il est mort peu de mois a-
près la prise de Philipsbourg. Il étoit à la tête
d'un Régiment, où il y avoit plusieurs Officiers qui pensoient d'une manière bien différente
de la sienne.

,, militaire qui ne s'eſt pas ſoutenue, il
,, ſeroit à ſouhaiter qu'un pareil établiſ-
,, ſement pût ſubſiſter. Je ſuis perſuadé
,, qu'il ſeroit très utile, & contribueroit
,, beaucoup à polir les Officiers, pourvû
,, qu'on en bannît tout le romaneſque;
,, & qu'on n'y reçût que des gens de
,, guerre d'un ſavoir aiſé & compatible
,, avec la politeſſe & la valeur.

,, QUELQUES ignorans prétendent que
,, les Belles-Lettres amolliſſent le coura-
,, ge, parce qu'ils ne connoiſſent d'autre
,, valeur qu'une férocité aveugle qui agit
,, ſans diſcernement, & ne conſidérent
,, la Science que dans certains Savans,
,, peu propres aux expéditions militaires.
,, Pour en juger plus ſainement, il faut
,, ſuivre d'autres principes.

,, L'ASSURANCE tranquille au milieu
,, des dangers, qui fait la véritable va-
,, leur, tire ſon fond du naturel, & ſa
,, perfection de l'art. C'eſt une qualité
,, que l'on ne ſauroit acquérir; mais qui
,, peut ſe perfectionner par nos ſoins. La
,, prudence qui doit lui ſervir de règle,
,, eſt une ſuite de notre application à dé-
,, mêler les évenemens, & à juger de
,, leurs conſéquences; de ſorte que la
,, Science doit être regardée comme le
,, véritable guide de la valeur. Un hom-
,, me brave qui ne ſait rien, eſt comme
,, celui qui a de la force ſans adreſſe;
,, l'un ſe précipite ſans raiſon, & l'autre
,, ſe

„ fe fatigue fans néceffité. Il faut donc
„ que l'Officier ait une Science unie, fim-
„ ple & nette, qui n'emprunte rien de
„ l'affectation, & qui donne tout à l'a-
„ mour du vrai, qui s'étende à toutes les
„ connoiffances utiles au commerce de
„ la vie, & en particulier aux connoif-
„ fances qui regardent fon état dont il
„ doit s'inftruire à fond. La néceffité d'ê-
„ tre verfé dans les Belles-Lettres, lui
„ eft commune avec tous les honnêtes
„ gens, auffi bien que d'avoir quelques
„ connoiffances du Droit naturel & de la
„ Morale. Qu'il s'attache fur-tout aux
„ traits d'hiftoire qui ont quelque rap-
„ port à la guerre, il peut y trouver des
„ reffources dans l'occafion. Une action
„ qui s'eft paffée depuis long-tems, peut
„ fournir des expédiens pour fe tirer de
„ celles où l'on fe trouve engagé. C'eft
„ par la connoiffance des évenemens qui
„ nous ont précédés, que nous devons
„ nous préparèr à ceux qui peuvent ar-
„ river dans le cours de notre vie: fi
„ nous attendons que l'expérience nous
„ inftruife, nous arriverons au bout de
„ notre carrière, avant que d'être capa-
„ bles de la remplir. Profitons de ce
„ qui fe paffe fous nos yeux; mais ne
„ négligeons pas les inftructions que peu-
„ vent donner les Auteurs qui ont exer-
„ cé le même métier que nous: fans
„ quoi, nous ferons fouvent réduits à
„ ref-

„ refter courts. L'homme de la plus lon-
„ gue expérience ne peut fe flatter de
„ voir dans toute fa vie deux affaires
„ qui fe reffemblent entiérement. Il n'eft
„ pas poffible de s'inftruire par la feule
„ expérience, à moins que d'y joindre
„ la fpéculation, fur-tout pour les cas
„ qui demandent du raifonnement & de
„ la conduite. Tel qui mene de bonne
„ grace un bataillon à l'affaut, fe trouve
„ embarraffé de faire la difpofition géné-
„ rale d'une attaque. On n'eft jamais à
„ portée de tout voir; mais la lecture
„ peut tout apprendre; enfuite, une mé-
„ diocre expérience redreffe l'imagina-
„ tion, & rend l'exécution facile.
„ UN Officier, qui a vû * plufieurs fié-
ges

* Rien n'eft fi utile aux Officiers, que la parfaite connoiffance de certains Livres, auffi agréa-
bles qu'inftructifs. Charles-Quint profita infiniment dans la lecture de Thucydide. Cet hiftorien fut un de fes principaux maîtres dans l'art
de la guerre : il le portoit avec lui dans toutes
fes expéditions militaires, il fe fervoit d'une
verfion Françoife; c'eft Voffius qui m'apprend
ces particularités. *Imperator Carolus V. eum* (Thu-
cydidem) *in expeditionibus, fed Gallice redditum,
femper circumgeftaffe fecum dicitur.* G. J. Voffius
de Hiftoricis Græcis *Lib. I. Cap. IV.*
Le grand Prince de Condé ne s'étoit pas moins
fervi avantageufement des Commentaires de Jules Céfar. On prétend qu'à force de les avoir
lûs,

„ ges & plusieurs batailles , & qui s'est
„ bien imprimé les remarques qu'un ha-
„ bile homme aura faites sur ces siéges ,
„ peut dans la première action où il se
„ trouve , se faire une idée juste des di-
„ vers faits qu'il a trouvés dans les his-
„ toires ; au lieu que s'il néglige la lec-
„ ture , les idées de ce qu'il voit ne pas-
„ sent pas plus avant. S'il s'imagine
„ d'autres actions, elles sont toutes res-
„ semblantes à celles qu'il a vûes, ou bien
„ les circonstances qu'il y ajoute, sont
„ chimériques.

   „ Nous avons un Livre sur la guerre,
                       „ dont

lûs, il les savoit presque par cœur ; aussi a-
voüoit-il souvent qu'il leur étoit redevable de
plusieurs choses dont ils lui avoient donné la
première idée.

   Le Maréchal de Villars faisoit un cas infini
du même Livre. Il disoit que les simples Officiers, ainsi que les Généraux , y trouvoient
également de quoi profiter. La véneration que
les grands hommes ont eue pour certains Auteurs, devroit bien faire connoître aux militaires combien la lecture leur est nécessaire, & les
desabuser du préjugé où sont la plûpart que
l'expérience tient lieu d'étude. Peut-on douter
que Charles-Quint, le grand Prince de Condé,
& le Maréchal de Villars n'eussent tous les a-
vantages que donne l'expérience ? Cependant
ils empruntoient avec soin les secours de la lecture.

„ dont on ne fauroit trop recommander la
„ lecture aux gens de cette profeffion ;
„ c'eft celui du Chevalier Folard, qui a raf-
„ femblé dans fes Commentaires fur Poly-
„ be tout ce qu'il y a de plus important &
„ de plus inftructif pour les Officiers. Je
„ fais que quantité de perfonnes l'ont cri-
„ tiqué, mais leurs objections font fi foi-
„ bles, qu'elles tombent d'elles-mêmes.
„ On n'a que faire de leurs décifions
„ pour juger de l'Ouvrage, & leur mau-
„ vaife humeur, ou leur jaloufie, n'em-
„ pêche pas qu'il ne foit excellent. On
„ y voit par-tout une connoiffance ex-
„ acte des principes de la guerre, une
„ application jufte & naturelle de ces
„ principes aux divers évenemens qui
„ peuvent arriver ; d'où l'Auteur tire des
„ préceptes que l'on ne fauroit trop rete-
„ nir. Comme je ne me flatte pas que mon
„ jugement foit d'un affez grand poids,
„ j'y joins celui d'un Officier général au
„ Service du Dannemarck, auffi recom-
„ mandable par fes fervices que par fon
„ mérite & par fon favoir. Voici la Let-
„ tre qu'il m'a écrite fur ce fujet. *Vous*
„ *ne fauriez croire la fatisfaction que me don-*
„ *ne la lecture du Chevalier Folard. Je m'é-*
„ *tonne qu'un Officier* * *de ce mérite ne foit pas*
„ *mieux*

* Si le mérite du Chevalier Folard n'a pas
été récompenfé, c'eft les folies dans lefquelles

,, *mieux récompensé, & qu'on ait permis qu'il*
,, *ait communiqué ses grandes lumières à tou-*
,, *te*

il a donné, qui en partie en ont été cause. On
pourra juger de l'état où se trouve aujourd'hui
cet Officier, par ce qu'en dit un Auteur qui l'a
connu particuliérement. Je crois faire plaisir à
mes Lecteurs, en ne point leur abrégeant ce
qu'il raconte du fanatisme de cet ingénieux Auteur; cela servira à montrer dans quels travers
les gens qui ont le plus de génie, donnent quelquefois. *Quand j'oüis parler des Convulsionnaires . . . . . je n'y fis pas grande attention. Je
me contentai d'admirer l'adresse des chefs de parti,
& de plaindre le peuple qui en est facilement la
dupe; mais quand on me parla du Chevalier Folard, que l'on m'assûra être lui - même Convulsion-
naire, je vous avoüerai franchement, Monsieur,
que je crus que l'on en imposoit au docte Commen-
tateur de Polybe. Je voulus moi - même voir ce
grand homme pour desabuser ceux qui me l'avoient
présenté sous une face ridicule; je fus pour cet effet à la rue Daguesseau, au Fauxbourg St. Honoré. Mais quelle fut ma surprise, quand au lieu
de voir un homme d'esprit, un homme raisonnable,
je trouvai dans ce fameux Chevalier les foiblesses
d'une femmelette & les absences d'un vieillard,
tombé en enfance dans un corps usé par les fatigues de la guerre. Un de mes amis m'y introdui-
sit, en lui portant les Gemissemens du Port Royal,
imprimés en 1714. qu'il cherchoit depuis long-tem.
Quelque grande que soit la vertu prophétique des
Convulsionnaires, le Chevalier Folard ne me crut
point Protestant, encore moins Ministre; il me
prit*

ſ, te l'Europe ; quiconque ſuivra ſa méthode ,
,, battra certainement (à forces égales) tout
,, enne-

prit bonnément pour un zélé partiſan du parti.
Quantum mutatus ab illis ! Il commença d'abord
par nous dire , en jettant les yeux ſur le Livre
dont je viens de parler , qu'avant que Dieu lui
eût ouvert les yeux , il avoit eu ce Livre & en a-
voit fait préſent à un de ſes amis. Le ſouvenir
de cet Ouvrage , le plaiſir qu'il avoit de le tenir
entre ſes mains , l'eſperance qu'il avoit d'y trouver
de quoi ſe confirmer dans le fanatiſme , tout cela
l'émeut , le touche , & grave ſur ſon viſage un air
d'Heraclitiſme , à la vûe duquel il eſt comme impoſſible de ne pas faire le Démocrite. Je vous a-
voüerai , Monſieur , que je riois de bon cœur ſous
cape. Ce fameux Convulſionnaire nous parla d'un
homme de diſtinction , qui lit diſtinctement un Livre en faiſant la piroüette , & cela pendant une
heure. Et c'eſt là pour le Chevalier un évenement
diſtingué , le doigt de Dieu y paroît d'une manière
viſible. Quoi! les enfans deviennent Convulſionnaires , & le nombre en eſt grand ! Un enfant de
trois ans embraſſe le Chevalier , l'appelle parrein à la
première vûe , ajoute que le Chevalier eſt en grace
devant Dieu. Un autre enfant de quatre ans voit
un Crucifix à l'oppoſite d'un portrait de Janſenius ,
& cet enfant , montrant avec le doigt ce portrait ,
dit : Voilà deux bons amis , tombe auſſi-tôt en con-
vulſions & excite une Dame & le Chevalier à
tomber. Ce ſont-là comme autant de miracles par-
lans , qui animent tellement notre dévot Chevalier ,
pour ne pas dire plus , que j'avois lieu de craindre
de devenir le témoin d'une ſcène tragique. Il fait

L 2

pro-

„ *ennemi qui s'en tiendra à la manière,* à
„ *préfent reçue; & foiez fûr que quelqu'un la*
„ *fai-*

profeffion d'une fainteté auftère; les péchés véniels
font même pour lui des écueils qu'il évite, & à
l'approche defquels ce fanatique Officier friffonne &
fremit. . . . . Ce Chevalier ne parle plus de Lite-
rature, fon unique occupation eft de prier, de lire
des Livres de piété, de fréquenter les maifons des
Convulfionnaires, & d'aller à la pifte des prodiges. . . . . Voici ce qui m'a été communiqué par
une perfonne qui a affifté plufieurs fois à ces accès
convulfifs . . . . Le Chevalier Folard qui prie fans
ceffe, récite par conféquent les Vêpres chaque jour.
Quand il eft au Cantique des Vêpres, c'eft-à-dire
au Magnificat, il ne peut jamais le commencer,
les convulfions le prennent auffi-tôt. Tout d'un
coup il fe laiffe tomber, étend fes bras en croix fur
le carreau. Là il refte comme immobile; enfuite il
chante, & c'eft ce qu'il fait fort fréquemment.
C'eft une pfalmodie qui n'eft point aifée à définir:
s'il prie, c'eft en chantant; fi l'on fe recommande
à fes prières, auffi-tôt il fe met à chanter. D'autres fois il pleure: après avoir pleuré, il fe met
tout-à-coup à parler par monofyllabes; c'eft un vrai
baragouin où perfonne n'entend goute. Quelques-
uns difent qu'il parle la Langue Efclavone dans ces
momens; mais je crois que perfonne n'y entend
rien. Il fort quelquefois de fon oreille un fon qui
fe fait entendre des quatre coins de la chambre; ce
fait paroît tout-à-fait fingulier. Une autre fois, on
le verra placé fur un fauteuil, fes pieds fimplement
accrochés par un des bras du fauteuil, pendant que
tout le refte du corps eft dans un mouvement fort
rapide.

,, *faisira , & qu'il en fera merveilles , s'il sait*
,, *s'en servir en habile Général! , &c.*
,, Si ce témoignage ne suffisoit pas,
,, je

*rapide. Il fait aller son corps comme une carpe qui
saute ; cela paroît bien fort & bien surprenant dans
un homme âgé , infirme & couvert de blessures. Il
bat des mains ; quand il ouvre les yeux , il déclare
qu'il n'y voit pas , qu'il est dans les ténèbres : mais
quand il les ferme , il dit qu'il se trouve dans une
lumière éclatante , & on le voit tressaillir de joie ,
tant il est content. Quand les Dames se recom-
mandent à ses prières , il prend le bout de leur robe , & s'en frotte par-dessus son habit le tour du
cœur. Quand ce sont des Ecclésiastiques , il prend
le bout de leur soutane , & il s'en frotte le cœur
pareillement ; mais par-dessous la veste : il s'en frotte aussi les oreilles & d'autres endroits du corps.
Il faut remarquer que tout cela se passe sans connoissance de sa part , savoir ni entendre. Il s'attache comme une corde au cou ; & après avoir fait
semblant de se secoüer , il devient comme immobile.
Il chante beaucoup , il arrive même souvent qu'il
chante une grande partie de la nuit. Sur la fin de
sa convulsion il chante , & dit en finissant. Il me
semble que je chante. C'est alors qu'il revient à
lui-même , & que les convulsions finissent. On dit
de lui (mais c'est ce que je n'ai point vû) qu'il
ne peut pas entrer dans l'Eglise de la Magdelaine
sa Paroisse : si-tôt qu'il s'approche de la porte , il
se sent repoussé par une main invisible. D'autres
m'ont dit qu'il s'imagine voir un spectre qui se pré-
sente à lui , & qui le fait reculer. Histoire d'un
Voïage Littéraire , fait en 1733. en France en*

L 3   An-

„ je pourrois citer le Roi de Pologne &
„ le Prince Ragoski , ils ont écrit au
„ Chevalier Folard, pour lui donner des
„ marques du cas qu'ils font de fon fa-
„ voir. A qui nous en tiendrons-nous ?
„ A des Rois , des Princes & des Géné-
„ raux qui ont fait la guerre toute leur
„ vie, ou à des gens qui n'entendent
„ rien à cette matière , ou qui n'ont ja-
„ mais rien vû ? Cette difcrétion n'eft
„ pas étrangère à mon fujet , puifqu'il
„ s'agit des Sciences convenables aux
„ Officiers. Je ne faurois mieux faire que
„ de leur infpirer du goût pour un Ou-
„ vrage qui peut leur donner de grandes
„ lumières.

„ ON ne fauroit apporter trop de foins
„ à defabufer les jeunes Officiers des pré-
„ ventions où les jettent les ignorans.
„ Les mauvais principes leur gâtent l'ef-
„ prit , & font fur eux des impreffions
„ qu'il eft difficile d'effacer. Ils fe per-
„ fua-

Angleterre & en Hollande &c. *pag.* 138. *feconde Edit.* A la Haye, chez *Adrien Moetjens.*

Un exemple , auffi frappant & auffi trifte que celui du Chevalier Folard, doit fervir à garantir tous les hommes, & fur-tout les Militaires, de s'abandonner à des accès d'une devotion mal entendue. Le fanatifme fuit ordinairement la bigoterie ; un Officier qui fe mêle des difputes Théologiques , vife à la folie la plus dangereufe.

„ fuadent volontiers que l'expérience
„ fuffit au métier des armes, parce qu'ils
„ font charmés de trouver un prétexte
„ à leur ignorance : mais en ce cas-là
„ comment peuvent-ils fe flatter de mé-
„ riter la préference fur un fimple fol-
„ dat qui a toujours plus d'expérience
„ qu'eux, & quelquefois plus de gé-
„ nie * pour la guerre; ce qui paroît aux
„ foins que quelques-uns prennent de
„ s'inftruire? (preuve affûrée de leurs
„ talens) : au lieu que cette répugnance
„ invincible pour l'application à l'étude,
„ eft toujours la marque d'un efprit mé-
„ diocre, ou d'un mauvais naturel. Je
„ demanderois volontiers à ces jeunes
„ gens, s'ils ont la même vertu que ces
„ Chevaliers errans, qui pourroient eux
„ feuls mettre en déroute une grande ar-
„ mée ? A ce compte, il n'eft aucun
„ Prince qui ne leur confie la fienne ;
„ mais s'ils n'ont que la valeur & la
„ force d'un homme ordinaire, je ne
„ vois

* Les Officiers peuvent fe convaincre par eux-
mêmes qu'il y a plufieurs foldats plus attachés
à s'inftruire de leur métier, qu'ils ne le font
eux-mêmes. Il y a des Régimens, où le foldat
en général fe fait un véritable plaifir d'apprendre fon métier. Les Officiers ne fauroient trop
fe donner des foins pour perpétuer dans un
Corps ce loüable defir de s'inftruire.

L 4

„ vois rien qui les mette au-deſſus du
„ mouſquet. Leur naiſſance, s'ils en ont,
„ n'eſt rien ſans le mérite. Ignorent-ils
„ qu'on ne fait cas de la nobleſſe que
„ parce qu'on lui ſuppoſe plus de pen-
„ chant aux bonnes choſes, plus d'ému-
„ lation, & plus d'attachement à ſes de-
„ voirs, & qu'un Gentilhomme, qui ne
„ ſe diſtingue pas par ces bons endroits,
„ eſt un ſujet très peu eſtimable?

„ Un Officier raiſonnable doit laiſſer
„ aux ignorans un nombre de ſottes &
„ fades préventions, & s'appliquer à tout
„ ce qui peut le conduire à la perfection
„ de ſon état; ne négliger aucune des
„ inſtructions qu'il peut tirer des Auteurs
„ militaires; les comparer avec l'expé-
„ rience qu'il peut avoir, & s'en faire
„ un fond pour l'avenir; y ajouter tou-
„ tes les connoiſſances qui lui ſont né-
„ ceſſaires, comme celles de la Géome-
„ trie & de la Fortification, dont il ne
„ peut ſe paſſer, s'il veut ſe diſtinguer
„ du commun. Il eſt honteux de tout at-
„ tendre des autres dans l'exercice de
„ ſon emploi, & de ne ſavoir ſe déter-
„ miner à rien lorſqu'on ſe trouve à une
„ tranchée, à une attaque d'un poſte,
„ ou à faire un logement.

„ Les Officiers chez les Romains avoient
„ tous une connoiſſance à peu près exacte
„ de l'attaque & de la défenſe des places,
„ & n'avoient beſoin de conſulter perſon-
„ ne

„ ne fur leurs projets. Les chofes vont au-
„ trement parmi nous ; la plûpart des gens
„ de guerre ignorent cette partie effentiel-
„ le à leur profeffion. On a fait des Corps
„ féparés pour le génie & pour l'artil-
„ lerie ; ceux qui entrent dans ces Corps,
„ fe chargent du foin d'étudier pour les
„ autres. Il y a parmi eux des Officiers
„ très habiles, & ce n'eft pas fans peine
„ qu'ils parviennent à le devenir. Les
„ profeffions demandent une application
„ & une étude, à laquelle peu de gens
„ s'affujetiffent. Méchanique, Hydraulique,
„ Géometrie, &c. la plus grande par-
„ tie de la Phyfique, l'Architecture &
„ les diverfes contractions, il n'eft pas
„ impoffible de trouver toutes ces con-
„ noiffances.raffemblées en un feul hom-
„ me, parce qu'elles s'entre-aident les
„ unes les autres, & fe prêtent des lumiè-
„ res réciproques ; ce qui n'empêche
„ pourtant pas qu'elles ne foient très dif-
„ ficiles à acquérir. Un Officier qui les
„ poffede toutes, & qui joint à cela la
„ valeur & le fang froid néceffaires dans
„ l'occafion, eft un fujet bien rare &
„ bien eftimable.

„ Les Officiers en Allemagne & dans
„ le Nord favent prefque tous le Droit,
„ parce que leurs différends fe terminent
„ par cette voïe. Il y a dans chaque Ré-
„ giment un Auditeur, qui fait l'office
„ d'Avocat & de Greffier. J'ai remarqué

„ que

„ que cette méthode à répandu dans ces
„ troupes un efprit de chicane, qu'on ne
„ voit point parmi les nôtres. * Il ne
„ convient pas à des gens de guerre
„ d'emploier leur tems à chercher des
„ fubtilités & des détours. Qu'ils fachent
„ le Droit, à la bonne heure ; mais qu'ils
„ ne le détournent point à cet ufage
„ dangereux ; qu'ils s'attachent à fe ren-
„ dre officieux & fincères, & à connoî-
„ tre l'équité pour en faire l'unique rè-
„ gle de leur conduite. C'eft cette ver-
„ tu aimable qui doit être l'objet prin-
„ cipal des études d'un Officier ; elle eft
„ le fruit & la récompenfe du véritable
„ favoir, & fuit l'ignorance farouche qui
„ la méconnoît. La valeur qu'elle adou-
„ cit, emprunte d'elle tout fon luftre,
„ & la Société dont elle affermit les
„ liens, en reçoit tous fes agrémens. El-
„ le feule peut donner une idée jufte de
„ cette véritable gloire, qui dans les
„ grands hommes eft la fource des belles
„ actions. „

* Si c'eft un défaut pour un Officier que de
vuider par la voïe de la chicane les plus legers
démêlés qu'il peut avoir, celui de les terminer
par un duel, n'eft pas moins confidérable. Il
faudroit, s'il étoit poffible, un jufte milieu entre l'ufage des François & celui des Allemands.

LET-

LETTRE CENT CINQUANTE-QUATRIEME.

Ben Kiber, *au Cabaliste* Abukibak.

IL y a quelque tems, fage & favant A-
bukibak , que je te parlai d'un excellent Ouvrage , dont la lecture m'avoit
paru très inftructive. Il vient d'en paroître un autre depuis peu, qui me femble
encore plus utile & plus néceffaire. Il eft
intitulé, *Défenfe de la Religion , tant naturelle que révelée, contre les Infidèles & les In-
crédules , extraite des Ecrits publiés pour la
Fondation de Mr.* BOYLE , *par les plus habiles Gens d'Angleterre, & traduite de l'Anglois
de Mr.* GILBERT BURNET.

AVANT de te donner une idée générale de ce Livre , il eft néceffaire , fage
Abukibak, que je te dife un mot de cette Fondation de Mr. Boyle , dont il eft
parlé dans le titre. Voici ce que nous en
apprend le Traducteur. ,, Mr. BOYLE,
,, dit- il * , un des hommes de fon tems
,, qui fe mit à la brèche avec le plus
,, d'ardeur (*il veut parler de l'irréligion*)
,, ne

---

* *Avertiffement* , pag. vij.

„ ne borna pas son zèle au court espace
„ de sa vie, & trouva le moïen de com-
„ battre, même après sa mort, pour une
„ Cause à laquelle il prenoit le plus ten-
„ dre intérèt. Par son testament il lé-
„ gua une somme annuelle de 50. livres
„ sterling, pour fixer, disoit-il, un ho-
„ noraire qui seroit donné tous les ans
„ à tous les Théologiens ou Prédicateurs,
„ qui seroient obligés de remplir les de-
„ voirs suivans : 1. de prêcher huit Ser-
„ mons dans le cours d'une année, afin
„ de prouver la Religion Chrétienne con-
„ tre ceux, qui de notoriété sont Infidèles,
„ tels que les Athées, les Deïstes, les Paiens,
„ les Juifs & les Mahométans, sans des-
„ cendre à aucune des controverses qu'il
„ y a entre les Chrétiens eux-mêmes,
„ ces Sermons devant être faits en pu-
„ blic le premier Lundi des mois de *Jan-*
„ *vier*, de *Février*, de *Mars*, d'*Avril*, de
„ *Septembre*, d'*Octobre* & de *Novembre*, en
„ telle Eglise que les Exécuteurs testa-
„ mentaires nommeroient de tems à au-
„ tre : 2. d'accorder leurs secours à tou-
„ tes les Sociétés qui auroient pour but
„ d'étendre la Religion Chrétienne, &
„ d'appuïer toutes les entreprises de cet-
„ te nature : & 3. de se prêter au soin
„ de lever les scrupules réels, que qui
„ que ce soit pût se faire sur ces sujets,
„ & de répondre aux objections nouvel-
„ les, de même qu'aux difficultés qui sur-
„ vien-

,, viendront, & auxquelles on n'a pas
,, encore donné de bonnes réponfes. ,,

ON ne fauroit affez loüer, favant A-
oukibak, l'utile & fage fondation de
Mr. Boyle. Ce grand homme, après a-
voir rendu aux hommes de fon tems le
fervice le plus effentiel, en portant les
coups les plus fenfibles à l'Athéïfme,
monftre affreux né de l'irréligion, forti-
fié par la débauche, & foutenu par l'a-
veuglement de quelques Savans infenfés,
qui, abufant de leurs foibles lumières,
ne s'en font fervis que pour fe précipiter
dans les ténèbres les plus profondes; Mr.
Boyle, dis-je, après avoir ébranlé jufques dans fes fondemens l'édifice qu'élevoit l'efprit de perverfion & de vertige,
a chargé des perfonnes, dont il connoiffoit le zèle, de le renverfer entiérement.
Il n'a pas voulu que fon Ouvrage reftât
imparfait, il a connu combien il étoit à
craindre que dans les fuites l'Athéïfme
ne vint à prendre de nouvelles forces,
& ne fe relevât après avoir été terraffé.
L'irréligion doit être regardée comme
une hydre, dont les têtes multiplient
fans ceffe : il faut la détruire, la faire
périr entiérement; s'il en refte la moindre trace, il eft à craindre qu'elle ne re-
gagne bien-tôt ce qu'elle a perdu. Tel
eft le malheur de la plûpart des hommes,
il femble qu'ils ne fe fervent de leur raifon, de leur efprit, de leurs connoiffances,

ces, que pour en abufer. Veut-on les inftruire, leur montrer la vérité, on a bien de
la peine à y réüſſir. Tente-t-on de les féduire, de les tromper, de les abuſer, on rencontre mille facilités. Locke a fait avec
affez de peine un petit nombre de diſci-
ples ; Spinoſa trouva le ſecret de faire
gouter ſon abſurde & criminel ſyſtème à
beaucoup de gens. Il fit recevoir, comme des démonſtrations, les raiſonnemens
les plus faux, & j'ôſe dire ſouvent les
plus ridicules. Quel mal ſes opinions
n'ont-elles pas cauſé en Europe ? L'A
théïſme y auroit fait ſans doute des progrès encore plus conſidérables, ſi le Ciel,
touché du malheur & de l'aveuglement
des hommes, n'avoit produit, pour le
defendre de l'erreur & pour les en retirer,
des perſonnages illuſtres, tels que Boyl-,
Bentley, Kidder, Williams, Gaſtrell, &c.
& pluſieurs autres, qui ont ſecondé l-
zèle de leur Chef par les excellens Ecrit-
qui compoſent le Livre dont je te parle.
Le Traducteur François mérite auſſi d-
grands éloges, il a donné à la France un
préſervatif excellent contre le venin de
l'Athéïſme & de l'irréligion. Sa Traduction, en conſervant toute la force d-
l'Original, offre très ſouvent aux Lecteurs les choſes d'une manière beaucoup
plus ſimple, plus claire, & plus nette
qu'elles ne ſont expliquées dans le Texte.
Il falloit un auſſi grand homme que l-

ce Traducteur, pour qu'un Ouvrage aussi philosophique, quelquefois aussi abstrait, pût être mis, comme il l'est, à la portée de tout le monde, sans rien perdre du côté du raisonnement, & gagner beaucoup cependant du côté de la délicatesse, de la précision & de l'arrangement des matières.

ACTUELLEMENT que tu connois, sage & savant Abukibak, ce qui a donné lieu à la composition de ce Livre, je vais tacher de t'en donner une idée la plus juste qu'il me sera possible. Il contiendra six Volumes : le premier est le seul qui ait encore paru, il renferme la *Réfutation de l'Athéisme* par le Docteur BENTLEY ; la *Démonstration du Messie*, par l'Evêque KIDDER ; *l'idée générale de la Révelation*, par l'Evêque WILLIAMS, & la *Certitude & la Nécessité d'une Religion*, par l'Evêque GASTRELL. Ces quatre Piéces sont d'une beauté ravissante ; la force du raisonnement y brille par-tout. L'étendue de nos Lettres ne me permettant pas d'entrer dans un détail de toutes les choses excellentes qu'elles contiennent, je me bornerai à rapporter deux morceaux, qui, entre plusieurs autres, m'ont paru mériter d'être considérés comme des Chefs-d'œuvre. Le premier regarde la nécessité d'un Etre intelligent, qui a donné à l'Univers sa forme & son arrangement ; le second est une réponse excellente à toutes les foibles objections que font les A-
thées

thées fur les défauts qu'ils croient appercevoir dans la conftruction du Monde.
Ce dernier fera le fujet d'une autre Lettre, le premier étant plus que fuffifant
pour remplir l'efpace qui me refte.

,, Il n'étoit pas poffible que par le
,, mouvement commun, les particules de
,, la Matière, difperfées dans le Chaos,
,, fe joigniffent pour former des corps
,, d'une confidérable groffeur. Quand on
,, confidere la difproportion immenfe du
,, Vuide dans ce Chaos, à la petiteffe des
,, atômes qui y étoient répandus, on ne
,, conçoit pas que ces atômes aient pû
,, s'entaffer fi près, & fe refferrer fi fort les
,, uns fur les autres. On juge au contrai-
,, re que lorfqu'ils vinrent à fe choquer,
,, ce choc les dut faire rebondir, ou que
,, s'ils s'attacherent, un fecond choc les
,, dut féparer, & qu'ainfi jamais il ne
,, s'en put accrocher un nombre affez
,, grand pour former des maffes comme
,, des planetes ; que ces chocs même dû-
,, rent arriver rarement, rarement dans
,, la nature des chofes, & plus encore, fi
,, l'on penfe à l'incroiable quantité d'atô-
,, mes dont l'affemblage étoit néceffaire.

,, Que fi l'Athée, fentant cette diffi-
,, culté, fe retranche à dire que ce qui
,, ne feroit pas poffible dans un nombre
,, fixe & donné de tentatives, le peut être
,, dans une fucceffion infinie de tentati-
,, ves femblables ; la réponfe eft aifée.

,, L'im-

,, L'improbabilité d'une rencontre acci-
,, dentelle n'eſt jamais diminuée par la
,, réitération des eſſais : & c'eſt toujours
,, également en vain que l'on s'attend à
,, les voir réüſſir, fuſſent-ils réiterés dans
,, une durée éternelle. Mais après tout,
,, quand il ſeroit poſſible que les atômes,
,, flottans dans le Chaos, vinſſent enfin à
,, bout par leur concours de former des
,, corps d'une auſſi prodigieuſe grandeur
,, que le ſont les planetes, il ſeroit toujours
,, impoſſible que ces planetes acquiſſent les
,, révolutions qu'elles font autour du So-
,, ſeil. Ne parlons ici que de la terre. Sa
,, révolution eſt d'une année ; & quel en
,, eſt le principe , ſi la terre elle - même
,, ne doit ſon origine qu'au concours des
,, atômes ? Cette révolution annuelle doit
,, réſulter , ou des divers mouvemens de
,, toutes les particules qui formerent ce
,, Globe, ou de quelque nouvelle impul-
,, ſion qui vint du dehors, après qu'il eut
,, été formé.

,, Ce ne peut être le premier, parce
,, que les particules qui formerent la ter-
,, re , s'étant raſſemblées de tous les
,, points à ſon centre, elles doivent l'a-
,, voir miſe dans un parfait équilibre ; ou
,, que , ſi elles y conſerverent encore
,, quelque mouvement, ce dut être trop
,, peu de choſe pour communiquer au
,, corps un mouvement ſi rapide.

,, Ce ne peut être non plus le dernier,
,, à moins que l'on ne ſuppoſe la terre

Tome V.　　　　　M　　　　　,, en-

„ environnée d'une matière éthérée, qui
„ eft emportée, comme un tourbillon,
„ autour du Soleil. Or, cette fuppofi-
„ tion eft détruite par ce que nous avons
„ établi ci-deffus, que les efpaces de l'é-
„ ther doivent être regardés comme un
„ vuide parfait. Ajoutez à ceci ce que
„ l'on obferve du mouvement des come-
„ tes. Ces cometes ne nous font vifibles,
„ que lorfqu'elles font dans la région des
„ planetes; cependant on remarque que
„ les mouvemens des premières font
„ quelquefois dans un cours contraire à
„ ceux des dernières, & quelquefois les
„ croifent, ou les occupent obliquement ;
„ ce qui ne pourroit être, fi les régions
„ de l'éther n'étoient pas vuides, & par
„ conféquent telles qu'il n'y ait rien qui
„ aide, ou réfifte aux révolutions des
„ planetes.

„ DIRA-t-on que dans le Chaos même
„ il fe forma des tourbillons qui produi-
„ firent ces planetes, & qui enfuite les
„ firent tourner ? Mais cela fe peut en-
„ core moins que le refte, parce que la
„ matière inanimée fe meut toujours en
„ ligne directe, à moins qu'elle n'en foit
„ détournée par quelque impulfion du
„ dehors, ou par un principe intrinfe-
„ que de gravité. La chofe eft fi vraie,
„ que tous les corps qui fe meuvent en
„ cercle, s'efforcent continuellement de
„ reprendre la ligne directe, & ne man-
„ quent point de le faire, s'il n'y a quel-
„ que

,, que matière contigue qui les en empê-
,, che. Or, dans le Chaos, tel qu'on
,, l'imagine, il ne put y avoir de pareils
,, obſtacles pour géner les mouvemens :
,, il ne fut donc pas poſſible qu'il s'y fît
,, la moindre révolution en forme de
,, tourbillon ; & cela d'autant plus, qu'une
,, révolution de cet ordre demande un
,, plein preſque entier.

,, CETTE même conſidération nous
,, mene encore plus loin, & nous diſons
,, que quand même les planetes auroient
,, pû acquérir dans le ſein du Chaos le prin-
,, cipe de leurs révolutions périodiques
,, autour du Soleil, il ne leur auroit pas
,, été poſſible de s'y maintenir, par-
,, ce que pour ne pas ſortir des orbes
,, qu'elles décrivent, il faut qu'elles rou-
,, lent dans une matière éthérée, qui ſoit
,, auſſi denſe que le ſont les planetes el-
,, les-mêmes ; autrement elles s'écarte-
,, roient du mouvement circulaire, &
,, décriroient des lignes ſpirales. Mais
,, s'il eſt vrai, comme nous l'avons déjà
,, vû, que les immenſes eſpaces de l'é-
,, ther ne forment qu'une eſpèce de vui-
,, de, qu'y a-t-il dans cet éther qui puiſ-
,, ſe un ſeul moment retenir les planetes
,, dans leurs orbes ?

,, IL n'étoit donc pas poſſible, dans le
,, mouvement commun de la Matière,
,, que le concours des atômes formât
,, aucun de ces corps. Pour établir cet-
,, te poſſibilité d'une autre manière, ce

,, ſeroit

„ feroit vainement que l'on auroit re-
„ cours au principe de gravitation ou
„ d'attraction mutuelle.

„ CAR ce principe ne peut être dans
„ la Matière une propriété innée & qui
„ lui appartienne essentiellement , puis-
„ que l'attraction n'est autre chose que
„ l'action par laquelle des corps éloignés
„ opérent ou influent les uns sur les au-
„ tres , à travers un espace qui les sépa-
„ re , & sans qu'il y ait aucun écoule-
„ ment de corpuscules qui y contribue.
„ Il est clair que si cette qualité étoit in-
„ hérente dans la Matière , il n'y auroit
„ pû avoir de Chaos , & que le Monde
„ devroit avoir été de toute éternité ce
„ qu'il est aujourd'hui. A quel tems en
„ effet donnera-t-on le Chaos, s'il eut ja-
„ mais une existence réelle? Reculez·ce
„ tems autant qu'il vous plaira , il fau-
„ droit toujours dire que la Matiè-
„ re , bien qu'éternelle , & quoiqu'es-
„ sentiellement doüée de la vertu d'at-
„ traction , n'auroit jamais fait aupara-
„ vant aucun usage de cette vertu ; ce
„ qui feroit une contradiction dans les
„ termes *. „

QUE·peut - on ajouter , sage & savant
Abukibak , je ne dis pas à ces raisons,
mais

*·Défense de la Religion , tant Naturelle que
Révelée , &c. Réfutation de l'Athéïsme , par le Docteur Bentley , *Tom. I. pag. 96. & suiv.*

mais à ces démonſtrations évidentes ? Cet Auteur parcourt les différens ſyſtêmes des principales ſectes. Il prouve que ſoit en admettant l'opinion des Atomiſtes, ſoit en ſuivant celle des Cartéſiens, ſoit enfin en ſoutenant l'attraction de Newton, il eſt impoſſible que l'ordre & l'arrangement du Monde ſoit l'effet du hazard, ou d'une Intelligence aveugle. Il faut être bien prévenu, ou bien inſenſé pour donner dans un ſentiment auſſi hétéroclite. La plus ſimple montre, la plus petite machine ne peut être reglée, ſi un premier Mobile intelligent, ſi un Orfevre, un Machiniſte ne détermine, n'entretient le mouvement de leur reſſort : & l'on veut que celui du Monde, ſi beau, ſi régulier, ſoit produit par un pur effet du hazard. Quelle folie, & quelle impertinence !

JE te ſalue, ſage & ſavant Abukibak. Honores & crains toujours l'Etre ſuprême.

 LET-

LETTRE CENT CINQUANTE-CINQUIEME.

Ben Kiber, *au Cabaliſte* Abukibak.

JE t'ai promis dans ma dernière Lettre, ſage & ſavant Abukibak, que je rapporterois les excellentes réponſes qui ſe trouvent dans la Défenſe de la Religion, tant Naturelle que Révélée, &c. aux foibles objections que forment les Athées contre les défauts qu'ils croient appercevoir dans la conſtruction de cet Univers. Je vais dégager ma parole, & je ſuis aſſûré que tu admireras la ſageſſe, les connoiſſances, le bon ſens & la piété du ſage Philoſophe qui s'eſt chargé du ſoin glorieux de défendre la Divinité contre les attaques des impies & des inſenſés qui ôſent lever la tête & condamner la main toute-puiſſante qui les a formés, & qui ſeul les ſoutient & perpétue leur exiſtence. Je m'enhardirai à mêler quelquefois mes réflexions à celles de ce ſavant Ecrivain. Mon zèle pour la bonne cauſe doit me tenir lieu auprès de toi de ce qui manque à mon eſprit & à mes lumières, pour pouvoir rien dire qui ap-

proche

proche de la force & de la précifion des penfées de l'Auteur, auxquelles j'ôfe af-focier les miennes. Voici ce qu'il répond à ceux, qui, peu touchés de cet arrange-ment qui brille dans la fage diftribution des fleuves, des rivières, dans les diffé-rens circuits que fait la mer , dans les golfes & les lacs qu'elle forme , s'ima-ginent que tout cela eft produit par le hazard , que le Monde a effuié plufieurs fois des changemens confidérables , & que nous ne marchons que fur des rui-nes, caufées par des embrafemens , par des tremblemens , & par des change-ment fubits & violens que le feul hazard a produits.

„ ON oppofe * vainement , dit-il , à ces
„ confidérations un air apparent de dif-
„ formité & de ruine , que l'on trouve
„ dans la furface du Globe. De prodi-
„ gieufes montagnes, des précipices af-
„ freux, de vaftes marais ; de fombres
„ forêts , des abîmes d'eau qui menacent
„ perpétuellement de tout engloutir ; tout
„ cela, dit-on, eft fi peu fini, fi peu ré-
„ gulier, qu'il femble bien plus venir du
„ hazard , que d'aucune Intelligence.
„ C'eft-à-dire fans doute que l'on vou-
„ droit

* Défenfe de la Religion, tant Naturelle que Révelée, &c. *Tom. I. pag.* 133. *Réfutation de l'A-theïfme , par le* Docteur Bentley.

M 4

„ droit que des corps d'une auſſi prodi-
„ gieuſe groſſeur que le ſont les planetes,
„ fuſſent auſſi unis à la vûe, que le peu-
„ vent être des Globes que l'on fait de
„ carton. Voions pourtant en quelque
„ détail ſur quoi porte cette objection.
„ D'abord on dit que ſi le baſſin de la
„ mer étoit entiérement deſſéché, que de
„ quelque région élevée on y jettât les
„ yeux, on ne pourroit contempler cet
„ objet ſans être ſaiſi d'horreur & d'ef-
„ froi. Qu'il me ſoit permis de répon-
„ dre à une ſuppoſition par une autre.
„ Si le baſſin de l'océan deſſéché étoit
„ rempli de plantes, de fleurs, & de verdu-
„ re qui en couvriſſent le fonds, les
„ bords, les rochers & les golfes, un
„ homme qui ſeroit placé au milieu, n'y
„ découvriroit rien que de riant à la
„ vûe, & ne diſcerneroit point la mer
„ de la terre. Ou, ſi ce même Baſſin
„ deſſéché demeuroit dans ſon état natu-
„ rel, le même homme, placé dans une
„ élevation ſi haute qu'il pût découvrir
„ toute la longueur de ce grand canal,
„ n'y verroit tout au plus que des mon-
„ tagnes, que des vallons, & que des
„ précipices, comme il en voit ſur le
„ continent. Mais après tout, pourquoi
„ veut-on que toutes les eaux de la mer
„ s'évaporent? N'eſt-ce pas déranger
„ la Nature, afin de pouvoir la blâmer?
„ On ajoute qu'au moins les bords de
„ la

,, la mer auroient pû être plus unis, & que
,, cela même les auroit fait paroître plus
,, beaux. Cela feroit merveilleux, fi les
,, befoins de la navigation n'euffent pas
,, demandé qu'il y eût des endroits où
,, les vaiffeaux puffent approcher de la
,, terre, & des enfoncemens entre les
,, rochers, ou les élevations, pour y
,, former des ports, des havres, & des
,, bayes. D'ailleurs, ces rochers, ces
,, collines, ces chaînes de montagnes,
,, que l'on prend pour des irrégularités
,, fur les rivages des mers, y font des
,, irrégularités néceffaires, entant qu'el-
,, les réfultent des loix du Méchanifme
,, & du cours même de la Nature. Les
,, grands orages, qui portent fouvent la
,, fureur de la mer contre fes bornes ;
,, les violentes pluïes qui charrient fuc-
,, ceffivement tant de terre avec elles ;
,, les canaux fouterrains qui fe creufent
,, perpétuellement, les vagues, les irup-
,, tions des volcans, & les tremblemens
,, de la terre qui mettent quelquefois tout
,, à la renverfe où ils arrivent ; toutes ces
,, chofes, dis-je, & plufieurs autres fem-
,, blables produifent à la longue cette
,, face que l'on croit irrégulière. Et cela
,, pourroit-il arriver autrement fans mi-
,, racle ? Cependant, dites-vous, cet ob-
,, jet eft difforme, & choque la vûe.
,, Vous le dites, & ne trouvez pas mau-
,, vais que l'on vous repréfente que cet-

,, te

,, te difformité n'eſt que dans votre ima-
,, gination? Le laid & le beau ſont des
,, termes purement rélatifs. De quelque
,, manière que les choſes ſoient faites,
,, quelles qu'en ſoient la figure & les pro-
,, portions, elles ont toujours une véri-
,, table beauté, lorſqu'elles ont les qua-
,, lités de leur eſpèce, & qu'elles répon-
,, dent aux fins de leur deſtination. Il
,, ſe peut donc que les rochers qui bor-
,, dent la mer, ne paroiſſent pas ſi ré-
,, guliers que des baſtions travaillés à la
,, main, & qu'une montagne ne ſoit pas
,, auſſi agréable à y voir, que ſeroit une
,, pyramide. Mais auſſi eſt-ce là que
,, les pyramides & que les baſtions doi-
,, vent être placés? ,,

J'AJOUTERAI aux ſages réflexions de
cet Auteur que l'irrégularité qui paroît
ſur la ſurface de la terre, étoit abſolument néceſſaire, & pour la ſanté, & pour
la commodité de toutes les créatures,
ſur-tout des hommes, leſquels il eſt viſible que Dieu a le plus eu en vûe dans
la conſtruction de cet Univers. Les montagnes rendent l'air plus doux, moins
froid & moins humide; elles défendent
ceux qui habitent à leurs pieds, du ſouf-
fle dangereux & violent des vents du
Nord. Dans les païs chauds, ceux qui
font leur ſéjour ſur les lieux élevés, ſont
moins incommodés de la chaleur, moins
ſujets à des maladies contagieuſes. Voilà

là pour la fanté, voions pour la commodité des chofes qui font néceffaires à la vie. Les vins qui croiffent fur les montagnes & fur les côteaux, font infiniment meilleurs que les autres; ils ont plus de force, contiennent beaucoup moins d'acide, rifquent peu de s'aigrir. Les oliviers, les figuiers, bien d'autres arbres très utiles aux hommes, exigent des collines & des montagnes. La plûpart des plantes, fi néceffaires à la confervation de la vigueur du corps, au rétabliffement des forces perdues, ne croiffent que dans des lieux élevés; c'eft au milieu de ces rochers qui bleffent la vûe des Athées, qu'ils rencontrent les chofes qui leur font les plus utiles. Ils imitent ces infenfés, qui demandent à quoi fervent les drogues qu'on leur fait avaler, & qui n'en reconnoiffent l'avantage que lorfqu'elles leur ont rendu la raifon; de même un Spinofifte ne fent l'utilité des chofes qu'il condamne, que lorfqu'après avoir confideré les biens quelles lui procurent, il ouvre les yeux & voit tout l'excès de fa folie. Heureux ceux, qui font alors affez fenfés pour revenir de leurs erreurs! Paffons, fage & favant Abukibak, aux autres réflexions de notre fage Philofophe.

,, ENFIN, dit-il *, on trouve à critiquer
,, dans

* Id. *ibid. pag.* 136.

,, dans le continent ces mêmes monta-
,, gnes qui font ftériles, que l'on ne peut
,, cultiver, & qu'environnent d'affreux
,, précipices. Cependant eft-il befoin de
,, le dire? C'eft fur ces montagnes que
,, les vapeurs fe condenfent, que fe for-
,, ment les pluïes, que fe font les réfer-
,, voirs pour les fontaines, que les ri-
,, vières prennent leur origine, fources
,, uniques de l'abondance des plaines.
,, C'eft encore fur ces montagnes, ou
,, dans leur fein que naiffent une infinité
,, de plantes très utiles, ou que s'engen-
,, drent les metaux de toutes les fortes;
,, autres fources merveilleufes des com-
,, modités de la vie. Voudroit-on re-
,, noncer à des biens fi réels, pour avoir
,, le feul plaifir imaginaire de ne porter
,, la vûe que fur la convexité d'un Glo-
,, be parfaitement uniforme? D'ailleurs,
,, cette convexité même peut-elle tom-
,, ber toute entière fous les yeux d'aucun
,, homme? Une plaine d'environ trois
,, milles de tour, eft tout ce que nous
,, pouvons découvrir à la fois, lors mê-
,, me qu'il n'y a rien qui la borne; ce-
,, pendant dans cette plaine même on
,, apperçoit que les extrémités s'élevent
,, à la vûe, & l'on a encore le chagrin
,, de fe croire dans un bas, & d'imagi-
,, ner de loin des montagnes. Enfin, fi
,, la furface de la terre étoit parfaite-
,, ment unie, les hommes n'auroient eu
,, ni

,, ni le moïen, ni l'occafion de faire un
,, grand nombre d'obfervations importan-
,, tes dans les Mathématiques, parce
,, qu'ils ne fe feroient jamais imaginés
,, que la figure de cette terre eft en rond.
,, Et qu'eft-ce donc, après tout, qui
,, puiffe paroître fi charmant dans une
,, grande & vafte plaine, où il n'y a ni
,, haut ni bas, & aucune variété qui ré-
,, joüiffe les yeux ? Nous en appellons
,, hardiment à tous les hommes du mon-
,, de, il n'y en a pas un feul qui ne trou-
,, ve un terrein, mêlé de collines & de
,, vallées, cent fois plus beau qu'un païs
,, plat & parfaitement uniforme; car fi
,, ce dernier eft capable de plaire, ce
,, n'eft guères que lorfqu'on le contem-
,, ple du haut de quelque élevation.
,, Quelque chofe donc que l'on en puiffe
,, dire, les montagnes, les rochers, les
,, précipices, les abymes de la mer, tous
,, ces objets même que l'on traite d'irré-
,, guliers & de difformes, font dans la
,, Nature des beautés & des régularités
,, qui publient la fageffe, & la bonté de
,, celui qui les a faites, parce qu'il n'y
,, en a pas une feule qui n'ait fes fins
,, & fes ufages. ,,

JE ne faurois revenir de ma furprife,
fage & favant Abukibak, lorfque je vois
que l'homme eft affez vain & affez orgueilleux pour demander compte à la Divinité de fes Ouvrages, & qu'un être
borné,

borné, foible, dont les connoiffances ne
font que ténèbres, veut corriger ce qu'a
formé une Intelligence auffi parfaite que
puiffante.

DE quelque côté que j'envifage les
opinions des Athées, je les trouve fi
abfurdes, fi impertinentes, fi infoutena-
bles, que je ne puis comprendre, quelque perfuadé que je fois des foibleffes &
des caprices de l'humanité, qu'il fe trouve des hommes affez fous pour pouvoir
les adopter. Si je fais attention au fentiment de l'affemblage fortuit des atômes, je vois la raifon, le bon fens, l'efprit, enfin tout ce qui a été donné à
l'homme; qui le diftingue des bêtes, me
montrer clairement qu'il eft impoffible
que la confufion, le defordre puiffent
produire l'ordre & l'arrangement le plus
parfait; qu'il eft encore plus impoffible
que le hazard puiffe continuer & conferver cet ordre & cet arrangement avec
autant de prudence, de fageffe, de juf-
teffe & de régularité, que le fauroit faire
l'Intelligence la plus clairvoiante, la plus
parfaite & la plus puiffante.

APRÈS m'être convaincu de la folie de
la première opinion des Athées, fi j'examine la feconde, je la trouve auffi infen-
fée. Comment puis-je condamner la ftruc-
ture de ces Univers, en blâmer l'accord
& l'affemblage des parties, fi je me fuis
déjà démontré évidemment que tout ce
que

que je vois a été produit par un Etre souverainement sage & souverainement puissant ? Ne faut-il pas avoir perdu la raison pour chercher des défauts dans l'ouvrage d'un Etre qui par son essence ne peut rien produire que de bon & de parfait ? Dès que je suis convaincu de la nécessité de l'existence de Dieu, cette existence m'est un garant certain de la régularité de ses ouvrages. S'il y a un Dieu, il ne sauroit rien faire qui ne réponde à la perfection de sa nature : or, il est évident qu'il y en a un ; donc il l'est aussi que ses ouvrages doivent être parfaits.

CONCLUONS donc avec notre Auteur, savant Abukibak, que ,, tant de traits * ,, d'intelligence & de sagesse dans la ,, structure organique des corps animés, ,, & dans toutes les parties du monde ,, inanimé, ne prouvent pas seulement ,, d'une manière invincible que toutes ces ,, choses ne peuvent ni s'être faites d'el- ,, les-mêmes, ni être l'ouvrage, ou du ha- ,, zard, ou de la matière ; mais qu'ils prou- ,, vent encore de la même manière qu'il ,, y a un Etre intelligent & immatériel qui ,, y a manifesté sa puissance éternelle & ,, sa Divinité. Quand on considère sur- ,, tout qu'il n'y a rien dans cet Univers ,, qui n'ait sa destination, & les qualités
,, qui

* Id. *ibid. pag.* 138.

,, qui y conviennent, qui peut être affez
,, aveugle pour n'y pas reconnoître la fa-
,, geffe d'un Créateur? ,,

JE te falue, fage Abukibak. Déteftes
toujours les Athées, & fuis leur dangereux commerce.

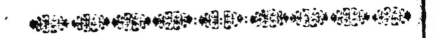

LETTRE CENT CINQUANTE - SIXIEME.

Abukibak, *au ftudieux* ben Kiber.

LA Lettre que tu m'as écrite, ftudieux
ben Kiber, fur les maladies auxquelles les Chymiftes font ordinairement fujets, m'a paru très utile pour ceux qui
cultivent la Chymie; tous les Phyficiens
peuvent y trouver auffi des chofes qui
leur font fouvent très néceffaires pour
la confervation de leur fanté. Je croirois manquer à ce que je te dois, fi con-
noiffant ton tempérament délicat, & l'ardeur avec laquelle tu t'appliques à l'é-
tude des Belles-Lettres, je ne te com-
muniquois point quelques obfervations
que j'ai puifées dans le même Auteur dont
tu m'as parlé, & qui regardent les maux
auxquels les Savans font expofés.

LA plûpart des gens de Lettres font
fujets

fujets à toutes les maladies qui attaquent les perfonnes trop fédentaires. Elles font d'autant plus difficiles à prévenir, qu'on ne s'en apperçoit que lorfqu'elles font parvenues à un point dangereux, & qu'on ne fonge fouvent à y remédier, que dans le tems qu'elles obligent à garder le lit *.

Presque tous les Savans font incommodés de maux d'eftomac. Cette partie du corps languit & fouffre par la grande diffipation des efprits animaux, & par la quantité de ceux qui fe portent au cerveau. La digeftion ne peut fe faire parfaitement : l'attention qu'ils donnent à leurs méditations, & la contention perpétuelle de leur ame empêchent que les efprits ne fe répandent en affez grande abondance dans les parties qui exigent d'être ranimées par leur moïen ; ce qui cause

---

* *Literati ergo homines, qui, ut ait Ficinus, quantum mente & cerebro negotiofi funt, tantum corpore otiofi funt, omnes fere vitæ fedentariæ incommoda, demptis Medicis Chymicis, fubeunt. Nibil notius quam hominem fedendo, Sapientem fieri : tota ergo die ac nocte fedentes, inter Litterarum oblectamenta, corporis damna fentiunt, donec non intellectæ morborum caufæ fenfim obrepentes, eos lectis affixerint.* Bernardi Ramazzini Opera omnia Medica & Phyfiologia, &c. de Morbis Artificum Diatriba, Cap. XLI. *pag.* 643.

caufe une tenfion des fibres & des nerfs *.
Cela occafionne auffi des crudités, une
grande abondance de vents rend le teint
pâle, & procure plufieurs autres maladies, qui conduifent infenfiblement à
l'*hypochondriaquerie*, & à la *cacochylie*. Quelque enjoüés que foient les Savans, ils deviennent peu à peu mélancholiques †.

LES

---

* *In univerfum porro Literati omnes ftomacbi
imbecillitate laborare folent. At imbecilles ftomacho, quo in numero magna pars urbanorum, om-
nesque pene Literarum cupidi, &c. aiebat Celfus.
Nullus enim fere eft, qui ferio Litterarum ftudio
det operam, ac de ftomacbi languore non conquera-
tur; dum enim cerebrum concoquit ea, quæ fcien-
di libido, & Litterarum Orexis ingerit, non nifi
male poteft concoquere ventriculus ea quæ fuerint
ingefta alimenta, diftraztis nempe fpiritibus animalibus, & circa intellectuale opus occupatis, vel iif-
dem fpiritibus non adeo plene influxunti opus effet
ad ftomacbum delutis, propter fibrarum, nervorum,
ac totius nervofi fyftematis in altioribus ftudiis va-
lidam contentionem.* Idem. ibidem.

† *Hinc ergo cruditatis, flatuum ingens copia,
corporis totius pallor & macies, partibus geniali
fucco defraudatis: fummatim omnia damna, quæ
cacocbyliam confequuntur ortum ducunt. Sic ftudiofi
paulatim, licet joviali temperamento præditi, fatur-
nini ac melancholici fiunt.* Idem, ibidem *pag.* 644.

La maladie, qu'on nomme hypochondrie,
attaque affez fouvent les gens de Lettres, à
caufe de la foibleffe de leur eftomach, caufée
par la diffipation des efprits. Les obftructions qui

fe

LES Médecins attribuent ce dernier accident au mouvement violent des esprits vitaux;

se forment d'ailleurs dans le ventricule de l'estomac, dans les boyaux & en plusieurs autres endroits par la vie sédentaire, sont les principales sources de cette maladie, peu dangereuse pour la mort, quoiqu'elle la cause quelquefois lorsqu'elle vient jusqu'à un certain point; mais elle est incommode, troublant tous les plaisirs, causant dans le cours d'une journée mille maux différens. Je n'éprouve que trop depuis deux ans combien sont cruels les symptômes de cette maladie. Les gens de Lettres ne sauroient trop prendre de précautions pour éviter d'en être atteints, & pour la guérir, ou du moins arrêter ses progrès, s'il est possible. Voici ce que dit un des plus grands Médecins qu'il y ait eu chez les Modernes, sur cette maladie, qu'il distingue en deux différentes classes. Je crois qu'il est inutile que je traduise ce passage, ce que je rapporte ici, n'étant que pour les gens de Lettres.

Affectio hypochondriaca utriusque affecti visceris, maximeque lienis, soboles est. Hujus enim species duæ, una mitior, deterior altera.

Illa ex melancholico humore terreno sanguinisque fæce ducit originem, qui in liene vicinisque sedibus supra modum cumulatus, tumorem ingenerat, e quo teter vapor sursum effertur. Lienis tumor interdum conspicuus *ingensque animadvertitur sine ictero, sine cachexia, idque quum & mitis est humor, & arcte coercetur. At vero quum e propria is sede prorumpit in venas effusus, aut icterum, aut ca-*

che-

vitaux, & à leur diſſipation, qui rend le ſang âcre. Les gens de Lettres, qui ſont nés

cbexiam parit. *Quum autem præter naturam incaleſcit, vel deteriorem ſubſtantiæ conditionem ſubit, atrum de ſe vaporem exbalat, qui animum mentemque varie conturbans, autor eſt bypochondriacæ melancbolíæ. Hujus notæ ſunt, multa fixaque diu cogitatio, rerum commentatio & ſuſpicio malarum, verecundia, ruſticuſve pudor, ſolitudo, mæſtitia, timiditas, & ignavia, animi dejeĉtio, aut deſperatio, mentis atque ſenſuum caligo, turbulentus ſomnus, perverſa rerum exiſtimatio, ac ſæpe præpoſterum judicium. Atque bæc quidem ſunt melancbolicorum ſymptomatum mitiſſima.*

Altera affeĉtio ferocior exiſtit. Ea fit ab atra bile, quæ vel ex terrena ſanguinis fæce ſupra modum incaleſcente & exuſta, vel ex bile flava proceſſit. Colligitur bæc nonnunquam in liene, ſæpius in pancreas, & in meſenterium ſpargitur, nullo tumore manifeſto. Quumque fit bumor acer atque pernicioſus, exigua portione ſæviſſimorum ſymptomatum autbor exiſtit.

Quæ igitur ab boc fit melancbolia, ſuperiores notas præ ſe fert omnes, & eas quidem multo graviores. Præterea vero præcordia ſæpe ingenti fervore æſtuant, pulſuſque arteriarum in bis eſt validus, quum vapor quavis ex cauſa excitatus ſurſum evolat, cor palpitat, aut premitur, anima deficit, pleriſque fauces ſiccitate præcluduntur, ut idcirco difficile poſſit in mulieribus ab uteri ſtrangulatu ſecerni : facies rubore, ardoreque ſuffunditur, oculi quaſi ſuffuſione caligant, mens denique perturbatur, ac interdum tantopere occupatur, ut ſine ulla rerum

nés d'un tempéramment férieux, font encore plus fujets à ces inconvéniens; mais on peut dire qu'en général ils deviennent tous dans les fuites mélancholiques, réveurs & folitaires *. Si j'ôfois me mettre

rerum expectatione meliorum , fumma fit defperatio vitæ, neque poffit, ulla orationis fuavitate, ad fpem recuperandæ valetudinis erigi. Hoc miferabile Medicis tormentum : fumma vero tranquillitas eft laborantis conftantia & prudentia. At vero extincto diffipatoque vapore, fymptomata mitefcunt , fubinde tamen reverfura. Hoc malum fi penetret in cerebrum, eoque figatur, furorem ac tandem febrem accerfet , becticæ finitimam , & quæ in marafmum deducet.

His quadantenus fimilia profert incommoda bilis fimplex circa jecur abundantior cöercita,& exæftuans : nam & æftus apparet , & animi defectio , & fuffufio, atque rubor : & nifi vires jam malo fuccumbant, animus concitatus exardefcit , iracundia fæpe jactatur, ulcifcendi libidine effertur. Hac etiam tandem corpus abfumitur & liquefcit, nifi in melancholiam tranfitus fit. Joan Ferneiii de morbis Jecoris *Pathrolog. lib. VI. Cap. VIII.* pag. 245.

* *Varias quidem caufas, affert Ficinus....quæ omnes ad vehementem vitalium fpirituum motum & diffipationem referuntur , unde fanguis ater efficitur. Melancholicis ergo paffionibus obnoxii funt, ut plurimum, Litterarum Profeffores; eoque magis , fi a primordiis tale temperamentum fortiti fuerint. Sic habitu graciles, buridi, plumbei, morofi, ac folitariæ vitæ cupidi obfervantur , qui vere Litterati funt.* Ramazzini ubi. fup.

tre au nombre des gens de Lettres, je
pourrois autorifer par mon exemple cette
vérité. J'ai perdu plus de la moitié de
ma gaïeté. Je haïffois autrefois la folitude, je la recherche aujourd'hui avec paffion. Je ne ris plus que la plume à la
main; on pourroit me comparer à un
Individu, compofé de celui de deux anciens Philofophes. Je fuis toujours chagrin hors de mon cabinet, je ris fans
ceffe, lorfque j'y fuis renfermé au milieu de mes Livres; me voilà devenu à
demi hypochondre. Qui fait, cher ben Kiber, fi mes Livres un jour ne m'attrifte-
ront point autant que les trois quarts
des hommes? En ce cas-là je n'aurai plus
rien de Démocrite; & peut-être imite-
rai-je fi fort Héraclite, que je *larmoïerai*
comme lui. Jetterai-je les yeux fur les
Ouvrages de l'Auteur des *Entretiens des
Ombres*, ou fur ceux du Médecin de
L***? je gemirai amérement de voir le
Public ennuié, les Libraires ruinés, & le
caractère d'homme de Lettres ravalé.
Regarderai-je les Livres divins de Locke, je pleurerai, en penfant combien de
fots préferent des Romans & des rhap-
fodies à des Ouvrages auffi parfaits. Faifant réflexion à l'imbécillité, à la folie,
& à l'impertinence de prefque tous les
hommes, je trouverai un fujet à fécher
mon cerveau, quelque humide qu'il foit.
Combien de pleurs un homme du tempérament d'Héraclite ne répandra-t-il
pas,

pas, en fongeant aux foibleffes de l'humanité? Le Ciel, ftudieux ben Kiber, veuille me préferver à jamais d'une pareille fenfibilité; & puifqu'il eft prefque impoffible qu'un homme de Lettres ne devienne mélancholique, que s'il fe peut, je ne le fois jamais qu'hors de mon cabinet, & que je conferve la gaïeté qui me refte dès que je fuis avec mes Livres!

UNE autre incommodité, à laquelle les Savans ne font guères moins fujets qu'à la mélancholie, c'eft celle de rendre leur vûe foible. Il eft prefque impoffible qu'en lifant, ou en écrivant pendant long-tems, les yeux ne fouffrent beaucoup *.

L'INCONVENIENT d'être obligé de fe baiffer pour écrire, n'eft pas un des moindres, attachés à la profeffion des gens de Lettres. Ils compriment & preffent le *ventricule*; l'eftomac en eft fortement incommodé, & le cours des fucs nourriciers ou *pancréatiques*, en eft interrompu; cela dérange l'ordre & l'œconomie des vifcères. Doléus prétend avec raifon
que

---

* *Oculorum imbecillitati præterea obnoxii paulatim redduntur: legentes fiquidem & fcribentes, intento obtutu non poffunt, quin vifionis læfionem perfentiant, quod malum fovent, dum literas minutas fcribunt, quod familiare eft iis, qui prompti funt ingenii.* Idem, ibidem.

N 4

que cette interceptation des sucs nourriciers, causée par cette situation, est très
contraire aux hypochondriaques *.

PARMI les Savans, ceux qui travaillent
à donner leurs Ouvrages au Public, &
qui sont sensibles au desir de transmettre
leur nom à la postérité, sont les plus exposés aux maladies dont nous venons de
parler. Au reste, en parlant des Auteurs,
je n'entends point ceux qui sont semblables à ce Poëte d'Horace, qui faisoit
cent vers dans un quart-d'heure, *stans
pede in uno* ; les productions de leur esprit ne les fatiguent pas au point d'in-
com-

* *Præterea Literarum studiosi, cum legendo &
scribendo, capite ac pectore inclinato Libris incum-
bant, ventriculum & pancreas comprimunt, ex
qua compressione stomachus oblæditur, & succi pancreatici, per suos ductus cursus inhibetur, unde
postea viscerum naturalium œconomia perturbatur.
Hanc succi pancreatici interceptionem, ob talem
corporis situm advertit Dolæus in Hypochondriacis
affectibus valde noxiam. Ibid. pag. 643.*

On sera peut-être bien aise de voir ce
que dit Doléus lui-même à ce sujet. Après
avoir recommandé de faire un exercice modéré, il conseille cependant d'en faire un plus
fort qu'à l'ordinaire, lorsqu'on a été quelque
tems dans un trop grand repos. Il attribue toutes les maladies des gens de Lettres à leur
vie sédentaire & à la *compression du ventricule
de leur estomac*, causée par la situation où ils
sont lorsqu'ils écrivent.

: commoder la fanté du corps *. Les Auteurs de la miférable *Continuation de* l'excellente *Hiſtoire de Rapin-Thoiras* ne cou-
roient aucun riſque d'altérer la leur ; il
ne faut pas une grande application pour
faire une mauvaiſe compilation de ce
qu'ont

Motus & quies juſtæ ſint moderationis, excef-
ſus tamen in motu præ quiete admittitur ; quies
enim nimia præ cæteris apta nata eſt hunc morbum
inducere, inde ob hanc vitam ſedentariam mulieres
hoc affeĉtu potius quam viri afficiuntur, & ipſis
accedit affeĉtio byſterica. Et ob hanc vitam ſeden-
tariam doĉti magis quam ruſtici hoc vexantur af-
feĉtu. Multum etiam confert, quod doĉti Libris
incumbentes incurvati & proni plurimum ſedeant,
unde ventriculus & pancreas aliaque comprimuntur
ut primo ſuccus libere perreptare , neque debite col-
ligi poſſit, ſed ſtagnatione aceſcat; vitium enim ca-
piunt, ne moveantur aquæ : ſecundo ſpiritibus vix
concedatur ad viſcera tranſitus ob complicaturam
muſculorum & viſcerum. Joan. Dolæi *Lib. III. de*
Morbis Abdominis , *pag.* 394.

* *Nulli porro præ cæteris Literarum Profeſſoribus,*
ſtudiorum laboribus magis atteruntur, quam qui O-
perum editionem in Publicum moliuntur , nominiſque
ſui immortalitatem in animo habent inſculptam. De iis
tamen loquor qui vere ſapiunt, nam complures ſunt
qui ſcribendi cacoëthe detenti , rerum male conſar-
cinatarum editionem, ac abortus potius, quam ma-
turos fætus properant, non ſecus ac Poetæ quidam
qui centum Carmina compingunt ſtantes pede in
uno, ut ait Horatius, Ramazzini ibid. *pag.* 645.

N 5

qu'ont dit quelques Gazetiers satyriques contre les plus grands hommes que l'Angleterre ait produits dans ces derniers tems. Il n'en est pas de même du sage & élegant Auteur, qui, parmi plusieurs Livres excellens qu'il a publiés, vient de nous donner avant sa mort la savante *Histoire du Manichéïsme.* Il y a beaucoup d'apparence que le travail trop pénible & trop assidu a été la cause de sa dernière maladie. L'application qu'il avoit apportée à un Livre qui demandoit toute la Science d'un aussi grand homme que lui, avoit considérablement diminué ses forces, que l'âge avoit déjà affoiblies.

RIEN n'est si dangereux qu'un épuisement causé par le travail d'esprit. ,, Lors-,, que l'ame, dit un célèbre Philosophe ,, Grec, rappelle à soi toutes ses forces ,, & en prive le corps, ce dernier de-,, vient languissant. Ainsi, quand un O-,, rateur est uniquement occupé de ce ,, qui concerne son art dans lequel il ,, veut exceller, sa santé périclite, & son ,, corps défaillit. D'un autre côté, lors-,, qu'il débite ses harangues en public, la ,, vivacité avec laquelle il parle, cause ,, une émotion violente qui souvent oc-,, casionne d'autres maladies, qui, paroif-,, sant opposées aux premières, trom-,, pent les Médecins & leur font croi-,, re qu'il y a dans un même sujet di-

,, verses

,, verſes cauſes contraires les unes aux
,, autres *. ,,

CETTE eſpèce de ſéparation qui ſe
fait entre l'eſprit & le corps, lorſque le
premier eſt occupé fortement de quelque matière abſtraite & difficile, fait que
la plûpart des Mathématiciens ſont toujours rêveurs, mélancholiques, & paroiſſent preſque étrangers dans le commerce du monde; on diroit qu'ils ſont habitans d'un autre Univers. Il eſt par con-
ſéquent abſolument neceſſaire que leur
corps languiſſe, comme s'il n'avoit point
d'ame, & qu'il fût condamné à d'éter-
nelles ténèbres; car pendant que l'eſprit eſt uniquement attentif à ces études
ſérieuſes, toute la lumière de l'animal
eſt, pour ainſi dire, renfermée dans le centre, & il n'en reſte aucune étincelle qui
puiſſe

---

* *Quando anima corpore admodum potentior eſt,*
exultatque in eo atque effertur, totum ipſum intrin-
ſecus quatiens languoribus implet. Quando etiam
ad dicendum, inveſtigandumque collectis in unum
viribus vehementer incumbit, liquefacit prorſus cor-
pus & labefactat. Denique cum ad dicendum, dif-
ferendumque privatim, & publice ambitioſa quadam
concertatione contendit, inflammat corpus atque re-
ſolvit. Nonnunquam etiam diſtillationes fluxuſque
commovens, Medicorum plurimum decipit, cogitque
illos contrarias cauſas judicare. Plato in Timæo,
pag. 495.

puiſſe s'étendre aux extrémités & les
eclairer *.

LES Théologiens, les Philoſophes, enfin tous les Savans qui s'appliquent fortement, & dont le genre d'étude demande une grande contention, ſont ſujets à
une autre incommodité, moins dange-
reuſe, mais plus à charge à ceux avec
qui ils vivent. Ils ſont ſouvent inquiets,
& peu complaiſans. Les Poëtes ſur-
tout tombent ſouvent dans une eſpèce
de bizarrerie qui leur eſt particulière, à
cauſe des idées phantaſtiques & chimériques dont ils ſont occupés la nuit & le
jour †. On prétend que l'Arioſte étoit
d'une

---

* Mathematici porro, quibus animum a ſenſibus
& corporis fere commercio ſejunctum eſſe neceſſum
eſt, ut res abſtruſiſſimas, & a materialitate remo-
tas contemplentur ac commonſtrent, omnes fere ſtu-
pidi ſunt, ignavi, veternoſi, ac in humanis rebus
ſemper hoſpites. Partes itaque omnes, ac totum
corpus neceſſe eſt veluti ſitu quodam ac torpore lan-
guere, non ſecus ac perpetuis tenebris damnatum.
Dum enim mens ad hujuſmodi ſtudia intenta eſt,
tota lux animalis in centro concluſa eſt, neque ad
exteriora illuminanda diffunditur. Bernardi Ramazzini, &c. de Morbis Artificum Diatriba,
Cap. XLI. pag. 680.
† Haud minus malam morborum ſegetem ex ſtudiis
ſuis referunt Poëtæ, Philologi, Theologi, Scriptores
omnes, & cæteri Literati circa mentis officia occu-
pati. Poëtæ præſertim, ob phantaſticas ideas, quas
die

d'une humeur très particulière. On pourroit joindre à l'exemple de ce Poëte Italien celui des trois quarts des Poëtes
qui vivent aujourd'hui. Horace nous eſt
garand de la bizarrerie des Poëtes & des
Muſiciens anciens. Nous voions par
nous-mêmes celle de ceux d'aujourd'hui ;
ainſi, nous pouvons aſſûrer hardiment,
que c'eſt une maladie qui de tout tems
a été commune aux fils d'Apollon.

Il eſt tems de finir ma Lettre, ſtudieux ben Kiber. Dans la première que
je t'écrirai, je ferai mention des remèdes
les plus utiles pour les maux dont je
viens de te parler.

Je te ſalue, porte-toi bien, & ménages ta ſanté.

---

die ac noĉte in mente verſant, attoniti ſunt, moro-
ſi, graciles, uti illorum imagines oſtendunt. Idem,
ibid. pag. 649.

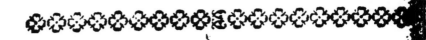

LETTRE CENT CINQUANTE-SEPTIEME.

Le Cabaliste Abukikak, *au studieux* ben
Kiber.

JE te promis dans ma dernière Lettre,
studieux ben Kiber, de te parler des
remèdes qui conviennent aux maladies
ordinaires aux gens de Lettres. Je tâcherai de m'acquitter le plus succincte-
ment que je pourrai de ma promesse, je
n'oublierai cependant aucune des choses que je croirai essentielles à la conservation de ta santé ; elle m'est infiniment
chere. Je prens aussi beaucoup de part
à celle de tous les véritables Savans,
quel que soit l'état qu'ils aient embrassé.
Depuis long-tems j'ai déclaré assez précisément qu'un habile Magistrat, qu'un
Officier expérimenté dans son métier,
tel que le Chevalier Folard avant que le
Jansénisme & la vieillesse l'eussent rendu fanatique, étoient pour moi des personnes plus respectables que les Souverains les plus puissans, qui n'avoient d'autre mérite que leur trône. Ainsi, je regarde la santé des Savans comme quelque

que chofe de précieux, & dont la confervation intéreffe tout l'Univers.

QU'IMPORTE-t-il à l'Univers qu'un
Prince, tel que les Rois fainéans dont
l'Hiftoire n'a confervé que le feul nom,
vive ou meure ? C'eft un homme inutile
de moins dans l'Univers. Un Monarque
de ce caractère n'eft pas à coup fûr difficile à remplacer, & les hommes ne
doivent pas craindre de manquer de maîtres, tant qu'ils n'en exigeront que de
femblables. Il faut dix fiécles pour produire un Roi comme Henri IV. Rome,
dans moins de quarante ans, vit cinq ou
fix Empereurs, auffi méprifables qu'Hé-
liogabale. La mort d'un Souverain ne
doit être plainte, qu'autant que fes fujets
ont lieu de fe loüer de lui. Lorfque les
François perdirent un Prince comme
Louis XIII. ils eurent raifon de s'affliger ; mais fi à la place de ce Roi refpec-
table, ils avoient perdu un maître du
caractère de Charles IX. il faudroit qu'ils
euffent été fous de craindre qu'il leur pût
jamais manquer des Princes d'un pareil
caractère.

SI l'on mefure la grandeur d'une perte à la difficulté qu'il y a de la réparer,
quelle précaution ne doit-on pas apporter à la confervation des véritables Savans ? Un homme, tel que le Chevalier
Newton, ou tel que le Préfident de Thou,
doit plus couter de pleurs à tous les
gens

gens fenfés, que la perte de huit Souverains , de cent Ducs & Pairs , de mille
Marquis, & de trois mille Barons. Lui
feul étoit plus utile aux hommes , que
cette foule de Princes & de Nobles ; il
les inftruifoit & les éclairoit , il leur
montroit la vérité , & les autres les pilloient, les méprifoient , & qui pis eft ,
leur défendoient de faire ufage de leur
raifon.

QUELLES obligations ne doit-on point
avoir à ceux qui fourniffent des remèdes
pour conferver des perfonnes auffi néceffaires à la Société civile, que le font les
Savans ? Sans la Science, les plus belles
qualités qu'on a reçues de la Nature, ne
font que ténèbres. On doit regarder les
gens de Lettres comme des Médecins excellens qui favent rendre la vûe aux a-
veugles ; ou fi l'on veut, comme d'habiles & rares ouvriers , qui ont le fecret
de changer en or fin des metaux bruts
& remplis d'alliage.

LES perfonnes qui s'appliquent beaucoup à l'étude , doivent choifir une de-
meure dont l'air foit pur , qui foit éloignée des étangs, des marais, & à couvert
des vents du Nord. Une pareille habi-
tation rend les efprits animaux plus épu-
rés , & facilite par-là les opérations intel-
lectuelles *.

LA

* Studeant primo, ut in aëre puro, ac falubre
ae-

LA vie champêtre, interrompue quelquefois par le féjour des villes, eſt très
utile aux Savans. Ils goutent ainſi tous
les plaiſis de la campagne , & ceux qui
ſont attachés aux villes. Ils tempérent
tour à tour le ſilence de la ſolitude & le
fracas du grand monde ; ils doivent ſur-
tout ſe défendre des vents du Nord , ſe
garantir contre le froid , & ſe couvrir la
tête avec ſoin *. Quant à la nourriture
qui leur eſt convenable † ils peuvent
re-

degant , *procul a ſtagnis, ac paludibus, ac ventis
auſtralibus. Siquidem hoc facto puriores erunt ſpiritus animales , intellectualium operationum potiſſina
inſtrumenta.* Bernardi Ramazzini de Morbis Artificum Diatriba, *Cap. XXXI. pag.* 650.

* *Ruſticati propterea , & aura liberiore gaudere ,
ac vario vitæ genere uti , modo ruri eſſe , modo in
urbe , ipſis ſalutare eſt , frequentiam & ſolitudinem
ad invicem temperando. Illa enim noſtri hæc hominum deſiderium facit. Cavere quoque debent a va-
lidis ventorum afflatibus Auſtri & Boreæ , ab hy-
berno frigore corpus , ac præcipue caput munien-
do.* Idem *ibid. pag.* 651.

† Les préceptes que donne Dolæus à ce ſujet, ſont très utiles ; on n'y ſauroit faire trop
d'attention , c'eſt pourquoi je les rapporterai
ici, pour qu'on puiſſe en faire uſage.

*Exulent & omnia quæ ventriculo ſunt oneroſa ,
ut dura (quæ tamen nonnulli ferre poſſunt ob acidum intenſum in ſtomachi tunicis latens). Viſcida ,
ſalita , nocent & pinguia , nimia repletio & quæcun-*

regarder comme un oracle le précepte
d'Hippocrate. Ce fage & favant Médecin ordonne à ceux qui defirent de conferver leur fanté, de ne point fe remplir
de viande. Les gens de Lettres ne fauroient être trop en garde contre la grande répletion , & contre le mélange de
plufieurs mêts différens; cela regarde fur-
tout ceux qui font incommodés de la *cacochylie*, ou qui font fujets à des coliques.
Cette diverfité d'alimens caufe une fer-
mentation pernicieufe dans l'eftomac, fe
change en bile, & donne la pituite. Il eft
très néceffaire de ménager beaucoup cette partie, de crainte qu'elle ne puiffe plus
faire fes fonctions , & que tout le corps
ne s'en reffente *.

F i-

que inordinata diæta, cum vel cibus non bene maf-
ticatur, vel priori nondum fermentato alius injici-
tur. Nocet & varietas ciborum, qua nobis plures
conciliamus morbos, unde recte cardinem totius vitæ Helmontius in fobrietate confiftere afferit. A
cibis enim incongruis non tantum Reges noftri in-
quietantur, fed & fpiritus animales jam diffipati
& debiles non amplius reftaurantur, fed fenfim ac
fenfim plane pereunt, unde influxus fpirituum ani-
malium ad vifcera pervertitur, hinc lerna illa ma-
lorum nocturna, quæ per quietem objici folent menti,
vifa illa in formando animi ftatu ciborum efficaciam
demonftrant. Joh. Dolæi. *Lib. III.* de Morbis abdominis. *pag.* 394.

    * *Quod victum fpectat, Hippocratis præceptum*
pro

FICINUS approuve beaucoup l'ufage de la canelle & des autres chofes aromatiques, pour conforter l'eftomac. Le chocolat eft encore très bon pour les gens de Lettres : je puis t'aſſûrer, ſtudieux ben Kiber, que j'en ai moi-même reſſenti le merveilleux effet ; c'eſt une des chofes qui a le plus contribué au rétour de ma ſanté. Cette boiſſon balfamique & ſpiritueuſe corrige l'acide qui abonde ordinairement chez les gens de Lettres, purifie leur ſang, & le rend moins âcre *.

QUANT

pro *Oraculo habendum*; *ſanitatis ſtudium eſſe non repleri cibis. A ſatietate igitur, inſuperque a ciborum varietate cavere debent, ut quæ cacochyliam, & turbas in ventre ciere ſoleant : ſiquïdem, ut ait Horatius,*

Cum ſemel aſſis
Miſcueris elixa, ſimul conchylia turdis,
Dulcia ſe in bilem vertent, ſtomachoque tumultum,
Lenta feret pituita.

Ventriculi ergo magna cuſtodia habenda, ne a functionibus ſuis aberret, ac totum corpus plectatur. Idem, ibid. *pag.* 653.

* *Ad roborandum ſtomachum, laudat Ficinus cinnamomum, & rerum aromaticarum uſum. Noſtra hac ætate in Litteratorum cupedias chocolata, ſtomachi & ſpirituum ſolatium ; ac profecto cum ſtu-*

dio-

QUANT au vin qu'ils doivent boire, je crois que le rouge, pourvû qu'ils n'en prennent que médiocrement, eft celui qui leur convient le mieux. Les Médecins qui leur permettent l'ufage du blanc, comme plus leger, tombent dans une erreur confidérable; car ce vin a toujours un acide, fur-tout pendant les chaleurs de l'été, qui eft pernicieux aux perfonnes chez qui l'acide domine. Crato prétend qu'il eft beaucoup meilleur à ceux qui font incommodés de l'eftomac, de boire un peu de vin d'Hongrie, ou de la malvoifie, qu'une plus grande quantité d'un autre leger & foible. Helmontius écrit que tous les vins foibles ont de l'aigreur. Il eft donc vifible que les Savans, incommodés ordinairement par des douleurs d'eftomac, par des coliques, & par des affections hypochondriaques, doivent fuir l'ufage du vin blanc, puifque rien ne leur eft plus contraire que tout ce qui contient quelque acide *.

JE

dioforum natura melancholica fit, five nativa, five adjicititia, ac multo acido abundet, hujufmodi potiones balfamicæ & fpirituofæ acorem, tum ftomachi, tum fanguinis, cicurare poterunt, & ad meliorem crafim perducere. Idem, ibid.

* Quoad potum, vinum cæteris potionibus præferendum. Meracum laudatur, fed modicum. Scio multos Litteratis fuorum Medicorum confilio, ut poffent liberaliter, vina alba, tenuia in ufu habere
que

. JE viens actuellement, studieux ben
Kiber, à un point très essentiel, & que
je ne saurois assez te recommander d'ob-
server exactement; c'est de faire tous les
jours un exercice modéré. Tu dois cependant éviter de sortir de ton logis lorsque l'air n'est point pur & serein, ou
que les vents soufflent avec violence *.
L'usage des bains est encore fort nécessaire, il procure une transpiration douce
& salutaire, il tempére l'acreté des humeurs, & ramollit les duretés qui se forment dans les viscères. L'heure la plus
pro-

quo pacto putant, sibi licere sine noxa bibere quantum lubeat; quod certe non adeo tutum, ut putant.
Vina hæc tenuia, æstate præcipue, aciditatem quan-
dam adsciscunt, qua nihil perniciosius ubi luxuriet
acidum. Præstat, aiebat Crato, eos qui ventriculo
debili sunt, potius parum vini Ungarici, vel Mal-
vatici bibere, quam tenuia vina copiosa haurire.
De hujusmodi vinis scripsit quoque Helmontius,
quod parum vini multum aceti contineat. Literarum itaque cultoribus, arthritide, colica affectione
hypocondriaca vexari solitis, qui affectus ex acido
morboso genesim suam ducunt, neutiquam acidorum
usum, sed ea quæ illud infringant, convenire satis
perspectum est. Idem. ibid.

* Quoad cæterarum rerum regimen, ut sedenta-
riæ, ac statariæ vitæ incommoda declinent, moderata
corporis exercitatione quotidie erit utendum; si tamen aer purus ac serenus sit, & venti sileant. Idem.
ibid. pag. 653.

O 3

propre pour les bains, c'eft lors du couché du Soleil ; il faut enfuite fouper, &
de-là aller fe coucher, ainfi que faifoient
les Anciens *.

La matinée eft le tems qu'il convient
d'emploier à l'étude, il faut éviter de
s'appliquer pendant la nuit, & fur-tout
après le foupé. C'eft une chofe monf-
trueufe, dit Ficinus, de veiller bien a-
vant dans la nuit, & de dormir après le
lever du Soleil. Lorfque cet aftre eft
couché, l'air s'épaiffit, & les humeurs
mélancholiques ont plus de force pendant la nuit † ; auffi eft-elle deftinée au
fom-

* *Molles etiam frictiones, ad tranfpirationem
tum fervandam, tum promovendam, in ufum fre-
quentiorem revocandæ. Lavacrum quoque aquæ dul-
cis, æftate præfertim, quo tempore atra bilis Litteratos infeftat, valde falutare effet ; fic enim humorum acrimonia temperatur, & fquallida vifcera re-
mollefcunt. Tempus balneationi magis opportunum
erit vefpertinis horis, deinde cibum fumere, &
cubitum ire ; hic enim apud Antiquos mos erat ac
ordo. Sic Homerus.*

Ut lavit, fumpfitque cibum, dat membra fo-
pori..
Idem, ibid. pag. 654.
† *Quoad tempus vacandi ftudiis magis commo-
dum, matutinum præcipue commendari folet, non
ita vero nocturnum ac præfertim poft cœnam. Mon-
ftrum eft, inquit Ficinus, ad multam noctem fre-
quen-*

fommeil dans l'ordre de la Nature, comme le jour l'eſt à veiller *.

IL

quentius vigilare, unde etiam poſt Solis ortum dormire cogaris, & in hoc ait errare ſtudioſos permultos, varias autem rationes affert, quarum alias ex planetarum poſitu & configuratione, alias a motu Elementorum deducit, dum aër, Sole occidente, craſſeſcit necnon ab ipſis humoribus, dum noctu prævalet melancholia, ab ordine Univerſi, cum dies labori, nox quieti ſit deſtinata, adeo ut biſce omnibus Literati ad lucernam lucubrantes contrariis motibus repugnent. Idem, ibid.

* Tous les Médecins s'accordent à regarder le travail de l'après-ſoupé comme mortel. Je puis dire ici que j'ai profité trop tard de leurs avis, & que jè n'ai reconnu combien ils étoient utiles, qu'après la perte de ma ſanté. Que mon exemple, s'il eſt poſſible, puiſſe ſervir à mes Lecteurs, & qu'ils profitent des avis de Dolæus & de Cardan, qu'ils trouveront ci-deſſous!

Quod concernit ſomnium ac vigilias, provida mater Natura ſomnum & vigilias conceſſit, ut ſecundum præſtitutos alternandi terminos ille intercaletur, ſicque ſe invicem ſublevarent, ne ſcilicet ſpiritus animales aut plane exolvantur, aut ſatis iterum refecti, nimium obtorpeſcant. Somnus enim dulce curarum levamen: ſi medietatem excedat, ita torpidos reddit ſpiritus, ut viſcera non quævis influant, unde dein ceſſat ipſorum viſcerum tonus, fibrillæ laxiores redduntur, & ſic viſcus officio ſuo fungi nequit. Vigiliæ quoque nimis protractæ, abſumendo ſpiritus animales, nocent, unde & ceſſat

ille

IL faut, après avoir soupé, se délasser quelque tems des fatigues de l'étude, avant d'aller se mettre au lit ; sans quoi, la digestion ne se fait qu'avec peine. Le savant Cardinal Sfortia Pallavicini, après avoir travaillé toute la journée sans prendre aucun aliment, soupoit legerement, se délassoit pendant toute la nuit pour réparer par le sommeil la dissipation des esprits *.

† LA saignée est ordinairement peu avan-

ille influxus ad partes, hinc & hujus morbi ortus. Joh. Dolæi, *Lib. III.* de Morbis Abdominis, *pag. 394.*

Cardan regarde les veilles comme très nuisibles à toutes sortes de tempéramens. *Vigilia enim & fames siccant corpora ; sed fames humidis corporibus (ut infra videbitur) convenit, vigilia nemini. In* Hippocrat. *Aphorism.* H. Cardan. Commentar. *Lib. I. Aphoris.* 15. *pag.* 72.

* *Verum in hac re attendenda est cujusque consuetudo. Cavendum tamen ex Celsi monito ne id post cibum ingestum fiat, sed peracta coctione. Eminentissimus Cardinalis Sfortia Pallavicinus, vir doctissimus, totam diem Litterarum studio sine cibo largiebatur ; mox cæna modica sumpta, ac studiorum cura ablegata, somno, & virium reparationi noctem totam impendebat.* Id. ibid.

† *Venæ sectio autem, ut ut parca illorum vires hyterit ac spiritus ob vigilias & studiorum labores evanidos, facile exsolvit.* P. Gassendum, *Philosophum celeberrimum, ob pluries repetitam phlebotomiam, ut mos est apud Gallos, periisse, in ejusdem*

vantageufe aux gens de Lettres ; elle diminue trop leurs forces, qui font déjà affoiblies par le travail & par les veilles.
Gaffendi fut la victime de la faignée, &
de l'entêtement des Médecins François ;
il mourut pour avoir été trop faigné. On
ne fauroit affez faire attention à la conduite de la plûpart des Savans qui font
renfermés dans des Monaftères, ils prennent fouvent des purgations, ils ne crai-
gnent pas même de fe fervir quelquefois
de l'émetique ; mais ils abhorrent la faignée, parce qu'ils connoiffent clairement
que l'origine de prefque tous leurs maux
étant dans l'eftomac , ils ne fauroient
mieux faire que de fe décharger des humeurs âcres qui les incommodent ; au
lieu que la vie & la force , giffant également dans le fang, c'eft rendre languif-
fante la première , & diminuer la feconde, que de faire ufage de la faignée *.

LA

dem *Vita legimus. Obfervatione dignum eft Reli-
gioforum Ordinum Litteratos homines , macilentos ,
valetudinarios , familiares habere purgationes & vo-
mitiones , ex pulvere cornacchini , calice emetico , &
fimilibus, non fine euphoria ; horrere autem , cum
de venæ fectione agitur , ut qui fatis norint illud ,
quod magis illo infeftat , faburram humorum effe in
ftomacho ftabulantem , ac vitale robur , quod ineft
fanguini , languidum effe ac effetum. Idem , ibid.
pag.* 688.

* *Atqui bos, confervo fuo camelo , qui parte
oneris fublevare cum nolebat ; Tu vero , inquit ,*

O 5 &

LA principale chofe enfin, à laquelle il faut que les Savans faffent attention s'ils veulent conferver leur fanté, c'eft de travailler avec modération, & de n'être pas fi fort occupés de ce qui concerne l'efprit, qu'ils oublient tout ce qui regarde le corps. L'ame & le corps doivent fe rendre mutuellement de bons offices ; cela eft néceffaire pour leur confervation mutuelle. Plutarque les compare au bœuf & au chameau. Il dit que ce dernier, n'aiant pas voulu partager dans un certain tems une partie de la charge du premier, & l'aider lorfqu'il l'en prioit, fut dans la fuite obligé de la porter tout entière. La même chofe arrive à l'efprit, lorfqu'il ne veut donner aucun repos au corps : une fiévre violente, ou quelque maladie furvient, qui porte un grand préjudice à tous les deux.

TACHES donc, ftudieux ben Kiber, de te modérer dans tes études : prens tous les jours quelques heures de recréation. Je te falue.

& omnia hæc mea brevi portabis, quod mortuo eo contigit. Haud aliter accidit animo, qui dum paululum laxare & remittere abnuit corpus, quod id requirit, mox febre aliqua, aut vertigine ingruente, dimiffis Libris, difputationibus, & ftudiis, una cum illo ægrotare, & laborare compellitur. Plutarc. de Præcept. Salubr.

LET-

❦❦❦❦❦❦❦❦❦❦❦❦❦❦❦❦

I LETTRE CENT CINQUANTE - HUITIEME.

Ben Kiber, *au Cabalifte* Abukibak.

LEs hommes, fage & favant Abukibak, font en géneral fi portés au fanatifme, qu'il eft furprenant qu'il s'en
trouve un nombre auffi confidérable parmi eux, qui ne tombe point dans cette
dangereufe phrénefie.

LORSQU'ON voit les progrès que certaines Sectes ont faites dans les païs les
plus polis & les plus éclairés, on eft é-
tonné de la foibleffe & de la bizarrerie de
l'efprit humain. On croiroit prefque que
ce que l'on appelle raifon, lumière naturelle, bon fens, n'a été accordé par le
Ciel qu'à très peu de mortels, & que les
autres n'ont qu'une efpèce d'inftinct qui
eft déterminé au bien ou au mal, fuivant les impreffions qu'il reçoit par quelque caufe étrangère.

LES perfonnes, qu'on regarde dans le
Monde comme les plus refpectables, foit
par leur rang, foit par leur conduite,
font fouvent les plus folles & les plus
ridicules. Les chofes font pouffées fi loin
aujourd'hui, qu'il faut chercher là raifon

chez

chez quelques Philofophes, dont le nombre eſt bien petit. Vouloir la rencontrer par-tout ailleurs ; c'eſt tenter l'impoſſible ; c'eſt courir après ce qu'on eſt ſûr de ne point trouver. On peut juſtement appliquer à ce ſiécle ce que diſoit du ſien un ancien Evêque de Lion. * Il ſe plaignoit que les hommes cruſſent & fiſſent des choſes auxquelles les Païens les plus inſenſés & les plus ſuperſtitieux n'auroient point ajouté foi, & qu'ils auroient rougi d'exécuter. Ne faut-il pas avoir perdu la raiſon, mais même toute honte, pour donner dans les folies des Convulſionnaires Janſeniſtes ? Eſt-il quelqu'un, à qui il reſte encore l'uſage du bon ſens, qui puiſſe ne pas déplorer l'extravagance de Mr. de Mongeron ? Ce Magiſtrat, deſtiné par ſon état à juger les hommes, à protéger la veuve & l'orphelin, à réprimer le coupable, à punir le méchant, à ſoutenir les droits & les privilèges de ſa patrie, va ſe faire le Chef d'une troupe de fanatiques, & met au jour un gros Livre pour autoriſer ſa folie. Qui pis eſt, c'eſt que quelque ridicu-

---

* *Tanta jam ſtultitia oppreſſit miſerum mundum, ut nunc ſic abſurde res credantur a Chriſtianis, quales antea ad credendum non poterat quiſquam ſuadere Paganis.* Agobard, cité dans la Philoſophie du Bon-Sens, &c. *pag.* 60.

dicule, quelque grande qu'elle foit, elle trouve beaucoup de partifans, & de zélés imitateurs. Le penchant que les miférables mortels ont au fanatifme, eft fi dangereux, que des gens, ennemis de leur perfonne & des opinions de Mr. de Mongeron, deviennent tout à coup auffi infenfés que lui.

APRÈS avoir vû deux Jéfuites amenés fubitement au parti des Convulfionnaires, par les difcours d'un Magiftrat enthoufiafte, un Philofophe ne fera-t-il pas bien fondé à foutenir que le fanatifme * eft une maladie épidémique, qui fe communique plus aifément que la pefte, & que les perfonnes qui femblent devoir en appréhender le moins les atteintes, font celles qui fouvent en font les premières victimes? Je le repete encore, fage & favant Abukibak, deux Jéfuites rendus ferviteurs très humbles de St. Pâris, & cela par Mr. de Mongeron, le vifionnaire le plus avéré du Roïaume, c'eft-là une preuve fi

démonf-

---

* La fuperftition, dit Seneque, eft une erreur qui tient de la folie. Elle appréhende & craint ceux qu'elle devroit aimer; elle outrage ceux qu'elle honore, & il vaudroit autant nier qu'il y a des Dieux, que de les deshonorer par les idées qu'on s'en forge. *Superftitio error infanus eft: amandos timet; quos colit violat. Quid enim intereft utrum Deos neges, an infames?* L. Annæi Senecæ *Epiftol. CXXIV: fub. fin.*

démonftrative des funeftes effets que peut
produire le fanatifme , qu'il ne doit plus
paroître furprenant que les trois quarts
de Paris aient donné dans toutes les folies qu'on a faites pendant long-tems fur
le tombeau du Diacre.

DANS tous les tems les peuples ont
toujours été naturellement portés au fanatifme , & les enthoufiaftes les ont fé-
duits , dès qu'ils ont fû flatter quelque
peu

❧ Je placerai le fuperbe & magnifique portrait
qu'a fait du fanatifme un de nos meilleurs Poëtes, on verra en abrégé les principaux évenemens qu'il a caufés dans les fiécles paffés &
dans ces derniers tems.

Le fanatifme eft fon horrible nom,
Enfant dénaturé de la Religion.
Armé pour la défendre, il cherche à la détruire,
Et reçu dans fon fein, l'embraffe & la déchire.
C'eft lui, qui dans Raba, fur les bords de l'Ar-
   non ,
Guidoit les defcendans du malheureux Ammon,
Quand à Moloc leur Dieu, des meres gemiffantes
Offroient de leurs enfans les entrailles fumantes.
Il dicta de Jephté le ferment inhumain ,
Dans le cœur de fa fille il conduifit fa main.
C'eft lui qui de Calcas ouvrant la bouche impie,
Demanda par fa voix la mort d'Iphigénie.
France, dans tes forêts il habita long-tems,
A l'affreux Teutates il offrit ton encens.
Tu n'as pas oublié ces facrés homicides ,
Qu'à tes indignes Dieux préfentoient les Druïdes.
                                          Du

peu leurs paſſions, ou ſe prévaloir de
leur amour pour le merveilleux & pour
la

Du haut du Capitole il crioit aux Païens :
Frappez, exterminez, déchirez les Chrétiens.
Mais lorſqu'au Fils de Dieu Rome enfin fut ſou-
miſe,
Du Capitole en cendre il paſſa dans l'Egliſe,
Et dans les cœurs Chrétiens inſpirant ſes fu-
reurs,
De Martyrs qu'ils étoient, les fit perſécuteurs.
Dans Londre il a formé la Secte turbulente,
Qui ſur un Roi trop foible a mis ſa main ſan-
glante ;
Dans Madrid, dans Lisbonne il allume ces feux,
Ces buchers ſolemnels, où des Juifs malheureux
Sont tous les ans en pompe envoiés par des Prê-
tres,
Pour n'avoir point quitté la foi de leurs Ancê-
tres.

Voltair. Henriad. Chant. V. 84.

Ajoutez à tous ces faits l'aſſaſſinat des Rois
Henri III. & Henri IV. l'empoiſonnement d'un
Empereur, le maſſacre de la journée de St. Bar-
thelemi, les guerres de Religion qui ont déchi-
ré pendant ſi long-tems l'Allemagne & la France. Conſiderez tous ces funeſtes évenemens,
cauſés par le faux prétexte de ſoutenir la Religion, & vous ne pourrez vous empêcher de dire avec Lucrece.

Relligio peperit ſceleroſa atque impia facta.
Lucret. de Rer. Nat. *Lib. I.*

la nouveauté. Les Egyptiens, les Grecs & les Romains se disputerent à l'envi l'honneur de faire les plus grandes extravagances. Leur Religion étoit un fanatisme excessif, & leurs fêtes montroient jusqu'où peut aller la croiance des hommes, séduits par l'autorité d'un culte superstitieux.

LORSQU'ON lit le ramas des cérémonies anniversaires qu'on observoit le jour de la célebration de celle d'Adonis, on est honteux des foiblesses des hommes, on rougit d'avoir eu de semblables ancêtres; & cependant l'on n'est pas plus sage aujourd'hui, qu'on l'étoit il y a deux mille ans. Le fanatisme ne regne pas moins, & les progrès qu'il fait, doivent augmenter les allarmes des Philosophes par les maux qui menacent nos descendans.

IL me seroit aisé de prouver, sage & savant Abukibak, que les folies qu'un faux zèle religieux fait faire de nos jours, ne sont pas moindres que les plus grandes qu'ont faites les anciens Egyptiens, Grecs & Romains. Cette fête d'Adonis, contre laquelle je me récriois seulement, étoit moins ridicule, & peut-être moins criminelle que la plûpart de celles qu'on célèbre aujourd'hui à Rome & à Paris. Examinons un moment l'opinion que je soutiens, & voions sans prévention si je ne suis pas dans l'erreur. On promenoit

par

par les rues l'image d'Adonis & celle de Vénus. On dreffoit enfuite deux lits, dans l'un defquels on couchoit celle d'Adonis, & dans l'autre celle de Vénus. Après ces préparatifs, on paffoit à des chofes moins gaïes ; on pleuroit, on s'affligeoit. Beaucoup de gens ne bornoient pas-là leur trifteffe, ils fe foüettoient, & fe foüettoient vivement. Tout cela fe faifoit pour témoigner la douleur qu'on avoit de la mort d'Adonis, qu'on regardoit cependant comme un Dieu. Eft-il rien de fi fou, rien de fi infenfé, rien enfin de fi fanatique que de placer un homme au rang de la Divinité, & de s'affliger enfuite des maux qu'il peut avoir foufferts fur la terre ? Ces maux avoient-ils rien de commun avec le nouveau Dieu ? Ou il falloit le laiffer dans le nombre des mortels, ou fe réjoüir toujours dès qu'on en faifoit un Dieu.

Voilà les extravagances des Anciens, mifes dans leur plus grand jour ; parcourons celles des Modernes avec la même impartialité. Elles font d'autant plus condamnables, qu'elles tombent fur les fujets les plus refpectables. Les Païens, en rendant leur Religion ridicule, ne faifoient que fe joüer d'une chofe qui méritoit d'être méprifée par tous les gens de fens ; mais les Chrétiens, en manquant à ce qu'ils doivent à la leur, aviliffent un culte établi par la Divinité même. Le fanatifme Chrétien eft donc néceffairement plus criminel que le Païen , & n'eft pas moins extravagant. On couchoit dans des lits différens Adonis & Vénus chez les Grecs ; ne met-on pas dans des niches chez les Chrétiens Saint Maximin à côté de la Madelaine? Ne s'afflige-t-on pas, ne jeûne-t-on pas, ne pleure-t-on pas la veille de leur fète? Et le jour de la célebration ne promene-t-on pas leurs images dans les ruës ? Les Prêtres qui deffervent les Autels de ces Saints, ne fe fouëttent-ils pas dans certains jours réglés, à leur honneur & gloire ? Etoit-il plus fou de fe battre les épaules & les feffes autrefois, qu'il ne l'eft aujourd'hui? Et les Bienheureux canonifés font-ils fujets à des incommodités, dont les Divinités Païennes étoient exemptes?

Le fanatifme Monacal va fi loin , que le fouvenir des Myftères les plus auguftes de la Religion fert fouvent de prétexte à fomenter l'Idolatrie & la fuperftition la plus criminelle. J'ai lû dans un Auteur moderne un fait, qui montre bien jufqu'où l'abus des chofes les plus faintes eft porté. *Je me trouvai,* dit-il *, *un jour à Mayence, dans la Sacriftie des Peres Jéfuites ,*

* Hiftoire des Tromperies des Prêtres & des Moines, par Gabriel de Miliane, *Tom. II. pag.* 219. & 220.

fuites, avec cinq ou fix de ces bons Peres.
Nous prenions plaifir à voir les préfens qu'on
venoit faire à la Creche. Un pauvre païfan
entre autres apporta avec une grande fimpli-
cité & dévotion, une botte de foin, & la mit
dans la fainte étable entre le bœuf & l'âne.
Les Jéfuites, qui s'en apperçurent, fe dirent
les uns aux autres : Fi, fi, il faut ôter cela vitement ; cela ruineroit tout, ils n'ap-
porteroient plus que de l'herbe. Il vaut
mieux qu'ils apportent de bon jambons
& des langues de bœuf pour St. Jofeph.
Le Sacriftain accourut pour l'ôter ; mais le
païfan s'y oppofa, difant qu'il ne vouloit pas
que l'âne & le bœuf mouruffent de faim. On
lui dit, pour l'appaifer, que l'Enfant Jéfus
feroit un Miracle, & les foutiendroit par fa
vertu divine.

DANS ce paffage fingulier, fage & favant Abukibak, on découvre non feulement une parfaite reffemblance entre le
fanatifme ancien & moderne : mais on
voit une égale mauvaife foi entre les Prêtres qui vivoient il y a deux mille ans,
& plufieurs de ceux qui vivent aujour-
d'hui ; car ce feroit outrer les chofes,
que de les ranger tous dans la même
claffe. Mais enfin, il fuffit pour le malheur des peuples que le nombre de ceux,
dont les avares impoftures & les fourbes pieufes fomentent la fuperftition,
eft beaucoup plus confidérable que ne
l'eft celui de ceux qui voudroient en ar-

rêter le cours. Un enthoufiafte, ou un homme, qui par avarice fait adroitement le contrefaire, peut caufer lui feul plus de mal que mille Théologiens, tels que Baillet & Launoi, ne fauroient faire de bien. On ne peut voir qu'avec une furprife dont on ne revient point, les progrès qu'ont faits les Sectes commencées, ou protegées dans la fuite par des fanatiques, foit qu'ils l'aient été réellement, foit qu'ils aient feulement affecté de l'être.

L E Mahométifme a féduit plus de la moitié de l'Univers ; fon Auteur a acquis fa plus grande réputation en fe difant infpiré, & fes grimaces fanatiques ont été plus utiles à fes opinions, que tous les combats qu'il livra pour les établir dans l'Arabie.

IGNACE de Loyola *, peut-être auffi fin, auffi fourbe, & auffi délié que Mahomet, fut fe fervir encore mieux que lui, du penchant que les peuples ont au fanatifme. Il courut l'Efpagne un pied nud & l'autre chauffé, il fit la veille des armes comme Dom Quichotte, il prétendit

* Pour être perfuadé que ce que je dis ici d'Ignace de Loyola, n'eft point outré, il faut confulter Pafquier, & lire la Vie du même Ignace, écrite fous le nom de l'*Hiftoire de Don Inigo de Quipufcoa.* Voiez auffi dans les *Lettres Juives*, & la Table au mot *Ignace*.

tendit avoir fouvent des vifions céleftes, & il trouva un grand nombre de gens qui ajouterent foi à fes difcours. On l'eût enfermé aux Petites-maifons, fi l'on eût agi fenfément; mais on l'a canonifé après fa mort, & fes difciples font auffi riches que les Monarques les plus puiffans. Quel exemple du progrès que fait le fanatifme, & quel fujet de déplorer la foibleffe de l'efprit humain !

L'HISTOIRE du Fondateur des Quakres eft prefque auffi fingulière que celle du Patriarche des Jéfuites. A la vérité ce premier étoit entiérement fou, & agiffoit fans aucun déguifement ; mais les chofes dont il vint à bout, prouvent encore mieux par cette raifon les effets prodigieux de l'efprit fanatique. *George Fox*, dit un agréable Auteur *, *étoit un jeune homme de vingt-cinq ans, de mœurs irréprochables, & faintement fol. Il étoit vêtu de cuir, depuis la tête jufqu'aux pieds. Il alloit de village en village, criant contre la guerre & le Clergé. S'il n'avoit prêché que contre les gens de guerre, il n'avoit rien à craindre ; mais il attaquoit les gens d'Eglife, & il fut bientôt mis en prifon. On le mena à Darby devant le Juge de Paix. Fox fe* pré-

* Lettres écrites de Londres fur les Anglois & autres fujets, par Mr. de Voltaire, *Lettre III.* pag. 17.

*préfenta au Juge avec fon bonnet de cuir fur
la tête. Un Sergent lui donna un fouflet, en
lui difant :* Ne fais-tu pas qu'il faut paroître tête nuë devant Mr. le Juge ? *Fox tendit l'autre jouë, & pria le Sergent de vouloir
bien lui donner un autre fouflet pour l'amour
de Dieu .... Le Juge, voiant que cet homme le tutoïoit, l'envoia aux Petites-maifons
de Darby pour y être fouëtté. George Fox
alla à l'Hôpital des fols en loüant Dieu, où
l'on ne manqua pas d'exécuter à la riguer la
fentence du Juge. Ceux qui lui infligerent la
pénitence du foüet, furent bien furpris quand
il les pria de lui appliquer encore quelques
coups de verge pour le bien de fon ame. Ces
Meffieurs ne fe firent pas prier ; Fox eut fa
double dôfe, dont il les remercia très cordia-
lement. Il fe mit à les prêcher. D'abord on
rit ; enfuite on l'écouta : & comme l'enthoufiafme eft une maladie qui fe gagne, plufieurs furent perfuadés, & ceux qui l'avoient foüet-
té, devinrent fes premiers difciples. Délivré
de fa prifon, il courut les champs avec une
douzaine de profélytes, prêchant toujours contre le Clergé, & fouëtté de tems en tems. Un
jour étant au pilori, il harangua tout le peuple avec tant de force, qu'il convertit une cin-
quantaine d'auditeurs, & mit le refte tellement
dans fes intérêts, qu'on le tira en tumulte du
trou où il étoit. On alla chercher le Curé
Anglican, dont le crédit avoit fait condamner
Fox à ce fupplice, & on le piloria à fa place.*

Après des avantures auffi furprenantes
que

que celles de George Fox , doit on s'étonner que l'Abbé Bécheran ait si fort augmenté le nombre des convulsionnaires , & que ses cabrioles aient fait sur l'esprit des Parisiens le même effet , que sur les Anglois les coups de foüet qu'en recevoit tranquillement George Fox ? Malgré les précautions de la Cour , les folies qu'on a faites à St. Médard, & celles qu'on pratique encore dans la plûpart des villes du Roïaume , iront sans doute en augmentant, & le fanatisme des convulsionnaires croîtra, jusques à ce qu'une autre folie d'une espèce différente remplace la première. Car il en est du fanatisme, ainsi que des autres choses; il est sujet aux modes & aux changemens. Il prend de tems en tems une forme nouvelle ; mais au fond il est toujours également condamnable & pernicieux.

Je te salue , sage & savant Abukibak. Porte-toi bien , & gardes-toi toujours des préjugés populaires , source féconde du fanatisme.

LET-

LETTRE CENT CINQUANTE-NEUVIEME.

Ben Kiber, *au sage* Abukibak.

J'AI étudié avec soin, sage & savant Abukibak, les opinions des anciens Peres de l'Eglise sur le mariage ; je me suis fait un plaisir de savoir ce qu'avoient pensé sur une chose aussi utile à la Société civile, à la tranquillité des familles, à la grandeur des Etats, au bonheur des humains, des gens qui passent pour si éclairés & si savans. Quel a été mon étonnement, lorsque j'ai été convaincu que ces Peres de l'Eglise si vantés ont presque tous raisonné, ou comme des visionnaires, ou comme des fanatiques, sur une matière qui étoit si aisée à traiter, en faisant usage de la raison ! Il ne falloit que le sens commun pour éclaircir certains points que les Peres ont obscurcis. Que doit-on en conclure, si ce n'est que les plus saints personnages se trompent quelquefois très lourdement, & que la superstition, qui se cache si bien & si facilement sous le voile de la Religion, trompe & séduit les personnes les plus pieu-

pieuſes, lorſqu'elles négligent de s'éclairer du flambeau de la raiſon?

LES Savans qui vivent aujourd'hui, & qui ſont partiſans des Peres, ne repondent rien de bon aux critiques qu'en font quelques autres Savans. Après avoir battu long-tems la campagne pour excuſer les défauts, les erreurs & les opinions dangereuſes qui ſe trouvent dans les Ouvrages de bien des Peres, ils ſont obligés de convenir qu'ils ont ſoutenu quelquefois des ſentimens qu'on ne ſauroit approuver. Pourquoi ne point avoüer cela naturellement, & ſans chercher tant de détours inutiles? L'affectation de vouloir juſtifier les erreurs des Peres leur a plus nui, qu'elle ne leur a ſervi. Si on les avoit loüés dans ce qu'ils ont eu de bon, condamnés dans ce qu'ils ont eu de mauvais, on auroit abrégé bien des diſputes & des diſcuſſions qui ne leur ont point été honorables. Plus, on a examiné leurs Ecrits, & plus on y a trouvé de quoi critiquer. Ce n'eſt pas qu'il n'y ait eu des Peres qui ont été de grands hommes. Qui pourroit nier que St. Baſile n'ait écrit avec toute la pureté poſſible, que St. Chryſoſtôme n'ait été très éloquent, que St. Auguſtin n'ait eu une vaſte & profonde érudition? Les Proteſtans, & quelques autres Auteurs qui ont refuſé aux excellentes qualités de ces Peres les loüanges qu'elles méritent, ſe

font

sont rendus ridicules ; mais un homme peut écrire purement & avec élegance, être savant, & cependant avancer plusieurs opinions fausses, & quelques autres dangereuses au bien de la Société. Les plus célèbres Peres sont précisément dans ce cas lorsqu'ils ont parlé du mariage. Ils se sont figuré que les plaisirs les plus naturels & les plus innocens avoient quelque chose de mauvais en eux-mêmes, & que Dieu n'avoit permis aux hommes de les gouter, que par une espèce de tolerance & d'indulgence, & pour les empêcher de commettre un plus grand mal. Ces idées fausses, & directement opposées à la raison, qui nous montre que Dieu a inspiré lui-même aux hommes un amour naturel, & qui est inné avec eux, pour certaines choses, afin que cet amour soit le nœud & le lien éternel de la Société ; ces fausses idées, dis-je, entiérement opposées à ce que nous montre clairement la lumière naturelle, ont conduit les Peres à regarder l'usage du mariage, comme aiant de lui-même quelque chose de honteux & de criminel. Ils ont dit à ce sujet cent impertinences plus ridicules les unes que les autres, & ils ont traité les matières qui concernent le mariage, comme auroient pû le faire de vrais fanatiques, ou des enthousiastes, aussi visionnaires que l'étoit Origene lorsqu'il se fit faire eunu-

que

que par un zèle également fou & dangereux.

LES Théologiens modernes, qui foutiennent aujourd'hui tous les Ecrits des
Peres, & qui, foit par prévention, foit
par politique, veulent ne point diftinguer
les excellentes chofes qui s'y trouvent,
des mauvaifes, font cependant forcés
d'avoüer que fur ce qui regarde le mariage, ces *anciens Docteurs ne font point entiérement exempts de blâme.* Cet aveu ne doit-
il pas être regardé comme une convic-
tion authentique des erreurs qu'on leur
reproche? S'il y avoit eu quelque moïen
de les juftifier, à coup fûr leurs partifans
outrés ne l'auroient pas négligé. On fait
affez dans quel fens il faut prendre ces con-
feffions que la force de la vérité arrache
d'un Avocat, attentif à cacher la foibleffe de la caufe qu'il défend. Il feroit abfurde de prétendre qu'un homme, tel
que le Pere du Cellier, s'expliquât comme Barbeirac fur une erreur qu'il recon-
noîtroit être dans les Ouvrages d'un Pere; ce feroit exiger qu'un Avocat parlât
de fa partie du même ton qu'il parle de
celui contre lequel il la défend. Je ne
voudrois pas auffi qu'on s'en tint aveuglément à ce qu'ont dit ceux qui ont attaqué directement les Peres, quoique la
plûpart du tems ils les croient condamnés avec raifon. Ils leur ont quelquefois
imputé des défauts qu'ils n'avoient pas;
ils

ils ont voulu leur faire un crime de certaines opinions affez indifférentes, ils ont groffi les fautes qu'ils leur reprochoient. Je pourrois en citer ici vingt exemples, pris dans les Ecrits de le Clerc & dans ceux de Barbeirac. Ces deux Savans, fur-tout le dernier, n'ont pas toujours jugé affez équitablement. Le grand nombre de fautes qu'ils ont trouvé dans les Peres, les a perfuadés que leurs Ecrits étoient abfolument mauvais, & prefque indignes d'être lûs : ils fe trompoient, & peut-être qu'un peu de paffion les conduifoit. Scaliger étoit plus retenu qu'eux. *Les Peres*, difoit ce grand homme, *font bonnes gens ; mais ils ne font pas favans.* En ôtant la fcience aux Peres, Scaliger laiffoit à quelques-uns l'éloquence, & à prefque tous le bon fens. Voffius penfoit à peu près de même ; mais ce n'eft point encore affez, & les fentimens de Scaliger & de Voffius me paroiffent moins bons que celui d'Erafme. De tous les Savans qui ont parlé avec liberté fur les Ouvrages des anciens Théologiens, perfonne ne me paroît en avoir jugé auffi fainement que cet habile Hollandois. Il n'a point la foibleffe d'applaudir aux erreurs & aux fautes des Peres, il ne cherche point à les juftifier ; mais il releve auffi très foigneufement les bons & beaux endroits de ces Auteurs, & il en trouve abondamment dans quelques-uns. On n'a
qu'à

qu'à voir ce.qu'il pensoit de St. Basile *, de St. Chryfoſtôme †, de St. Grégoire

* *Divus Baſilius, vir optimo jure dictus magnus, ſed maximi cognomine aignior, cujus facun-
diam contumeliam eſſe judico cum quoquam eorum
comparare, quorum eloquentiam ſupra modum admi-
rata eſt Græcia, juxta modum æmulata Italia.
Quis enim inter illos ſic omnibus dicendi virtuti-
bus excelluit, ut in eo non aliquid deſideretur vel
offendat? Tonat ac fulgurat Pericles, ſed ſine arte:
Attica ſubtilitate propemodum friget Lyſias. Pha-
lereo ſuavitatem tribuunt, gravitatem adimunt. Iſo-
crates umbratilis Orator, affectatis ſtructuræ numeris, ac periodis orationis, perdidit illam nativæ
dictionis gratiam. Demoſtheni, quem velut omnibus numeris abſolutum eloquentiæ exemplum produ-
cit M. Tullius, objectum eſt quod orationes illius
olerent lucernam, nec deſunt qui in eo affectus &
urbanitatem requirunt. Sed ut maxime aliquis ex-
titerit, in quo neque naturam, neque artem, neque exercitationem deſideres, quem mihi dabis, qui
Divi Baſilii pectus numine plenum, non dicam æ-
quarit, ſed vel mediocri conſequatur intervallo?
Quem qui tantum Philoſophiæ, qui omnium diſci-
plinarum circulum cum ſumma dicendi facultate
conjunxerit? Sed ut dixi, contumeliæ genus eſt virum divinitus afflatum cum prophanis, ac nihil a-
liud, quam hominibus conferre. S. Baſilii Enco-
mium ex Epiſtola Des. Eraſmi, Roterd. ad D.
Jacobum Adoletum, Epiſcopum Carpentoratenſem,
primæ Edit. Græcæ Baſilii præmiſſa.

† Tulit eadem ferme ætas aliquot ſumma facun-
dia parique doctrina ac pietate viros. Athanaſium
Alexan-*

goire de Nicée, de St. Athanafe, on fera
bientôt convaincu qu'il étoit très éloigné
du fentiment de Barbeirac.

PEUT-être écrirai-je quelque jour, fage
& favant Abukibak, l'hiftoire critique de
la Vie & des Ouvrages des plus grands
hommes anciens & modernes; fi cela eft,
je t'enverrai cet Ouvrage dès qu'il fera
achevé. Tu verras alors fi j'ai bien fû diftinguer ce qu'on doit loüer, ou ce qu'on
doit blâmer dans les Ouvrages des Peres.
Quant à préfent, je vais te rapporter le
plus fuccintement qu'il me fera poffible,
& avec cette liberté qui eft le partage
des Philofophes, les erreurs, & même les
fottifes qu'ont dites prefque tous les Peres
au fujet du mariage, qu'il n'a pas tenu à
eux qu'on ne fupprimât entiérement,
puifqu'ils ne l'ont regardé que comme
un mal qu'on permettoit pour éviter un
plus grand mal. Ce que je dis te paroîtra
étonnant, tu ne pourras croire que des gens,
à qui l'on donne journellement le titre
de *Saint*, de grand *Saint*, de *Lumière de l'E-
glife*, *d'Homme incomparable*, de *Génie fublime*,
aient pû foutenir une pareille erreur, qui eft
aufli

*Alexandrium Epifcopum, Gregorium Nazianzenum
Bafilii Pyladem, ac ftudiorum fodalem, Joannem
Chryfoftomum & ipfum Bafilio familiarem, ac fra-
trem Gregorium Nyffenum Epifcopum. Horum fuis
quifque dotibus fummus erat.* Idem, ibid.

auſſi nuiſible au bien public, qu'elle eſt impertinente & ridicule ; rien n'eſt cependant plus véritable. Je vais te faire entendre les Peres, ils parleront euxmêmes, & tu verras que je ne leur prête rien.

St. Juſtin regarde le mariage comme un *uſage illégitime, par lequel on ſatisfait le deſir de la chair**. Il donne de grandes loüanges à ceux qui ſe privent & s'abſtiennent de cet uſage, & qui étant mariés, vivent comme s'ils ne l'étoient point. Une opinion auſſi ridicule, qui tend manifeſtement à la deſtruction totale de la Société civile & à la ruine des familles, te paroîtra beaucoup plus digne d'un enthouſiaſte que d'un ſage Ecrivain ; mais tu trouveras encore bien plus de fanatiſme dans le ſentiment de ce Pere, lorſque tu conſidéreras l'idée qu'il s'étoit faite de la géneration. Il ſe figuroit qu'il étoit très poſſible que le genre humain fût continué ſans le ſecours des femmes ; voici ſes propres paroles dans un fragment conſidérable qui nous reſte d'un Ouvrage qu'il avoit écrit ſur la Réſurrection. † *La ſeule raiſon pourquoi notre Seigneur Jéſus-Chriſt*

---

* Ἄλλαι ἢ μὴ ςεῖραι μὲν ἐξ ἀρχῆς παρθενεύουσαι δὲ, κατήργηται τὴν συνεσίαν. ἕτεραι δὲ ἢ ἀπὸ χρόνυ. Ἄρſενας μὲν τὰς μὲν ἀπ' ἀρχῆς παρθενεύοντες ὁρῶμεν, τὰς δὲ ἀπὸ χρόνυ. ὥςε δὲ αὐτῶν καταλύεσθαι τὸν δὲ ἐπιθυμίας ANOMON γάμον. *Spicileg. Tom. II. pag.* 180.

† Καὶ ὁ Κύριϑ δὲ ἡμῶν Ἰησῦς Χριςὰς εἰ δι' ἄλλο τι ἐκ παρθένυ

Christ est né d'une Vierge, a été pour abolir
la génération qui se fait par un désir illégiti-
me, & pour montrer que Dieu peut former un
homme sans aucun commerce charnel. Ces ima-
ginations chimériques ne méritent-elles
pas d'être condamnées très sévérement,
& n'est-ce pas rendre un service essentiel au Public, que de montrer le ridicule d'une pareille opinion, d'autant plus
dangereuse, qu'elle se trouve dans les
Ecrits d'un homme qui d'ailleurs a du
mérite, & qui est estimé par la pureté de
ses mœurs ?

L'IDÉE folle de St. Justin me rappelle
celle du Médecin dont tu m'as parlé dans
tes premières Lettres, qui trouvoit si
peu de dignité dans l'acte Vénérien *,
qu'il regrettoit toujours que les Philosophes n'eussent pas le privilège de faire
des enfans sans le secours des femmes.
Tertullien raisonnoit aussi ridiculement
sur cet article que le Médecin moderne ;
la différence qu'il y a entre ces deux Auteurs, c'est que le Médecin vouloit plaisanter, & que le Théologien parloit très
sérieusement. Il n'est rien de si peu sensé,
& en même tems de si plaisant que ce
que Tertullien écrit à sa femme : *Si nous*
lisons,

Διυε ἐτέχθη ἀλλ' ἵνα καταργήση γίνησιν ἐπιθυμίας ΑΝΟ-
ΜΟΥ, κ' διεξη ὅτι κ' δικαιωσίας ἀνθρωπίνης δυνατην εἶναι
τῷ Θεᾷ την ἀνθρώπυ πλάσιν. *Ibid.* pag. 180. 181.

* Voiez le *I. Volume* de ces *Lettres Caba-*
listiques.

lifons *, dit-il, *dans les Ecritures qu'il vaut mieux fe marier que bruler, quel cas doit-on faire, je vous demande, d'un bien qui n'eft bien qu'eu égard au mal? S'il eft permis de fe marier, ce n'eft qu'autant que cela eft moins mauvais que de bruler; mais combien n'eft-il pas plus falutaire & plus heureux de ne point fe marier & de ne point bruler?* Voilà un difcours fort tendre pour un époux, & un modèle fingulier d'un billet doux pour un mari qui écrit à fa femme. N'y a-t-il pas dans la conduite de Tertullien de quoi détruire de fond en comble les Sociétés les plus tranquilles & les Etats les plus floriffans, fi cette conduite étoit imitée, & fi beaucoup de maris étoient auffi fanatiques au fujet de leur mariage, que l'étoit cet ancien Docteur fur le fien? Belle manière d'infpirer à une femme de l'amour pour fon époux, que celle de lui vouloir perfuader qu'elle ne doit le regarder que comme une chofe qui eft moins mauvaife que le fupplice du feu, mais qui au demeurant ne vaut guères mieux !

SAINT

---

* *Quod denique fcriptum eft,* melius eft nubere quam uri ; *quale bec bonum eft, oro te, quod mali comparatio commendat? ut ideo melius fit nubere, quia deterius eft uri. At enim quanto melius eft, neque nubere, neque uri?* Tertull. ad Uxorem, *Lib. I. Cap. III. pag.* 162.

Tome V.   Q

SAINT Jérôme n'étoit guères plus retenu dans les déclamations qu'il faisoit contre le mariage, que Tertullien. Il traitoit les maris de Diables , & toute la grace qu'il leur faisoit , c'étoit de leur donner la préference sur Belsebut & Astaroth. Selon lui, une femme qui se remarioit, devoit être privée pour toujours du Sacrement de la Communion. Ces opinions ne sauroient être assez sévérement condamnées. Un fanatique qui prècheroit aujourd'hui une pareille doctrine , seroit renfermé par arrèt du Parlement aux Petites-maisons; c'est ce qui pourroit lui arriver de plus heureux; car si on ne lui faisoit grace , à cause de la folie dont on le jugeroit atteint, il seroit peut-être puni comme un perturbateur dangereux du repos public. Je te demande , cher Abukibak , si l'on pourroit traiter trop rigoureusement un Théologien qui écriroit , qui parleroit & penseroit comme St. Jerôme ? Voici mot à mot comment s'explique ce Pere *. *Si une jeune veuve ne peut, ou ne veut pas garder*

der

---

* *Ideo adolescentula vidua , quæ si non potest continere, vel non vult , maritum potius accipiat quam Diabolum. Pulcbra nimirum , & adpetenda res, quæ Satanæ comparatione suscipitur !* Hieron. ad Salvinam , *de servanda viduit.* Tom. I. pag. 77. Ed. Basil 1537.

der la continence, qu'elle prenne un mari plûtôt que le Diable. *La belle chose, & bien à
souhaiter, où il s'agit de choisir entre cette chose & Satan !* Tu vois que je ne fais dire
à St. Jérôme que ce qu'il a dit expressé-
ment, lorsque je l'accuse d'avoir comparé les maris aux Diables; je rapporterai
un autre passage de ce Pere sur le sentiment que je lui ai attribué, que les femmes qui se marient une seconde fois, devroient être exclues à jamais de la Communion. *Si une veuve,* dit-il, * *qui a eu
deux maris, quelque vieille & quelque indi-
gente qu'elle soit, ne mérite point d'être assis-
tée des charités de l'Eglise. Si elle est privée
du pain de l'aumône, ne devroit-elle pas l'ê-
tre à plus forte raison du pain du Ciel,
qui fait la condamnation de ceux qui le man-
gent indignement?* Peut-on, sage & savant Abukibak, avancer des erreurs plus
grossières & plus condamnables? Quoi!
parce qu'une femme a été deux fois utile
à sa patrie, qu'elle a deux fois donné
des citoïens à la République, qu'elle a
vou-

* *Simulque considera, quod quæ duos habuit viros, etiamsi anus est, & decrepita & egens, Ec-
clesiæ stipes non meretur accipere. Si autem panis
illi tollitur elemosynæ, quanto magis ille panis qui
de cœlo descendit? quem qui indigne comederit,
reus erit violati corporis & sanguinis Christi.* Hieronim. contra Jovinian. *Tom. II. Lib. I. pag.* 28.

voulu fuivre le confeil & le précepte de
l'Apôtre, fe mettre à l'abri des tentations,
s'empêcher d'y fuccomber, qu'elle a enfin voulu vivre comme une fage & honnête femme, elle doit être non feulement privée du fecours de l'aumône ;
mais encore être féparée en quelque manière du Corps de fon Eglife ! Il n'y a
que le fanatifme le plus outré qui puiffe
dicter de pareils difcours, il eft facile
de connoître qu'ils parlent d'un folitaire
hyponchondriaque, chez qui les accès
de la mélancholie faifoient quelquefois difparoître entiérement la raifon.

CE n'eft pas feulement contre les fecondes nôces que s'élevoit auffi fortement
St. Jerôme, il étoit auffi peu partifan
des premières ; mais il n'ôfoit fans doute, à caufe des Magiftrats, ou des autres
perfonnes qui n'auroient pû fouffrir une
pareille opinion, la foutenir clairement.
Il s'expliquoit cependant affez pour être
entendu de bien des gens. Un Jurifcon-
fulte moderne a dit avec raifon, * *Je
vous ai parfaitement entendu Jeróme, & ne
vous*

---

* *Aperui aures*, Hieronyme. *Non tibi obtrec-
tor. Proclames quantum voles, & primas damnas,
& magis fecundas. Nam fic difputas contra nup-
tias, & more Socratico, concedis quidem verbo,
quas rationibus negas.* Alberic. Gentil. De Nuptiis, *Lib. VI. Cap. XXII. pag.* 564.

vous attribue aucun fentiment que vous n'aiez eu véritablement. Vous vous récriez en vain, vous condamnez les premières nôces, & les fecondes encore plus. Vous blâmez en général toute forte de mariage ; mais vous difputez à la manière de Socrate ; vous femblez croire les chofes que vous condamnez, par les raifons qui vous paroiffent les plus fortes.

IL eft certain, fage & favant Abukibak, que St. Jerôme a penfé fur la poffibilité de la géneration fans le fecours des femmes, prefque auffi extraordinairement que St. Juftin. Il ne dit pas tout à fait comme ce Pere, que Dieu ait eu l'intention d'abolir dans la nouvelle Loi la géneration qui fe fait par l'union des mariés ; mais il n'ôfe décider * fi, fuppofé qu'Adam & Eve n'euffent jamais péché, ils fe feroient rendu le devoir conjugal : Il regarde cela comme fort incertain. Apparemment qu'il fe figuroit que les hommes feroient venus comme des choux, & que Dieu auroit donné une graine à Adam & à Eve, qu'ils euffent femée dans une certaine faifon.

MINUTIUS Felix, qui vivoit plus d'un
fiécle

---

* *Quod fi objeceris, antequam peccarent, fexum viri & fœminæ fuiffe divifum, & abfque peccato eos potuiffe conjungi : quid futurum fuerit incertum eft.* Hieron. contra Jovinian. Tom. II. Lib. I. pag. 37.

fiécle avant St. Jerôme, avoit eu la même délicateffe que lui fur le mariage.
Sans doute qu'il devoit croire que ce
faint nœud confervoit toujours quelque
chofe de deshonnête & de criminel, puifqu'il loüe non feulement ceux qui s'en pri-
voient, mais ceux qui rougiffoient quand
ils en rempliffoient les devoirs. *Plufieurs,
dit-il*, * *auffi chaftes dans leurs actions que
dans leurs paroles, gardent une perpétuelle virginité, fans en tirer vanité. Les autres, bien
loin de former des defirs criminels & incef-
tueux, rougiffent même, & ont honte de
rendre le devoir conjugal.*

Je ne finirois jamais, fage & favant A-
bukibak, fi je voulois rapporter ici tous
les faux raifonnemens que les Peres ont
faits au fujet du mariage. Les plus modeftes fur cet article, ou pour mieux dire les
plus fenfés, font ceux qui n'ont déclamé
que contre les fecondes nôces ; mais ils ont
prefque tous penché à regarder le mariage, c'eft-à-dire la feule chofe qui
maintienne la Société, & faffe fleurir
les Etats, comme une efpèce de mal
qu'on ne devoit tolerer que le moins
qu'on

---

* *Cafto fermone, corpore caftiore plerique invio-
lati corporis virginitate perpetua fruuntur potius
quam gloriantur : tantum autem abeft incefti cupi-
do, ut nonnullis etiam rubori fit pudica conjunc-
tio.*

qu'on pouvoit, & qu'il falloit empêcher autant qu'il étoit poffible. Sûrement perfonne ne fe feroit marié, fi cela avoit dépendu de St. Ambroife; il n'y a qu'à l'écouter pour en être perfuadé. *J'enfeigne* *, dit-il, *à garder la virginité, & je viens à bout de perfuader plufieurs perfonnes. Plût à Dieu que je fuffes affez heureux pour que cela fût vrai! J'empêche que les filles qui s'étoient dévoüées pour un tems au fervice des Autels, ne viennent enfuite à fe marier; que ne puis-je encore empêcher toutes les autres de fe marier! Que ne puis-je arracher au mariage toutes celles qui y font deftinées, & changer leur voile de nôce en un voile de virginité!* Suis-je mal fondé, fage & favant Abukibak, à foutenir que s'il avoit dépendu de St. Ambroife, le genre humain auroit fini? Si fes fouhaits avoient été accomplis, l'affaire auroit bientôt été faite.

LORSQUE je confidére la fureur qu'ont eue certains Théologiens qui paffent pour les

---

* *Virginitatem, inquis, doces & perfuades plurimis. Utinam convincerer, utinam tanti criminis probaretur effectus. . . ! Initiatas, inquis, facris Myfteriis, & confecratas integritati puellas, nubere probibes. Utinam poffem revocare nupturas! Utinam poffem flammeum nuptiale pio integritatis velamine mutare!* Ambrof. de Virginib. *Lib. III. col.* 101.

les plus célèbres & les plus éclairés, dé-
tablir une opinion directement opposée
à la raiſon, à la Nature, au bonheur des
hommes, à la gloire des Princes, au bien
des Etats, je ne puis m'empêcher de
refléchir férieuſement combien il eſt dangereux d'ajouter aveuglément confiance à des Auteurs, parce que pendant
pluſieurs ſiécles conſécutifs, des Théologiens & des Moines, bien moins ſavans que ces Auteurs, & bien plus portés au fanatiſme, ont dit qu'on devoit recevoir ſans examen tout ce qui
ſe trouvoit dans leurs Ecrits, & ont
honoré également les bonnes & ſages
opinions, comme les ridicules & les
impertinentes, du nom pompeux de Tradition.

    Je te ſalue ſage & ſavant Abuki-
bak.

LETTRE CENT SOIXANTIEME.

Ben Kiber, *au sage* Abukibak.

LES anciens Peres, sage & savant A-
bukibak, ne pouvant & n'ôsant interdire ouvertement l'usage du mariage
qu'ils regardoient comme aiant quelque
chose de mauvais, qui n'étoit tolerable
que pour éviter un plus grand mal, en
bornoient excessivement les plaisirs & les
droits. Il ne tenoit pas à eux qu'on n'é-
tablît * un calendrier, plus incommode
pour les jeunes mariés, que celui dont
parle l'ingénieux la Fontaine. Ils inspi-
roient, comme je te l'ai montré par leurs
propres paroles, de la honte & du mépris pour le devoir conjugal, autant qu'il
leur étoit possible.

MON-

---

* *Sic enim causa liberorum procreandorum du-
citur uxor, non multum tempus concessum videtur
ad ipsum usum, quia & dies festi, & dies purga-
tionis, & ipsa ratio conceptus & partus, juxta
Legem cessari temporibus suis debere demonstrant.*
Autor. Commentar. *quæ tribuuntur,* D. Ambros.
Jup. Epist. ad Corinth. Cap. VII.

Q 5

Montagne, qui avoit bien autant de science qu'aucun Pere de l'Eglise, & peut-être plus de justesse dans le raisonnement, a eu raison de dire : *Ne sommes-nous pas bien brutes de nommer brutale l'opération qui nous fait* ? Il y a plus de sel & de vérité dans ces paroles , que dans toutes les vaines déclamations que les Peres de l'Eglise ont écrites contre le mariage. Le même Philosophe fait encore plusieurs réflexions excellentes sur les préjugés ridicules où l'on est au sujet de la honte qu'on prétend être attachée à remplir les devoirs du mariage. *Chacun fuit* *, dit-il , en parlant de l'homme, *à le voir naître; chacun court à le voir mourir. Pour le détruire , on cherche un champ spacieux en pleine lumière ; pour le construire , on se musse dans un creux ténébreux , & le plus contraint qu'il se peut. C'est le devoir de se cacher pour le faire , & c'est gloire, & naissent plusieurs vertus de le savoir défaire.*

Les Peres de l'Eglise n'ont pas été les seuls qui aient peu approuvé l'usage du mariage , & qui l'aient voulu réduire à un point bien modique, quelques anciens Philosophes ont pensé aussi ridiculement, & je croirois assez volontiers que les premiers Peres, grands Platoniciens, avoient

pris

---

* Essais de Michel de Montagne, *Liv. III. Chap. V. pag.* 110. *Edit. de Londres.*

pris de quelques-uns de ces Philofophes
la prétendue idée d'immodeftie qu'ils attachoient à l'accompliffement du mariage.
Ces Philofophes pouvoient bien à leur
tour avoir reçu cette opinion des anciens
Pythagoriciens , dont ils en avoient a-
dopté plufieurs autres. Nous apprenons
dans un fragment de l'Hiftoire de Diodo-
re de Sicile que Pythagore approuvoit
fort peu le fréquent ufage des plaifirs
permis dans le mariage. *Pythagore* , dit
cet Hiftorien , *ne confidéroit dans l'union de
l'homme & de la femme que la feule utilité ;
ainfi il confeilloit de s'abftenir abfolument pendant l'été de tout acte vénérien. Dans l'hyver
il permettoit qu'on l'accomplit quelquefois ;
mais cependant il ordonnoit que ce fût rarement & avec modération : car il eftimoit en
général que toute action, tendante à la génération,
étoit une chofe nuifible , & il difoit que l'ufage journalier de l'acte vénérien affoibliffoit beaucoup, & caufoit enfin un mal irréparable.* *

Voi-

* Ὅτι ὁ αὐτὸς Πυθαγόρας, ϗ περὶ τῶν ἀφροδισίων εκλεγι-
ζόμενⲱ τὸ συμφέρον, παρήγγελλε κατὰ μὲν τὸ ἔριⲱ μὴ πλη-
σιάσειν γυναιξὶ, κατὰ δὲ τὸν χειμῶνα προσιέναι τεταμιευμένως.
καθόλου γ᾽ τὸ γένⲱ τῶν ἀφροδισίων ὑπελάμβανεν εἶναι βλα-
βερὸν, τὴν δὲ συνέχειαν αὐτῶν τελέως ἀσθενείας ϗ ὀλέθρου ποιη-
τικὴν ἐνόμιζε. *Pythagoras in rebus Venereis utilitatem fpectans, confulebat ut æftate quidem a coitu
abftinerent , byeme vero parce ac moderate ad coi-
tum accederent. Etenim concubitum in univerfum,
rem noxiam effe exiftimabat : continuum autem ve-
neris'*

Voilà le texte original que les anciens Peres ont commenté à leur façon. Ils y ont ajouté leurs idées particulières, & ont taché d'accommoder au Chriftianifme les idées du Pythagorifme fur la génération, comme ils avoient amené à la Religion toutes les réveries de Platon fur la nature des Efprits & des Dieux fubalternes. St. Clément, pour arrêter les effets de l'amour mutuel qui doit fe trouver entre deux jeunes époux, prétend * que c'eft *une chofe oppofée à la Loi, & une action injufte & contraire à la raifon de ne fe propofer que le fimple plaifir dans le mariage*; de forte qu'il s'enfuit néceffairement de ce principe qu'un homme ne peut ni felon la Loi, ni felon la raifon, connoître fa femme dès qu'elle eft enceinte. Voilà un jeûne de neuf mois, bien plus confidérable que celui de Pythagore, qui ne duroit que pendant l'été.

St. Ambroife a adopté l'étrange opinion de St. Clément. Cela n'eft pas furprenant, püifque s'il avoit été le maître du

heris ufum, penitus vires labefactare, ac perniciem afferre aiebat. Diodorus Siculus in Excerptis.

* Ψυλὴ γὸ ἡδονὴ, κἂν ἐν γάμῳ παραληφθῆ, παράνομός ἐςι, ἡ ἄλογΘ. *Sola enim voluptas, fi quis ea etiam utatur in conjugio, eft præter Leges, & injufta, & a ratione aliena.* Pedagog. *Lib. II. Chap. X. pag.* 215. *Edit. Oxon.*

du fort des humains , le mariage auroit été défendu , ainſi que l'eſt la fornication,& Dieu auroit conſervé,s'il lui avoit
plû , les hommes par un autre moïen que
la géneration. Tu as vû, ſage & ſavant A-
bukibak , dans ma dernière Lettre combien ce Pere ſe félicite de ce qu'il avoit empêché pluſieurs filles de ſe marier , & avec
quelle paſſion il ſouhaite de pouvoir perſuader toutes les autres à fuir le mariage.
Un ennemi,ſi déclaré du lien conjugal, ne
pouvoit manquer , ne pouvant l'anéantir
abſolument , d'en reſſerrer les droits le
plus qu'il lui ſeroit poſſible. Il n'eſt rien
de ſi pitoiable que les fauſſes & abſur-
des comparaiſons que ce Pere fait pour
autoriſer ſon opinion. * *Que ne doit-on pas*
pen-

* *Quid mirum de hominibus , ſi pecudes quoque*
muto quodam opere loquuntur generandi ſibi ſtu-
dium , non deſiderium eſſe coeundi. Siquidem ubi
ſemel ſenſerint genitali alvo ſemen receptum , jam
nec concubitu indulgent , nec laſciviam amantis,
ſed curam parentis aſſumunt. At vero homines nec
conceptis ipſis , nec Deo parcunt ; illos contaminant,
hunc exaſperant. In vulva matris ſanctificavi te ,
ad cohibendam petulantiam tuam , manus quaſdam
tui autoris in utero hominem formantis advertis ,
ille operatur , & tu ſacri uteri ſecretum inceſtas.
Vel pecudes imitare , vel Deum reverere. Quid de
pecudibus loquor ? Terra ipſa a generandi opere ſæ-
pe requieſcit , & ſi impatienti hominum ſtudio jac-
tis frequenter ſeminibus occupetur , impudentiam
mulctat agricolæ , & ſterilitatem fæcunditate commu-
tat.

penser, dit-il, *de la cupidité des hommes,
lorsqu'on voit les bêtes, qui par une espèce de
langage muet, montrent qu'elles s'accouplent, non
pas pour satisfaire leurs desirs ; mais pour en-
gendrer d'autres animaux ? Dès qu'elles sentent qu'elles ont connu, elles ne souffrent plus
l'approche des mâles, elles ont alors la tendresse d'une mere, & non pas l'emportement
& les desirs d'une amante. Mais les hommes
ne pardonnent ni à Dieu, ni aux hommes ; ils
flétrissent les derniers, & offensent le premier. Dieu a sanctifié quelques enfans dans
le ventre de leur mere, pour apprendre aux
hommes à réprimer leurs desirs & à vivre chaf-
tement avec leurs femmes dès qu'elles sont enceintes. N'est-il pas affreux qu'il y ait des
gens assez criminels pour aller fouiller dans
un endroit où se trouve un Saint, & profaner
un lieu qui est devenu sacré ? Si l'on ne veut
pas craindre Dieu, du moins qu'on imite les
bêtes. Mais que dis-je ? La terre même instruit les hommes de leur devoir, elle a besoin,
pour produire, de se reposer quelquefois. Si on
l'ensemence trop fréquemment, elle reste & devient stérile.*

CETTE déclamation puérile est prise
presque mot à mot d'une pareille de St.
Clément d'Alexandrie *. L'exemple des
bêtes

---

tat. D. Ambrof. Comment. in Cap. I. Evangel.
Luc.

* *Aliquod tempus ad seminandum opportunum habent quoque rationis expertia animalia. Coire autem*
no*v*

bêtes qui ne s'acouplent que dans un certain tems, y eſt auſſi rapporté ; cet exemple devoit paroître d'une grande im-
portance aux Peres de l'Egliſe. Avant
que nous examinions combien elle eſt abſurde, je remarquerai que St. Jerôme n'a
pas manqué de s'en ſervir * : il n'avoit
garde d'oublier ce mauvais raiſonnement ;
tout ce qui pouvoit flétrir le mariage &
en interdire les plaiſirs innocens, lui pa-
roiſſoit trop eſſentiel pour le négliger.

JE ne ſais à quoi penſoient les Peres,
lorſque pour montrer qu'un mari ne pouvoit

*non ad liberorum procreationem eſt facere injuriam
Naturæ, quam quidem oportet magiſtram aſciſcere,
& diligenter obſervare quas illa introducit tempo-
ris conſiderationes, ſenectutem inquam & puerilem
ætatem; his enim nondum conceſſit, illos autem
non vult amplius uxores ducere.* Pedagog. *Lib. II.*
Cap. X. pag. 225. Edit. Oxon.

* *Liberorum ergo, ut diximus, in matrimonio
opera conceſſa ſunt, voluptates autem quæ de mere-
tricum capiuntur amplexibus in uxore damnatæ.
Hoc legens omnis vir & uxor, intelligat ſibi poſt
conceptum magis orationi quam connubio ſervien-
dum, & quod in animalibus & beſtiis ipſa Naturæ jure præſcriptum eſt, ut prægnantes ad partum
uſque non coeant; hoc in hominibus ſciant arbitrio
derelictum ut merces eſſet ea abſtinentia volupta-
tum. Imitentur ſaltem pecudes, & poſtquam uxo-
rum venter intumuerit, non perdant filios, nec a-
matores uxoribus ſe adhibeant, ſed maritos.* Hyeronim. *Tom. I. pag.* 140.

voit connoître fa femme dès qu'elle étoit enceinte , ils citoient à ce mari l'exemple d'une chienne ou d'une jument. Ce mari ne devoit-il pas leur repondre ? *Un animal ne connoît fa femelle que dans un certain tems, parce que c'eſt un animal ; c'eſt-à-dire une créature qui n'agit que par inſtinct, & comme une eſpèce de machine. L'Auteur de la Nature a jugé à propos de ne donner des deſirs aux bétes que dans une certaine ſaiſon, il a accordé au contraire la raiſon aux hommes & aux femmes, leur a formé un tempérament qui leur occaſionne des deſirs dans tous les tems ; ainſi , de l'aſſemblage de ces deſirs & de celui de la raiſon il s'enſuit une choſe très naturelle , qui eſt le contentement & la ſatisfaction d'une paſſion innocente. Loin que l'exemple des bétes prouve que les hommes ne doivent connoître leurs femmes que dans un certain tems , il montre au contraire que Dieu a voulu qu'ils puſſent toujours en joüir , puiſqu'il leur a donné un deſir continuel, qui n'eſt que momentané dans les bêtes , & ce deſir eſt une des plus grandes marques de la ſageſſe & de la Providence divine.* Elle a voulu former entre le mari & la femme entre deux créatures doüées de raiſon , un lien qui conſervât toujours leur union & leur tendreſſe réciproque , qui ſervît à entretenir & à renouveller leur amitié mutuelle. On voit bien que les Peres qui écrivoient fur le mariage , en parloient comme les aveugles des couleurs , & ne con-

connoiſſoient guères l'intérieur des ménages. Tout homme marié ſait aſſez par
expérience combien le deſir dont Dieu
a favoriſé les hommes de rendre le devoir conjugal à leurs femmes dans tous
les tems, eſt utile à la paix, au bonheur,
& à la proſpérité des familles. Je cite-
rai ici encore Montagne au ſujet de ces
contraintes & de ces rigidités inutiles &
& pernicieuſes. Un Auteur qui raiſonne
toujours très ſenſément, vaut bien chez
les véritables Philoſophes un Pere de
l'Egliſe. * *Hé! pauvre homme, tu as aſſez*
d'incommoditez néceſſaires, ſans les augmenter
par ton invention: & es aſſez miſerable de con-
dition, ſans l'être par article : tu as des lai-
deurs réelles & eſſentielles à ſuffiſance, ſans en
forger d'imaginaires. Trouves-tu que tu ſois
trop à l'aiſe ſi la moitié de ton aiſe ne te faſ-
che? Trouves-tu que tu ayes rempli tous les
offices néceſſaires, à quoi nature t'engage, &
qu'elle ſoit oiſive chez toi, ſi tu ne t'obliges à
nouveaux offices? Tu ne crains point d'offenſer
ſes loix univerſelles indubitables, & te piques
aux tiennes partiſanes & fantaſtiques. Et
d'autant plus qu'elles ſont particulières, in-
certaines, & plus contrediſtes, d'autant plus
tu fais là ton effort. Les ordonnances poſiti-
ves de ta Paroiſſe t'attachent, celles du monde

ne

* Eſſais de Michel de Montagne, *Liv. III.*
pag. III. *Edit. de Londres.*

Tome V. R

ne te touchent point. Cours un peu par les exemples de cette considération, ta vie en est toute.

LES autres raisons, sage & savant Abukibak, sur lesquelles se fonde St. Ambroise, sont encore plus pitoiables que celle qu'il prétend tirer de l'exemple des animaux. Un enfant dans le ventre de sa mere, quelque saint qu'il doive être un jour, n'est pas souillé davantage par l'accomplissement de l'acte vénérien, qu'il l'est par les alimens, ou par les autres choses qui peuvent entrer dans le corps de sa mere. Et depuis quand est-ce que Dieu a attribué quelque impureté à la semence humaine, qui ne se trouve point dans le reste de la matière? Du sang un peu plus, ou un peu moins purifié, peut-il profaner un enfant qui ne vit & ne se nourrit que de la nourriture qui se forme dans l'estomac de celle qui le porte? Le raisonnement de St. Ambroise est celui d'un véritable déclamateur. Ce qu'il ajoute *sur la terre qui ne porte point, lorsqu'elle n'a pas le tems de se reposer*, est pitoiable. Quelle comparaison y a-t-il entre une chose inanimée & une animée, entre une substance insensible à toute sorte de sensations & un être susceptible de desir? Si l'intention de St. Ambroise a été de dire que de même que la terre trop fatiguée devient stérile, de même un mari qui con-

connoît fa femme lorfqu'elle eft enceinte, la rend moins féconde, il s'eft trompé étrangement ; car tous les grands Médecins foutiennent le contraire, & il eft certain que lorfque les femmes font enceintes de cinq ou fix mois, elles ont plus de defirs qu'auparavant. Or, c'eft nuire confidérablement à leur fanté, que de s'oppofer à ces defirs.

LES Peres n'entendoient guères mieux la Médecine que la politique. Deux raifons effentielles doivent non feulement permettre aux maris ; mais même les obliger de rendre à leurs femmes le devoir conjugal lorfqu'elles font enceintes. La première, c'eft la néceffité de contenter leurs defirs, auxquels on ne peut fe refufer fans expofer également à des dangers eminens, & les meres, & les enfans qu'elles portent. La feconde, c'eft que la Nature demande dans les groffeffes pendant un certain tems l'accompliffement de l'acte vénérien. Il feroit inutile de dire que les femmes doivent ne point former les defirs que les Peres de l'Eglife condamnent : car non feulement elles ne font pas maitreffes de ne pas les avoir, mais ces defirs font des accidens attachés néceffairement à leur groffeffe, & qui font fi naturels à leur état, qu'on juge qu'elles font enceintes parce qu'elles les ont ; c'eft une des marques effen-

tielles qu'Hippocrate prefcrit * dans fes
Aphorifmes. Cardan remarque fort à propos † que l'état d'une femme enceinte
eft celui d'une perfonne qui a malgré elle les envies les plus fortes , & quelquefois mème les plus déraifonnables & les
plus desordonnées. On voit des femmes
manger avec une avidite étonnante des
charbons , de la cendre , de la chair
crue. Si elles ne contentoient point leurs
envies, elles courroient rifque de fe blef-
fer , & l'enfant qu'elles portent , pourroit fe reffentir du chagrin qu'elles auroient de ne pouvoir fe fatisfaire. Ce ne
font

---

* Ἤμ γυναικὶ καθάρσιες μὴ πορεύον], μήτε φρίκης,
μήτε πυρὶ τε̃ ἐπιγενομίνε, ἄσαι ἢ αὐτῆ προσπαίπλετι,
λογίζε ταύτλω ἐν γαςρὶ ἔχειμ. *Si mulieri menflruæ purgationes non prodeunt , neque horror , neque febris
fuccedit , & fibi faflidia accidunt , hanc prægnan-
tem effe æftimato.* Hippocrat. Aphorifm. *Lib. V.
Aphorifm. LXI.*

† *Apparet igitur faflidium hoc cibi , quod Græci*
Picam *vocant , & ab Hippocrate ut fignum com-
memoratum conceptionis , & experimentum id ita
effe docet. Nam aliæ quidem ut conceperunt , pror-
fus cibos omnes abominantur : aliæ vero carbones ,
calcem & carnes crudas appetunt. Ergo id contin-
git , quod in his quæ uterum gerunt , tria fiunt , quæ
non in aliis , in quibus menfes aliter retinentur.*
Hyeronim. Cardani Mediolanenfis *in feptem A-
phorifmorum Hippocratis particulas Commentaria ,
&c. pag.* 178. Edit. *in folio Bafileæ* 1564.

font point des Médecins ordinaires qui prétendent que les envies des meres font fouvent imprimées fur le corps de leurs enfans, prefque tous les plus grands en conviennent; Fernel *, ce reftaurateur de la Médecine, eft précis fur ce fujet. Mais enfin, quand il feroit vrai, (comme il n'eft pas impoffible qu'il le foit) que le fœtus feroit infenfible † aux mouvemens de l'ame de la mere, il ne le feroit pas aux coups & aux mouvemens aux-quels il eft expofé par le dérangement & la fecouffe qui fe fait dans le corps d'une femme qui eft agitée d'une paffion violente. De quelque manière qu'on pen-fe donc fur les envies des femmes en-ceintes, il eft toujours certain qu'il eft très dangereux pour le fruit qu'elles por-tent, qu'elles ne puiffent pas les contenter.

UNE

---

* *Si gravida eo cujus flagrat defiderio minime potiatur, infans illius fignum geret. Veterum etiam literis proditum eft mulierem albam, prolem nigram genuiffe, binc duntaxat, quod fixis oculis intento-que animo diu Æthiopis imaginem comprebendiffet. Si pavo, dum ovis fuis incubat, linteis albis circum tegatur, albos omnino pullos, non gemmantis colo-ris edet: quemadmodum etiam gallina colore varios emittet, fi varie pitta ova foveat.* Joan. Fernelii Univerfa Medecina, &c. *Phyfiologiæ Lib. VII. Cap. XII. pag.* 335.

† Voi. le V. Volume de l'Edition de la Haye 1738. des *Lettres Juives, pag.* 123.

UNE femme , qui pendant fa groffeffe
fouhaite l'accompliffement du mariage
avec ardeur , & à qui l'on refufe ce devoir, devient mélancholique : fa paffion
s'irrite par l'obftacle qu'on y oppofe, il
lui eft impoffible de vaincre un defir qui
eft une caufe néceffaire de l'état où elle
fe trouve. Peu à peu fa trifteffe fe change
en chagrin , & ce chagrin à la première
occafion devient une efpèce de fureur,
laquelle à on donne communément le
nom de vapeur hyftérique. Rien n'eft fi
dangereux que ce mal pour une femme
enceinte , caufé ordinairement par la mélancholie ou la colère. Lazarus Rive-
rius , un des plus illuftres Médecins de
Montpellier, rapporte dans les excellens
Ouvrages qu'il a publiés , plufieurs exemples du danger où cette maladie expofe les femmes enceintes. Parmi ces exemples , celui * d'une Dame appellée
Dau-

---

* Clariffima uxor Dn. Daumelas, Franciæ Quæf-
toris generalis , circa finem feptimi graviditatis
menfis , occafione quadam domeflicâ in iram vebe-
mentiffimam concitata eft , a qua vomitum mane pa-
tiebatur cum dolore ftomacbi, & iEterica faEta eft
. . . . . . His poftremis de caufis noluit Ranchi-
nus phlebotomiæ affentiri, fed decretum fuit rbab.
in fubftantia exbibere ad unc. I. ut bilis illa per al-
vum fenfim educereretur, quod faEtum fuit. Parum
præftitit rhabarbarum , agraque poft quinque vel
fex dies, aborfum paffa eft. Lazari Riverii &c.
Ob-

Daumelas, qui mourut dans le feptième mois de fa groffeffe, d'un accès de vapeur qu'elle s'étoit caufé par une colère, eft des plus inftructif, & prouve bien le danger qu'il y a de refufer de contenter la volonté d'une femme enceinte. Au refte, il eft certain que rien ne procure plus les vapeurs hyftériques que le chagrin qu'on reffent de ne pouvoir fatisfaire fes defirs. On peut affûrer hardiment qu'en établiffant qu'il doit être défendu de rendre le devoir conjugal aux femmes enceintes, on les expofe à toutes les paffions qui caufent cette dangereufe maladie. Parmi celles dont font mention les habiles Médecins, ils placent au premier rang le chagrin & la trifteffe *. Ce qu'il y a de plus trifte pour les femmes qui dans leur groffeffe font attaquées de va-

---

Obfervationes medicæ & curationes infignes. *Edit. Hagæ Comitum, Centuria. II. Obfervat. IX.* pag. 106.

* *Somnus & vigiliæ etiam in mediocritatis cancellos contineantur, nocent enim fomnus & vigiliæ nimis protractæ, cum varias cumulent cruditates; animus fit bilaris, moerores autem graves & animus meticulofus, confternatio ex inopinatis cafibus, & fi qui funt fimiles affectus, hunc morbum facile inferre poffunt.* Johannis Dolæi, &c. Encyclopædia Medecinæ Theoretico - Practicæ, *Lib. V. de Morbis Mulierum,* pag. 629. *Edit. Amftelod.*

vapeurs hyſtériques, c'eſt qu'on ne peut guères emploier de remèdes pour leur rendre la ſanté, qui ne ſoient contraires à l'etat où elles ſont, & qui par leur violence * n'ébranlent la machine, & ne cauſent quelque dommage au fœtus, qui ſe reſſent des mouvemens que reçoit le corps de ſa mere.

JE viens actuellement à l'autre raiſon, qui doit obliger les maris à rendre de tems en tems le devoir conjugal à leurs femmes pendant leur groſſeſſe, du moins juſque vers la fin du ſeptième mois. Les femmes enceintes ont beſoin de ſe purger de tems en tems de cette quantité d'humeurs que la ſuppreſſion de leurs règles laiſſe croupir dans leur corps. Il eſt bien vrai que le fœtus abſorbe en

quel-

* Si ergo fœmina in paroxyſmo graviori conſtituta eſt, clamores, pilorum in pudendis, præcipue aurium vellicationes, ligaturas & frictiones dolorificas commendant, præ omnibus tamen noſtra obſervatione titillationes in plantis pedum paroxyſm. diſcutiunt; ſæpe etiam cucurbitulas cum multa flamma juris & femoribus applicandas volunt. Naribus graveolentia & fœtida, utpote caſtor. Aſſa fœtida, fumus ex pennis perdicum, unguibus cornubus, &c. ut vapores illi maligni diſcutiantur, adbibenda volunt, in quem finem etiam arcani inſtar verrucas (quæ tibiis equorum adnaſcuntur) comburunt, fumumque naribus excipere inſtituunt. Id. ibid.

quelque manière une partie de ces humeurs , la matière menſtrueuſe * ſervant
à imbiber les parties qui l'enveloppent ,
& qui par un prodige de la Nature gran-
diſſent & s'étendent, à meſure qu'il devient plus grand & plus conſidérable ;
mais il reſte encore une grande quantité d'humeurs, qui ſont augmentées par la
conſervation de la ſemence. Or, c'eſt rendre un ſervice conſidérable à une femme enceinte, que de lui faire évacuer en
quelque manière une partie de cette ſemence ; & c'eſt n'avoir pas la moindre idée
de la Médecine, que de ſe figurer qu'un
coït modéré puiſſe nuire au *fœtus* , tandis
qu'Hippocrate † conſeille de purger les
fem-

---

* *Uterus in non gravidis, pugno facile com-*
prehenderetur ; at in gravidis in quantum fœtus
creſcit, in tantum ſeſe expandit uterus, & quidem
dum ita ſe extendit (dictu mirabile) corporis ſui
membranæ non redduntur tenuiores, ſed multo cor-
pulentiorem acquirunt craſſitiem. Quod ideo con-
tingit, quia in venis & arteriis ſuis, & etiam in
reliquo ſubſtantiæ ſuæ, menſtruoſa materia, iſtic
reſtagnante, imbibitur uterus. Ludovici Cardani
Medicinæ Doctoris, &c. Manuductio per omnes
Medicinæ partes, ſeu Inſtitutiones, Medecinæ,
Lib. I. pag. 253.

† Τὰς κυϲϲας φαϱμακεύειμ, Ἣρ ὀϱγᾷ, πεξόμωα ϰ ἀχϱιϲτ-
τὰ μηνῶμ, Ἣαϲϲομ ἢ ταύτας· τα ἢ νήπια ϰ πϱεϲϲύτεϱ
εὐλαβεῖϲϑαι χϱὶ. *Uterum gerentes mulieres medica-*
mentis purgare convenit, ſi materia turget, qua-
R 5 dri-

femmes enceintes depuis le troisième jusqu'au septième mois. Combien n'y - a-
t - il pas de différence entre le mouvement interne que cause une purgation,
& celui que fait l'action du *coït*, sur-tout
dans une femme? Au reste, si Hippocrate ne permet de purger les femmes
que depuis le troisième jusqu'au septième
mois, c'est par des raisons * qui n'ont
rien de commun avec le prétendu em-
pêchement de rendre le devoir conjugal,
les liens par lesquels le *fœtus* est attaché , quelque nouveaux & quelque
vieux qu'ils soient , ne pouvant jamais
être endommagés par la simple éjacula-
tion de la semence.

Il reste encore un prétexte aux Peres
de l'Eglise, c'est de dire que dans l'action
du coït la pression mutuelle des deux é-
poux

---

drimestres & ad septimum mensem usque, sed eas
minus. *Juniores vero & seniores cavere opor-*
tet. Hippocrat. Aphorism. *Lib. IV. Apho-*
rism. I.

* Cur autem mensibus iis qui inter tertium &
septimum medii sunt, uterum ferentes magis purgare conveniat, nulla alia est ratio, nisi quod hoc
tempore ligamenta quibus fœtus utero connectitur,
robustiora & crassiora sunt, adeoque non facile a
medicamenti purgantis commotione rumpuntur, quemadmodum in Commentariis suis Galenus fusius docet. Comment in Hippocrat. Aphorism. per Leon-
hart. Fuchsium, *pag.* 137.

poux & le choc des ventres peut endommager le *fœtus*. Le Cardinal Damien a attribué * à cela la plûpart des avortemens ; mais il est aisé d'éviter un pareil inconvénient, & sans entrer dans une matière qui ne peut être traitée avec trop de retenue, & qui par elle-même engage nécessairement à des discours difficiles à accommoder avec la délicatesse du langage François, tous les gens mariés connoissent bien eux-mêmes qu'il leur est facile d'éviter cet inconvénient, & les moïens

---

* *Vide ô homo ! canem si caniculam postquam concepit, aggreditur ; aspice buculam, vel certe equam, si post conceptum a suis maribus infectantur : ignorant quippe coeundi libidinem, cum deesse sibi gignendi conspiciunt facultatem. Cum ergo tauri, canes, & cætera bestiarum genera fœtibus suis reverentiam præbeant, soli homines, quorum Doctor de Virgine natus est, ut vota suæ libidinis expleant parvulos suos, qui ad Dei formantur imaginem, necantes, obterere non formidant. Hinc est quod nonnullæ mulieres ante pariendi tempus abortiunt, aut certe mutilata vel læsa eorumdem parvuloram tenera adhuc membella reperiunt, & hoc modo dum ad libidinis feruntur incentiva præcipites, ante parricidæ sunt quam parentes, & quod valde periculosum est dum hæc vitio naturæ peccantis adscribunt, sese tam flagitiosi reatus obnoxios non agnoscunt. Verum tamen & hoc aliquando non ignorant, sed dum lucrantur ignorantiam populi, dissimulant hoc Sacerdotibus confiteri.* Pet. Damian. Epist. IV. ad Alexandrum secundum.

moïens qu'ils peuvent prendre, leur font permis non feulement par les loix de la Nature & de la raifon ; mais par les règles des plus habiles gens qui ont écrit fur les devoirs du mariage.

IL te fera facile à préfent de juger du peu de folidité de l'explication que donne St. Jérôme d'un des plus beaux & des plus fages préceptes de St. Paul. Ce grand Apôtre écrit aux Theffaliens. *Que chacun de vous fache poffeder le vafe de fon corps faintement & honnétement , & non pas en vous abandonnant au mal de la concupifcence , comme les Païens qui ne connoiffent pas Dieu.* St. Jérôme prétend * que le fens qu'il faut donner aux paroles de l'Apôtre, c'eft l'obligation où font les perfonnes

---

* *Noverit unufquifque poffidere vas fuum in fanctitate & pudicitia. Præcipitur ergo viris ut non folum in alienis mulieribus , fed in fuis quoque, quibus videntur lege conjuncti, Scriptura dicente , Crefcite & multiplicamini, & replete terram , certa concubitus norint tempora, quando coeundum , quando ab uxoribus abftinendum fit , quod quidem & Apoftolus & Ecclefiaftes fonant, tempus amplexandi, tempus fieri longe ab amplexibus. Caveat ergo uxor ne forte victa defiderio coëundi, illiciat virum , & maritus ne vim faciat uxori, putans omni tempore fubjectam fibi effe debere conjugii voluptatem. Unde & Paulus ut noverit, inquit, unufquifque poffidere vas fuum in fanctificatione & pudicitia.* Hieronim. Comment. Epift. Ephef. *Lib. III. Cap. III.*

nes mariées de vivre en continence avec leurs femmes dès qu'elles ont conçu. Il avertit les uns & les autres d'éviter foigneufement de fe rendre en pareil cas le devoir du mariage , & recommande aux femmes de ne rien demander à leurs maris, & aux maris de ne rien donner à leurs femmes. On fent d'abord combien l'explication de St. Jérôme eft forcée & éloignée du véritable fens des paroles de l'Apôtre, qui fe préfente naturellement à l'efprit ; il n'eft rien de fi aifé que de l'entendre. St. Paul ordonne aux gens mariés de poféder faintement le vafe de leur corps , & de ne point s'abandonner à la concupifcence comme les Païens, c'eft-à-dire qu'il prefcrit aux Chrétiens de ne point fe fouiller par l'adultère & par la fornication comme les Gentils ; mais de conferver au Saint lien du mariage le refpect & l'attachement qui lui eft dû. Le verfet qui précéde celui qu'interpréte fi mal St. Jérôme, met dans tout fon jour la penfée de St. Paul. *La volonté de Dieu*, dit cet Apôtre *, *par laquelle vousétes fanctifiés , veut que vous vous abfteniez de la fornication & du concubinage.* Qu'un

cha-

---

* *Ut fciat unufquifque veftrûm vas fuum poffidere in fanctificatione & bonore, non in paffione defiderii ficut Gentes quæ ignorant Deum.* Paul. I. Teffal. *C. IV.*

chacun de vous possede donc saintement le vase de son corps, &c. Rien n'est si clair que ce passage; mais St. Jérôme vouloit autoriser son opinion absurde & chimérique, il tordoit un passage de l'Ecriture, & le faisoit servir à appuier un sentiment auquel St. Paul n'avoit jamais pensé. Je remarquerai au reste, que la traduction de St. Jérôme dans cet endroit n'est rien moins qu'exacte & litérale. Celle de Théodore de Bèze, quant à ce passage, l'est infiniment plus; car il y a proprement dans le Grec: *Que chacun possede le vase de son corps saintement & honnêtement, & non point avec la maladie de la cupidité, comme les Païens qui ne connoissent pas Dieu;* ce qui exprime beaucoup mieux les desirs de l'adultère & de la fornication, que les termes dont se sert St. Jérôme, *Que chacun,* dit ce Pere, * *possede saintement*

---

* Voici les trois versets dont il s'agit. Il est aisé de voir combien l'explication de St. Jérôme est fausse, & éloignée du véritable sens de l'Apôtre; il ne faut pour cela que savoir lire.

Τῦτο γὸ ἔςι θέλημα τοῦ Θεῦ, ὁ ἁγιασμὸς ὑμῶν, ἀπέχισθαι ὙΜᾶς ἀπὸ τῆ πορείας.

Εἰδέναι ἕκαςον ὑμῶν τὸ ἑαυτε σκεῦος κτᾶσθαι ἐν ἁγιασμῷ κỳ τιμῇ.

Μὴ ἐν πάθει ἐπιθυμίας, καθάπερ κỳ τὰ ἔθνη τὰ μὴ εἰδότα τ Θεόν.

tement & honnêtement le vaſe de ſon corps, &
non point en ſuivant les mouvemens de la concupiſcence. Ces dernières paroles rendent
mal le ſens du précepte de l'Apôtre, &
font louché la penſée la plus claire, parce qu'on peut entendre cette concupiſcence innocente, dont le mariage fait un
ſaint uſage. Mais c'étoit juſtement ce
que vouloit défendre St. Jérôme : il ſe
pourroit bien que par la même raiſon qu'il
a mal expliqué ce paſſage, il l'eût mal
traduit. Tu entends le Grec, ſage & ſavant Abukibak, conſultes le texte original, & tu trouveras que j'ai raiſon de
donner la préference à la traduction de
Bèze ſur celle de St. Jérôme quant à
cet endroit; car je n'entre point ici dans
aucune diſcuſſion ſur le mérite des différentes traductions des Ecritures.

St. Auguſtin a été un peu plus modéré que les Peres qui l'avoient précédé, ſur les devoirs du mariage. Il n'ôſe
pas dire nettement, comme St. Jérôme,
qu'un mari péche lorſqu'il rend le devoir à ſa femme ſi elle eſt enceinte; mais
il

Nam hæc eſt voluntas Dei, nempe ſanEti-
ficatio veſtra, id eſt ut abſtineatis a ſcortatio-
ne: & ſciat veſtrum unuſquiſque ſuum vas poſ-
ſidere cum ſanEtificatione & honore : non cum
morbo cupiditatis, ſicut Gentes quæ non noverunt
Deum.

il établit indirectement * ce qu'il n'ôse avancer sans détour.

Ces idées sur le mariage , si contraires au repos des familles , si opposées au bonheur des humains , si peu utiles à la gloire de Dieu , si propres à jetter les gens les plus sensés dans une espèce de fanatisme , avoient été peu-à-peu abandonnées. Plusieurs Savans , parmi lesquels on trouvoit même de grands Théologiens Catholiques, les avoient fortement réfutées : on croioit qu'elles seroient entiérement décréditées ; mais les Jansénistes ont taché de les remettre à la mode. Cela est bien digne des protecteurs, que dis-je des protecteurs ? des auteurs du plus ridicule fanatisme qu'il y ait jamais eu en Europe. Ce que les Jansénistes ont enfin exécuté depuis dix ou douze ans ,

mon-

---

* *Qui uxoris carnem amplius appetit quam præscribit limes , ille liberorum procreandorum causa , contra ipsas tabulas facit quibus eam duxit uxorem , recitantur tabulæ , & recitantur in conspectu omnium attestantium , & recitantur liberorum procreandorum causa , & vocantur tabulæ matrimoniales ; nisi ad hoc dentur , ad hoc accipiantur uxores. Quis sana fronte det filiam suam libidini alienæ ? sed ut non erubescant parentes cum dant , recitantur tabulæ , ut sint soceri , non lenones. Quid ergo de tabulis recitantur ? liberorum procreandorum causa.* August. Serm. LXIII. de Diversis. Cap. XIII.

montre affez que leurs ennemis n'avoient pas tort de les donner pour des gens qui avoient de la difpofition à devenir enthoufiaftes ; ce qu'on avoit prédit n'eft que trop arrivé : après les folies journalières que l'on voit faire aux Janféniftes, peut-on s'étonner qu'ils aient eu des idées bizarres fur le mariage, & qu'ils aient taché de renouveller les vifions chimériques de quelques Théologiens anciens ? Ho! le grand homme que Zénon ! Il doit être au gré de ces zélés dévots modernes *. Ce Philofophe ne connut qu'une feule fois en fa vie une femme ; *encore* dit Montagne après Diogene Laërce, *ce fut par civilité, pour ne fembler trop obftinément dédaigner le Sexe.* Je fuis perfuadé que fi Nicole avoit vécu du tems de Zénon, il l'eût diffuadé d'une pareille civilité. Ce fameux Janféniste prétendoit † *qu'encore que le mariage faffe un bon ufage de la concupifcence, elle eft néanmoins en foi toujours mauvaife & déréglée.* Quel pitoiable raifonnement ! Auffi voit on que les difciples de ceux qui l'ont fait, font les danfeurs de St.

Me-

* "Ἅπαξ ἢ δίπου παιδισκαρίῳ τινὶ, ἵνα μὴ δοκοίη μισογύνης εἶναι. *Semel fere aut bis ufus eft ancillula quadam, ne fexum odiffe videretur.* Diogen. Laërt. de Vit. & Dogmat. clar. Philofop. *Lib. VII. Segm. 63.*

† Effai de Morale, *Tom. III.* Traité de la Comédie, *Chap. III. pag.* 206.

Medard, & les principaux Convulfionai-
res ; cela eft dans l'ordre.

Je te falue, fage & favant Abukibak.

❁❁❁❁❁❁❁❁❁❁❁❁❁❁❁❁❁❁❁❁

LETTRE CENT SOIXANTE-ET-UNIEME.

Ben Kiber, *au fage & favant* Abukibak.

IL étoit naturel, fage & favant Abukibak, que les Peres de l'Eglife, étant fi
peu favorables aux premières nôces, le
fuffent encore moins aux fecondes ; auffi
ont-ils dit à ce fujet les chofes les plus
étonnantes & les plus pernicieufes au
bien de la Société. Si quelque Théologien moderne foutenoit aujourd'hui de
pareilles erreurs, les Juges civils & les
Souverains le puniroient févérement ;
les Eccléfiaftiques même, j'entends les
Eccléfiaftiques, véritablement favans,
condamneroient eux-mêmes ces opinions, comme St. Auguftin les condamna
autrefois, ainfi que nous verrons bien-tôt.

St. Irenée traite la Samaritaine de for-
nicatrice, pour avoir eu plufieurs maris.
Le Seigneur, * dit-il, *voulut bien pardonner*
à

---

* *Miferante Domino Samaritanæ illi prævarica-*
trici,

*à la Samaritaine qui avoit péché, & s'étoit
rendue coupable du crime de fornication, pour
n'avoir pas resté veuve après la mort de son
mari, & en avoir épousé plusieurs autres.*
C'est-là s'exprimer en termes nets & clai-
res sur l'idée qu'on a des secondes nôces.
Selon St. Clément d'Alexandrie, * un
Chrétien n'a le pouvoir par la Loi que
d'épouser une femme en premières nôces. Minutius Félix † compare les secondes nôces à un adultère. St. Basile
les appelle § une polygamie, ou une fornication mitigée. St. Grégoire de Naziance
dit ‡ *que le premier mariage est légitime, que
le second n'est accordé que par indulgence, que
le troisième est un crime, & que le quatrième ne peut être contracté que par des pour-
ceaux.* Voilà bien des sottises & des er-

reurs

---

*trici, quæ in uno viro non mansit, sed fornicata
est in multis nuptiis.* Iren. *Lib. III. Cap.* 19.

* Ἀλλ' ὁ καθ' ἕκαστον ἡμῶν, ἣν ἂν βέλεται, κατὰ τ νό-
μον γαμεῖν, τ̀ πρῶτον λέγω γάμον, ἔχι τὴν ἐξουσίαν. Clem.
Strom. *Lib. III. Cap. XI. p.* 544.

† *Alia sacra coronat univira, alia multivira, &
magna religione conquiritur quæ plura possit adulte-
ria numerare.* Min. Fel. Oct̆av. *Cap. XXIV.*

§ Ὀνομάζεσι ᷒ τὸ τοιοῦτον ᷒ κ ἔτι γάμον, ἀλλὰ πολυγαμίαν,
μᾶλλον ᷒ προνείαν κεκολασμένην. Basil. ad Amphiloch.
Can. IV.

‡ Τὸ πρῶτον, νόμῳ τὸ δεύτερον, συγχώρησις τὸ τρίτον,
παρανομία. ὁ ᷒ ὑπὲρ τοῦτο χοιρώδης, &c. Greg. Naz.
Orat. XXXI. pag. 501. *Tom. I. Ed. Colon.*

S 2

reurs en peu de mots. Quant à St. Jérôme, * il ne regarde les secondes nôces que comme un mal permis, & toleré pour en éviter un plus grand. *L'Apôtre, dit-il, n'accorde aux veuves un second mari, un troisième si elles veulent, & même un vingtième que pour leur enseigner que cette permission leur est moins accordée pour qu'elles prennent des maris, que pour qu'elles évitent des adultéres.*

Pour réfuter ces idées folles & ridicules de presque tous les anciens Peres sur les secondes nôces, il n'est pas besoin de recourir aux raisons que fournissent en abondance le bien public †, la tranquil-

---

* *Ita secundum indulgens (Apostolus) maritum, ut & tertium, si liberet, etiam vicesimum, ut scirent sibi non tam viros datos, quam adulteros amputatos.* Hier. ad Salvin. de servand. Viduit. *pag. 77. Tom. I. Ed. Basil.* 1537. Dans un autre endroit ce Pere s'exprime encore plus fortement; il veut qu'on pese à la même balance la fornication & l'adultère, comme deux choses également permises. *Non damno digamos, immo nec trigamos, & si dici potest, octogamos. Plus aliquid inferam, etiam scortatorem recipio pænitentem. Quidquid æqualiter licet, æquali lance pensandum est.* Hier. contra Jovinian. *Lib. I. pag. 29. Tom. II.*

† Les Légiflateurs Païens ont raisonné bien plus sensément sur le mariage que plusieurs Peres de l'Eglise. Solon avoit aboli l'usage des

dots

quillité des particuliers, les situations des familles, la prospérité & la conservation des Etats qui en dépendent, tout ce qui peut en multiplier le peuple par des voïes également honnétes & nécessaires; il ne faut,

dots pour rendre les mariages plus aisés & plus fréquens. Il ordonnoit aussi qu'un mari rendît tous les mois un certain nombre de fois le devoir conjugal à sa femme, cela étant nécessaire pour entretenir l'union entre les époux & la paix dans les familles. Plutarque nous apprend les sages loix que ce Législateur établit à ce sujet ,, Solon veut, dit-il, qu'un mari soit ,, tenu de voir sa femme au moins trois fois le ,, mois; car quoiqu'il n'en vienne point d'en- ,, fans, c'est toujours un honneur qu'il rend à ,, la chasteté de sa femme, & cette marque ,, d'amour qu'il lui donne, éteint beaucoup de ,, sujets de querelles & de mécontentemens qui ,, arrivent tous les jours, & empêche que ces ,, différends ne produisent enfin la haine, &. ,, n'aliénent entiérement les esprits.

,, Il abolit les dots des autres mariages, & ,, ordonna que les mariées ne porteroient à ,, leurs maris que trois robes, & quelques meu- ,, bles de peu de valeur; car il ne vouloit pas ,, que le mariage devint un commerce & un tra- ,, fic pour le gain, mais qu'il fût toujours re- ,, gardé comme une société honorable pour a- ,, voir des enfans, pour vivre agréablement & ,, avec douceur, & pour se témoigner une ami- ,, tié reciproque. ,, Plutarque, *Vie de Solon, de* ,, *la Trad. de* Dacier.

S 3

faut, dis-je, pour réfuter ces idées si peu
justes, avoir recours à aucune de ces raisons
qui sont si fortes & qui se présentent naturellement à l'esprit, il suffit de répondre
ce qu'a dit St. Augustin à ceux qui ont
condamné les secondes nôces: car c'est
peut-être le seul des anciens Peres qui
ait raisonné sensément sur cet article,
& il prouve dans deux mots, & d'une
manière invincible que ceux qui considé-
rent les secondes nôces comme un *moindre mal*, ne peuvent s'empêcher de difconvenir qu'ils les regardent comme
mauvaises de leur nature; ce qui est absurde & également opposé à la loi naturelle & à la Religion. * *Nous ne saurions*, dit
ce Pere, *appeller un bien ce qui n'est bien qu'eu
égard à la fornication. Il faut au contraire qu'il y
ait deux maux, dont l'un à la vérité est plus
mauvais que l'autre; car si un plus grand
mal rendoit une chose bonne & changeoit sa nature, la fornication deviendroit un bien, parce que l'adultère est plus mauvais, & l'adultère à son tour pourroit devenir un bien, parce qu'il est moins criminel que l'inceste.* Le
rai-

---

* *Quod non sic dicimus honum, ut in fornica-
tionis comparatione fit bonum: alioquin duo mala
erunt, quorum alterum pejus: aut bonum erit &
fornicatio, quia est pejus adulterium ... & honum
adulterium, quia est pejus incestus, &c.* Auguft.
de Bono Conjug. Cap. VIII. §. 8.

raifonnement de St. Auguftin eft auffi fort & auffi évident qu'une démonftration Géometrique. Ou il faut convenir que les fecondes nôces ne font point un *moindre mal*, ou il faut avoüer qu'elles font mauvaifes de leur nature, & donner à tète baiffée dans une erreur condamnée par les Apôtres, & dans la fuite du tems par plufieurs Conciles.

ENTREPRENDRE de juftifier ce que beaucoup de Peres de l'Eglife ont dit au fujet du premier & du fecond mariage, c'eft vouloir tenter de blanchir un More. Pourquoi ne point avoüer une chofe qu'il eft impoffible de nier ? C'eft cette fureur qu'on a de vouloir déguifer certaines erreurs groffières qu'ont foutenues les anciens Théologiens, qui leur a nui confidérablement dans ces dernièrs tems. S'il avoit été permis de condamner dans les Peres ce qu'on y trouvoit de repréhenfible, fans être traité d'homme téméraire, & fans être infulté cruellement par leurs adorateurs, on auroit parlé d'eux comme on parle aujourd'hui des Boffuets, des Bellarmins, des du Perron. Quoiqu'on les critique fur bien des articles, on rend cependant juftice à leur mérite. L'on ne fauroit nier que les Peres n'en aient eu beaucoup ; mais la contrainte & le joug fous lequel on vouloit réduire ceux qui trouvoient certaines chofes à reprendre dans les Ecrits de ces an-

ciens

ciens Théologiens, a révolté les efprits & leur a fait poulfer leur critique beaucoup plus loin qu'ils n'auroient fait. Les Peres y ont perdu, & peut être auroient-ils plus de partifans qu'ils n'en ont aujourd'hui, fi l'on n'avoit pas voulu les ériger en Oracles.

Ce qu'il y a de fâcheux pour les Peres, c'eft qu'ils ont eu des adverfaires, ou fi l'on aime mieux, des Critiques dangereux dans toutes les différentes Communions, même dans la Romaine & dans la Grecque. Photius en a maltraité plufieurs : le favant Patriarche, qui fait encore aujourd'hui l'admiration de tous les Savans, a reproché à St. Irenée * *d'avoir corrompu & falfifié, par des raifonnemens également vagues & peu folides, la vérité & la pureté des Dogmes de l'Eglife.* Bellarmin n'a guères épargné Origène & Tertullien. Monfieur du Pin † a parlé fi

peu

---

* Ἐι ἐ ἔν τισιν αὐτῶν [συγγραμμάτων] τῆς κατὰ τὰ Ἐκκλησιασικὰ δόγματα ἀληθείας ἀκριβει νόοεις λογισμοις κιβδηλεύεται. Phot. Cod. CXX. pag. 301. Edit. Rothom. 1653.

† Vous ferez fans doute furpris que Mr. du Pin ait ôfé s'expliquer auffi librement fur le compte de St. Cyrille; la force de la vérité l'a emporté malgré lui. Cela eft fi vrai qu'il a taché de détruire ce qu'il avoit établi d'une manière fi précife & fi convainquante; mais on voit bien à la façon dont il s'y prend pour réfu-

peu avantageuſement de St. Cyrille, que
les partiſans de ce Pere, ou plûtôt les
.aveu-

réfuter les reproches qu'il avoit d'abord faits à
St. Cyrille, que le cœur parloit lorſqu'il con-
damnoit ce Pere, & que l'eſprit ſeul a travaillé à ſa juſtification. Car malgré les efforts qu'il
à faits pour l'excuſer, & les précautions qu'il
a priſes pour ne rien dire que le caractere d'Hiſ-
torien impartial ne dût juſtifier, les partiſans
outrés des anciens Docteurs ſe ſont ſoulevés
contre lui, & il a été obligé de ſe rétracter des
vérités qu'il avoit eu aſſez de force pour produire au grand jour. St. Cyrille & ſes adhérans
ont trouvé des protecteurs non ſeulement parmi
les Docteurs & les Jéſuites; mais encore chez
les principaux Magiſtrats du Roïaume. Mr. l'A-
vocat-général de Lamoignon demanda la ſuppreſſion du Livre de Mr. du Pin: la Cour rendit
un arrêt conforme à ſa réquiſition; de ſorte
qu'il a été décidé près de douze cens ans après
St. Cyrille, par le Parlement de Paris, que ce
Saint avoit parfaitement bien fait de faire chaſ-
ſer à coups de pierre les Evêques d'Orient, &
qu'il n'avoit dérogé, ni à la douceur, ni à la
décence de ſon caractère, en faiſant mettre à la
tête de la ſentence qui fut ſignifiée à ſon An-
tagoniſte: *A Neſtorius, nouveau Judas.* Heureu-
ſement cet arrêt n'a point été enrégiſtré au Gref-
fe du Parnaſſe, & les gens de Lettres ont la
liberté de ne pas regarder comme un compliment
fort poli l'apoſtrophe de *nouveau Judas,* ni comme une conduite fort pieuſe de faire lapider les
perſonnes qu'on n'aime pas. *Mém. Secrets de la
Rep. des Lettres, Lettre III. pag. 326. 27. 28.*

S 5

aveugles adorateurs des plus grandes fautes des Théologiens anciens , lui firent une affaire dans laquelle ils intéresserent les Magistrats. Le Pere Hardoüin a été plus loin qu'aucun Critique Protestant. Il a bien laissé en arrière les Daillés, les Bayles, les le Clercs, les Kemnitius, les Barbeiracs , puisqu'il a prétendu que presque tous les Ouvrages des Peres avoient été composés par des imposteurs qui avoient voulu détruire la Religion. Ce sentiment est celui d'un fou , j'en conviens; mais pourquoi ne pas s'en tenir à celui de St. Augustin qui fut réellement un grand génie & très savant ? Il a établi clairement & précisément dans ses Ouvrages qu'il n'y a que * l'Ecriture Ste. qui doive être l'objet de notre foi , & qui demande une soumission aveugle? Pourquoi vouloir accorder cette soumission aux Ouvrages des Peres , & à ceux de St. Augustin, lorsqu'il nous avertit lui-même † que dans ses Ecrits,
ainsi

---

* *Noli meis litteris quasi canonicis scripturis inservire, sed in illis, & quod non credebas, cum inveneris incunctanter crede, in istis autem quod certum non habebas, nisi certum intellexeris, noli firmum tenere.* August. Dist. *IX. Cap. III.*

† *Negare non possum nec debeo, sicut in ipsis Majoribus, ita multa esse in tam multis Opusculis meis, quæ possint justo judicio, & nulla temeritate damnari.* Id. *Cap. IV.*

ainſi que dans ceux des Peres qui l'ont
précédé, il y a une infinité de choſes
qui peuvent être repriſes & condamnées
ſans témérité? Avec raiſon, n'eſt-il pas
plaiſant, ſage & ſavant Abukibak, qu'on
veuille donner pour infaillibles des gens
qui nous avertiſſent eux-mêmes qu'ils ſont
très fautifs? C'eſt en vain qu'on prétend
rejetter leur aveu ſur leur modeſtie, &
qu'on exalte leur ſainteté ; car le même
St. Auguſtin nous recommande de n'a-
voir aucun égard à cette ſainteté pour dé-
terminer notre croiance, & nous avertit
qu'on n'eſt point obligé de déferer abſolument à l'autorité des Peres de l'Egliſe, *
quelque pieux & quelque ſavans qu'ils aient
été. Il fait mention lui-même des Ecrits
d'Agrippin Evêque de Carthage, de ceux
de St. Cyprien, de ceux de St. Hilaire,
& dit formellement † qu'il eſt très permis

---

* *Alios autem ita lego ut quantalibet ſanctitate
doctrinaque polleant, non ideo verum putem, quia
ipſi ita ſenſerunt, ſed quia mihi per alios Auctores,
vel canonicas, vel probabiles rationes, quod a vero
non abhorreat, perſuadere potuerunt.* Id. Cap. V.

† *Noli frater contra divina tam multa, tam cla-
ra, tam indubitata teſtimonia colligere velle calum-
nias ex Epiſcoporum ſcriptis, ſine noſtrorum, ſicut
Hilarii, ſive (antequam pars Donati ſepararetur)
ipſius unitatis ſicut Cypriani & Agrippini. Primo,
quia hoc genus litterarum ab autoritate Canonis
diſtinguendum eſt. Non enim ſic leguntur tamquam
ita*

mis de s'éloigner de leurs opinions, lorfqu'on juge qu'elles font faulfes. Que peut
dire de plus le plus hardi Critique,
que ce que dit St. Augultin?

EN vérité, fage & favant Abukibak,
on ne peut qu'être fétonné lorfqu'on
confidére avec quel entêtement les hommes foutiennent les fentimens les plus
oppofés à ceux des gens qu'ils regardent
comme infaillibles, & quelle peine ils fe
donnent pour trouver des fophifmes qui
puiffent excufer le peu d'uniformité qu'il
y a dans leur croiance. Un Pere a dit
précifément le contraire de l'autre ; cependant on doit les regarder tous les deux
comme des Oracles, & comme les fidè-
les interprètes de la vérité, quelle folie!

JE te falue.

*ita ex eis teftimonium proferatur, ut contra fenti-
re non licet, fic ubi forte aliter fapuerint, quam
veritas poftulat. In eo quippe numero fumus, ut
non dedignemur etiam nobis dictum ab Apoftolo accipere, & fi quid aliter fapitis, id quoque Deus
vobis revelabit. Id. Cap. IX.*

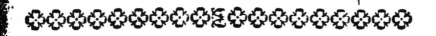

Lettre Cent soixante-deuxieme.

Ben Kiber, *au sage & savant* Abukibak.

LEs jugemens, sage & savant Abukibak, que portent quelquefois les Savans d'une Nation sur ceux d'une autre, sont aussi faux qu'injustes & injurieux. L'amour de la patrie, j'entends cet
amour aveugle qui fait voir toutes les
choses, ou mauvaises, ou médiocres dans
les païs étrangers, égare plusieurs gens de
Lettres ; on voit même des Philosophes qui
sur ce qui regarde le préjugé national,
deviennent peuple, & pensent ainsi que
le vulgaire. Il est étonnant que des gens
qui font profession de chercher la vérité,
l'évitent & la fuient dès qu'il s'agit de
loüer leurs voisins, ou de blâmer leurs
compatriotes. Ce n'est pas à des personnes aussi partiales qu'on doit confier le
soin d'éclairer les hommes ; ils ne peuvent que les égarer, & il leur est impossible de jamais les instruire. Il y a quelques autres Savans, qui, moins prévenus, font par ignorance ce que les autres
font

font par amour propre. Quoi qu'ils foient plus excufables , cependant on ne fauroit le leur pardonner, parce qu'ils devroient avoir plus d'attention à s'inftruire des matières qu'ils traitent , & qu'ils ne devroient parler des Ouvrages d'une Nation étrangère, qu'après les avoir mûrement examinés , & s'être précautionnés non feulement contre les préjugés, mais encore contre tout ce qui peut les jetter dans l'erreur.

LES gens de Lettres , & fur tout ceux qui publient des Livres , font refponfables des fautes qu'ils font commettre à ceux qui les fuivent; fans eux, ils n'euffent point erré. Un homme qui veut s'ériger en pedagogue du genre humain , doit répondre à ce genre humain de la juftefle de fes leçons : fi elles font trompeufes, fi elles déguifent la vérité, fi elles tendent à diminuer le prix de la vertu , à flétrir la réputation des gens de mérite, il eft jufte de les méprifer & de les confidérer comme aufli indignes d'être approuvées , que les Ecrits infenfés & fanatiques des Journaliftes de Trévoux.

QUELQUE dangereux que foient dans la République des Lettres les Ecrivains qui ne travaillent que dans le deffein de décrier tout ce qu'il y a de meilleur & de plus eftimable , leur nombre eft cependant très confidérable dans tous les païs.

païs. Combien d'Auteurs n'y a-t-il pas en Europe de ce caractère ? Car sans parler des Jésuites, toujours attachés à blâmer sans réserve & sans raison tout ce qui vient de leurs ennemis; sans faire ici mention de l'Abbé des Fontaines, convaincu tant de fois aux yeux du Public de mauvaise foi, d'imposture, de falsification; sans m'arrêter à plusieurs petits Ecrivains, imitateurs de cet Abbé, ne pourrois-je pas nommer ici une foule d'Auteurs Italiens, François, Anglois, Hollandois, Allemands, dont les Ouvrages n'ont été composés que pour noircir, s'il étoit possible, les plus sublimes & les plus utiles productions de l'esprit humain ? Combien de misérables rapfodies n'a-t-on pas publiées contre Bayle, Locke, Leibnitz, Wolf? Ce qu'il y a de plus extraordinaire & de plus indigne, c'est que la plûpart de ceux qui ont écrit contre ces grands hommes, n'avoient uniquement d'autre but que de flétrir, s'il étoit possible, leur réputation, & agissoient uniquement par haine, ou par un préjugé & un amour propre, qui n'étoient ni plus raisonnables, ni moins criminels.

On ne doit point se flatter, sage & savant Abukibak, de voir bannir de la république des Lettres la pernicieuse coutume d'attaquer sans respect & sans sujet les plus grands Auteurs. Tandis qu'il y aura des hommes, il y aura des Ecrivains qui

qui se livreront à leurs passions , & par
conséquent qui condamneront les meilleurs Ouvrages , parce qu'ils seront faits
par des gens qu'ils n'aimeront point, ou
par des Auteurs d'une Nation contre laquelle ils auront conçu dès l'enfance
quelque préjugé desavantageux , ou parce qu'ils ne se donneront pas le tems
d'approfondir les choses qu'ils blâmeront
dans ces Ouvrages. Je suis assûré , sage
& savant Abukibak , que ces trois défauts sont les principales , & presque les
uniques sources d'où découlent toutes
les mauvaises critiques dont le monde est
inondé aujourd'hui : & quoique la haine
particulière que plusieurs Ecrivains ont
les uns contre les autres, semble avoir
beaucoup plus de part à tous les jugemens injustes qu'on lit tous les jours
dans tant de Livres ; cependant si l'on
examine les choses attentivement , on,
verra que le préjugé national , & le défaut de connoissance des matières qu'on
traite , n'influent pas moins sur les critiques mal fondées. Si les gens de Lettres
vindicatifs, orgueilleux, sont emportés par
la haine , les pacifiques le sont par l'a-
mour mal entendu de leur patrie , & les
paresseux & les étourdis ,par leur nonchalance & par leur peu d'attention. Or,
je crois que le nombre de tous ces derniers est aussi grand que celui des premiers; on voit même des gens sensés &
véri-

véritablement favans , qui ne peuvent fe défendre du préjugé national : au lieu qu'il n'y a guères que des Auteurs médiocres qui fe livrent totalement à la haine.

Il m'eft tombé dans les mains il y a quelques jours, un Ouvrage d'un Profeffeur Allemand. On voit qu'il a du favoir & du mérite ; mais dans bien des endroits il juge en homme, ou prévenu , ou ignorant de ce qui concerne la Litérature Efpagnole , & la Poéfie Françoife. Voici quelques remarques critiques que j'ai faites fur cet Ouvrage. Le Profeffeur dit *que les Efpagnols * ne font point doüés d'un génie heureux ; qu'il n'apprennent les Sciences qu'avec beaucoup de peine & de difficulté, & que rarement ils font des Ouvrages qui paffent à la poftérité & qui foient connus des étrangers, attendu les défauts de leur Langue.* Il y a dans ce jugement une grande ignorance du caractère des Efpagnols , ou bien une grande prévention contre les mêmes Efpagnols.

* *Hifpani enim nec felices ingenio, nec feliciter difcunt , femi docti doctos fe cenfent , Sophiftarum ftropbas impenfe amant , fuos ingenii fœtus ad pofteritatem raro , rarius ad exteros ob Linguæ defectum producunt.* Jo. Jufti non Einem Cottingenfis *Commentariolus Hiftorico - Litterarius de Fatis Eruditionis apud potiores Orbis Gentes, &c.* pag. 28. *Magdeburg.* 1735.

Tome V. T.

pagnols. Il eft vrai qu'ils font pareffeux, fainéans ; & qu'en général ils s'appliquent moins à l'étude que plufieurs autres Nations ; mais ils ont le génie aifé, vif, pénétrant, & lorfqu'ils veulent s'en fervir, ils font aifément de grands progrès ; c'eft ce que je prouverai bien-tôt, en parlant des grands hommes que l'Efpagne a produits. Quant à leur Langue, elle a une nobleffe infinie, elle eft riche & abondante ; tous ceux qui l'entendent, en conviennent. Charles - Quint difoit que s'il avoit dû parler à Dieu, il fe fût exprimé en Efpagnol.

Ce que dit le Profeffeur du ftyle Latin de tous les Auteurs Efpagnols, n'eft ni plus vrai, ni plus équitable que ce qu'il dit de leur génie. Selon lui, la Langue Latine eft inconnue * en Efpagne ; on y a fubftitué un idiôme monftrueux, compofé également de mots Latins, Efpagnols, Arabes, & c'eft-là le langage de toutes les Univerfités. Pour autorifer fon fentiment, il rapporte l'exemple d'un Préfident du Confeil de guerre, qui dans une ou deux occafions s'expliqua en Latin

---

* *In Academiis quoque Hifpanice magis quam Latine, Maurorum etiam vocibus non paucis interfperfis (nam quarta pars minimum Hifpanicæ Linguæ merito eft Arabica) loqui gaudent. Id. ibid.*

tin * d'une manière barbare. On voit
d'abord, fage & favant Abukibak, combien cet exemple eft déplacé ; car la façon dont un militaire s'exprime, doit-
elle décider du mérite & de la pureté
du ftyle des Auteurs de fon païs ? Il eft
ridicule de foutenir une pareille abfur-
dité. Pour juger de la manière dont les
Efpagnols écrivent en Latin, il faut lire
Mariana ; l'hiftoire de ce Jéfuite eft une
preuve évidente qu'il fe trouve en Efpagne des gens qui ont écrit en Latin
avec toute l'élegance poffible. Bien des
Savans de toutes les Nations ne font aucune difficulté de comparer Mariana à
Tite-Live, à Tacite, &c. & à tout ce que
Rome nous a donné de plus illuftre.

A entendre parler notre Profeffeur Allemand, on croiroit que c'eft depuis
deux jours que les Efpagnols commencent

* *Quam fermonis elegantiam bene expreffit* Ver-
gas, *Præfes Senatus militaris, quando Academiæ
Lovianienfis Profefforibus facinus Hifpanorum,
qui Comitem Buranum literis ibi operam navantem,
per vim rapuerant, improbantibus & privilegia
fua ingeminantibus, refpondebat barbare :* Non cu-
ramus veftros privilegios, *& quum confilium ca-
peretur de Iconomachia, hoc erat votum ejus :* Hæ-
retici fraxerunt Templa, boni nihil faxerunt contra, ergo debent omnes patibulare. *Ex quo,
quanta fuerit barbaries, facile poterit judicari.* Id.
pag. 29.

T 2

cent d'avoir quelque teinture * des Belles-Lettres ; mais elle eſt ſi mince, ſelon
lui, que ſi l'on ajoute foi à ſes diſcours,
on regardera les Eſpagnols comme des
Moſcovites. Il eſt honteux en vérité
qu'un homme, qui ſe mèle de vouloir faire un Ouvrage ſur le deſtin qu'ont eu
les Sciences en Europe, & ſur celui
qu'elles y ont aujourd'hui, avance une
pareille abſurdite ; car il eſt certain que
l'Eſpagne a produit de grands Ecrivains
dans ces derniers ſiécles, dans toute ſorte de genres. Ils ſont à la vérité en plus
petit nombre que dans quelques autres
païs ; mais il n'en eſt pas moins faux &
moins ridicule de dire que les Sciences y
étoient entiérement inconnues. Com-
mençons par l'hiſtoire, nous trouverons
d'abord trois Ecrivains de la première
claſſe, le Jéſuite Mariana, l'Auteur de
l'*Hiſtoire d'Arragon*, & celui de la *Conquête
du Mexique* ; Ouvrage traduit en tant de
Lan-

---

* *Hiſpani tunc demum ſe ſtudiis dedere, & in
adſequenda boneſtarum artium ſcientia operam &
induſtriam collocare cœperunt, quum ea, quæ Bar-
barorum impetu perculſa ac proſtrata erant erige-
rentur ac in ſolido ponerentur, priſtinam vero gloriam ac majeſtatem ſtudia in Hiſpania propter in-
colarum ſuperbiam & innatam eorum pigritiam, quæ
inter omnes ſunt ſatis perſpectæ, receperunt nunquam, ſed umbra modo & nomen de ſtudiis eis eſt
relictum. Id. pag. 28.*

Langues, & toujours plus admiré des con-
noiffeurs. Paffons à la Poéfie : le Théatre
étoit encore dans toute l'Europe plongé
dans la Barbarie, lorfque Don Lopez de
Vega avoit fait des Comédies fi belles
& fi conformes aux bons & anciens modèles Grecs & Romains, que Corneille
auroit voulu donner deux de fes plus
belles piéces pour avoir fait le *Menteur*
de ce Poëte Efpagnol. La *Diane* de Mon-
te-major, l'*Auftriada* de Jean Ruffo, font
des poëmes qui ont mérité l'eftime de
toute l'Europe favante.

Les Romans & les Livres d'hiftoires
galantes ont été portés chez les Efpagnols au plus haut point. Quel eft le
mortel qui fache lire, & qui ne connoiffe
les inimitables Ouvrages de Michel de
Cervantes? J'aimerois mieux avoir compofé fes charmantes *Nouvelles*, que tous
les Romans qui fe font faits dans ce goût
depuis vingt ans. Quant au *Don Quichotte* de cet Auteur, c'eft un chef-
d'œuvre qui a fait autant de bien au genre humain, foit par le plaifir qu'il a caufé aux Lecteurs, foit par le ridicule qu'il
a donné à tous ces Livres de Chevalerie
qui gâtoient l'efprit de la jeune Nobleffe ; c'eft un Livre, dis-je, qui a fait autant de bien, que les Ouvrages de tant
de Théologiens, infpirant la difcorde &
la révolte, ont caufé de maux à l'Europe. Les Efpagnols ont eu auffi plufieurs

Au-

Auteurs qui ont écrit fort fenfément fur la politique & fur la morale. Les Ouvrages de Balthafar Gratian ont été reçus chez toutes les Nations avec applaudiffement. On peut voir fi c'eft avec raifon que le Profeffeur Allemand prétend que les Belles-Lettres n'ont été connues que récemment en Efpagne. Tous les Auteurs dont je viens de parler, ont vécu, les uns, il y a plus de cent cinquante ans, les autres, il y a près d'un fiécle.

Le reproche que le Profeffeur fait aux Efpagnols d'avoir produit des *Théologiens fuperftitieux* *, eft bien fondé ; il auroit même pû dire *fanatiques*. Les Cafuiftes & les Théologiens Efpagnols ne font pas feulement la honte de leurs compatriotes, mais encore celle de tout le genre humain. Il eft mortifiant pour quiconque penfe fenfément, qu'il fe foit trouvé des hommes auffi fous & auffi vifionnaires que ces Ecrivains ; mais dans quel païs ne fe trouve-t-il pas des Théologiens

---

* *Sed ad propofitum revertor, recenfens paucis ftudia Hifpanorum altiora, in quibus tamen ubique deprehenditur defectus, in Theologia quæ omnium præftantiffima eft facultas, Hifpani funt fuperftitiofi. . . . . Plane enim vivunt Hifpani ex opinione tantum, imaginando & fingendo nunquam futura, credendo quæ finxerint, profequendo quæ crediderint.* Id. *pag.* 29.

giens superstitieux? Est-ce en Allemagne?
Le grand Luther lui-même se persua-
doit, & vouloit persuader aux autres
qu'il avoit eu une vive dispute avec *
le Diable. Est-ce là une conduite bien
exempte de superstition? Il faut convenir cependant que les Théologiens Espagnols sont sans contredit les plus visionnaires & les plus extravagans de tous
les mortels.

LE Professeur traite encore plus mal
les Philosophes Espagnols que les Théologiens ; ces derniers ne sont que *super-*
titieux , mais les premiers sont *insensés* †
& ridicules. Il est assez bien fondé dans cette

---

* Voiez ci-dessous la Lettre adressée au Professeur Weisman. Le passage des Oeuvres de
Luther, où se trouve le récit de cette dispute,
y est rapporté. Si l'on vouloit examiner à la
rigueur les actions & les Ecrits des Théologiens
les plus célèbres, on connoîtroit évidemment
que la superstition par un malheur étonnant est
presque toujours la compagne fidèle de la Théologie. N'est-ce pas la superstition qui a suscité
tant d'ennemis à l'illustre Wolff, & qui a sou-
levé contre ce grand homme les trois quarts des
Théologiens Allemands? N'est-ce pas cette même superstition qui fait produire tous les jours
tant de mauvais Ecrits contre les plus illustres
Savans, en France, en Angleterre & en Allemagne?

† *Hispani in Philosophia ineptissimi.* Id. ibid.

te critique ; il n'y a aucun Philofophe en Efpagne, & il ne pourra jamais y en avoir, à caufe de l'Inquifition qui ôte la liberté de penfer. Or, la bonne Philofophie ne peut être fondée que fur la liberté de penfer : fi l'on détruit cette liberté, l'efprit refte & croupit dans l'efclavage où on le tient ; c'eft donc à l'Inquifition qu'il faut attribuer le pitoiable état où eft la Philofophie en Efpagne, & non point au génie des Efpagnols. S'il n'étoit permis de raifonner en France, en Allemagne & en Angleterre, qu'en rifquant d'être brulé tout vif, jamais Defcartes, Gaffendi, Locke, Leibnitz n'euffent écrit leurs Ouvrages. On trouve encore dans quelques autres païs des préjugés auffi contraires à la bonne Philofophie que le font les Inquifiteurs. Dans l'Allemagne, dans la France il y a certaines Univerfités, qui, peu contentes d'être attachées fermement à toutes les opinions d'Ariftote, perfécutent à outrance ceux qui cultivent la nouvelle Philofophie. Dans ces Univerfités forme-t-on de bons Philofophes ? Non fans doute ; ce font cependant des François & des Allemands qui y étudient, & qui ailleurs auroient fait de grands progrès. Il en eft de même des Efpagnols. Qu'on ceffe de les faire étudier fous les maîtres qui les inftruifent, l'on verra qu'ils ne manquent point de génie, & qu'ils peuvent

vent

vent devenir auffi bons Philofophes que les autres Européens.

LE défaut que le Profeffeur reproche aux hiftoriens Efpagnols, ne leur eft pas plus ordinaire qu'à ceux des autres Nations. Il les taxe d'être trop prévenus * en faveur de leur patrie; mais quel eft l'hiftorien ancien ou moderne à qui l'on n'ait pas fait le même reproche ? A peine entre mille Auteurs s'en trouvet-il un qu'on puiffe regarder comme véritablement impartial. Pourquoi vouloir exiger dans quelques Efpagnols ce qu'on trouve rarement ailleurs ? Car on ne peut nier que les Ouvrages de quelquesuns de leurs hiftoriens ne foient écrits avec beaucoup de fincérité; Mariana eft même loüé † fur cet article par les plus grands ennemis des Jéfuites.

Tu feras furpris, fage & favant Abukibak, que ce Profeffeur ait porté un jugement auffi faux de l'état des Sciences en Efpagne, & qu'il ait marqué tant de paffion, & tant de partialité même dans les endroits où ces critiques font fondées. Quant à moi, je n'en fuis point étonné, parce que j'ai vû dans fon Ouvrage qu'il l'a

---

* *In Hiftoria videntur effe jactatores, & a fuis partibus ftantes.* Id. ibid.

† Bayle, *Diction. Hiftor. & Critiq.* Art. *Mariana.*

T 5

l'a écrit dans le tems de la dernière guerre, où les Efpagnols, unis avec les François, avoient pris les Roïaumes de Naples & de Sicile. Le Profeffeur, plus
Allemand que Philofophe, étoit piqué *
contre les Efpagnols; il leur reproche
aigrement de s'être alliés avec des gens
qu'ils avoient haïs fi fortement autrefois,
& de s'être foumis à un Prince François.
Voilà la caufe de la mauvaife humeur du
Profeffeur, voilà l'origine de toute fes
mau-

* *Jam vero novum profecto eft Imperium Hifpani-
cum, femper Regium, poft familias Pelagianam, Al-
phonfianam, Caftellianam, Burgundicam, Aragoni-
cam, & Auftriacam, fuiffe translatum in Gallicam,
quam ex eo tempore quo ftetit, nunquam vidit im-
perantem. Novum omnino eft quod illi, qui Gallis non
tantum corpore, animo, geftu, veftitu, victu, inceffu,
fermone diffimiles & contrarii funt; fed etiam naturali, ac velut bæreditario eofdem odio buc ufque pro-
fequebantur, colla nibilominus fubmiferint Principi
Gallo. Novum & boc eft, quando illos viribus con-
junctis in aciem prodire videmus, qui plerumque aperto
marte inter fe dimicabant. Novæ funt artes, quibus
bæc omnia funt acta, & novas fubinde fcenas theatro
femel aperto, univerfus obfervat orbis. Quemadmodum vero ita nobis cum comparatum eft, ut rerum vel plane novarum, vel novo duntaxat babitu
ad parentum follicitam fufcipere foleamus confide-
rationem: ita nunc quoque Hifpania, buc ufque
fere neglecta, poftquam fecunda vice cum Gallia &
Sabaudia fe conjunxit, in omnium ore verfatur, il-
liufque intimior quæritur notitia. Id. pag. 30.

mauvaifes critiques, fi propres à tromper tous ceux qui y ajouteront quelque
croiance. Un peu plus de Philofophie,
& un peu moins de prévention pour
toutes ces guerres, qui doivent toujours
être affez indifférentes à un véritable Savant, eût empêché le Profeffeur d'être
caufe de l'erreur où feront plufieurs de
fes Lecteurs.

JE viens actuellement, fage & favant
Abukibak, à ce qui regarde les François,
dans le jugement qu'en porte le Profeffeur. Il n'y a ni haine ni paffion ; car il
paroît qu'il les aime autant qu'il hait les
Efpagnols ; mais il y a bien des fautes
d'inattention ou d'ignorance. Il dit d'a-
bord en termes précis que les *François
aiment les Sciences, & qu'ils font au-deffus de
tous les peuples de l'Europe* * par la beauté
du génie.* Quoique François, je trouve
cette loüange trop forte, & je fuis perfuadé, qu'il y a eu, & qu'il y a encore
actuellement en Allemagne, en Angleterre, en Hollande, &c. d'auffi beaux
gé-

---

* *Ad Gallos tranfeo. Hi Litterarum ftudiofi
funt, ingeniique præftantia cæteris Europæ popu-
lis fuperiores. Quemadmodum naturalis eis infita
eft babilitas, ita quoque ftudia Literárum eis fum-
mam famam atque gloriam attulerunt ; tantopere
enim bæc auxerunt, ut nullibi ferbuerint magis quam
in Gallia.* Id. pag. 31.

génies qu'en France. Eft-ce que Locke & Wolf ne valent pas Mallebranche ; Leibnitz & Newton, Gaffendi & Defcartes? Eft-ce que Pope n'eft pas auffi grand Poëte que Defpreaux ? Ce que dit le Profeffeur du goût naturel que les François ont toujours eu pour les Sciences, & du bien qu'a fait à l'avancement de ces mêmes Sciences la protection marquée que leur ont accordée plufieurs Rois de France *, me paroît très jufte & très fenfée. Rien n'eft plus propre à former des Savans dans un Etat, que la gloire & les récompenfes.

Après avoir fi fort loüé les François, le Profeffeur revient tout à coup à fes préjugés, & l'amour de la patrie lui fait avancer une chofe dont bien des gens ne conviendront point, & que je crois très fauffe ; c'eft *qu'il y a beaucoup plus de gens de Lettres en Allemagne* † *qu'en France.* La quan-

---

* *Si quis quærat ex me caufam cur Galli tam ferio fe ftudiis adfrant, non certe poftrema mibi videtur bæc, quod Reges feliciffimi bujus Regni non folum ftudia colant, ftudiofos ament, foveant, provebant, multorumque, qui aliqua componunt, portus, finus, præmium, fed omnium etiam exempla, ipfarumque denique Literarum fint ftudiofiffimi ; quod fane acuit ingenia, & incitat ftudia altiora majori ftudio profequendi.* Id. pag. 31.

† *Tanta tamen copia Litteratorum non abundat Gallia, quanta Germania: inde evenit ut plurimi*

quantité d'Ouvrages qui s'impriment tous les jours à Paris, à Lyon, à Amfterdam, à la Haye, &c. femblent prouver évidemment qu'il doit pour le moins y avoir autant de gens de Lettres en France qu'en Allemagne, quoique ce dernier païs foit infiniment plus étendu & plus vafte.

L E jugement que le Profeffeur porte fur les Théologiens François, n'eft point équitable ; il veut qu'ils ne foient point *profonds dans l'intelligence de l'Ecriture* *. Et d'où font donc fortis tous ces beaux Traités de controverfe qui ont fait l'admiration de tous les Savans ? Si l'on condamne le fentiment des Catholiques, on fera toujours obligé d'admettre Calvin, du Moulin, Daillé, Claude, la Chapelle, comme des génies du premier ordre ; & fi l'on eft Catholique, pourra-t-on s'empêcher d'admirer Arnaud, Boffuet, Nicole, Chefmacher ? Les gens qui loüent le mérite par - tout où il fe rencontre, conviendront également, qu'ils foient Papiftes ou Huguenots, que tous ces Docteurs ont été de grands hommes, & qu'ils ont défendu la caufe qu'ils avoient
em-

---

mi eorum, aut in *Purpuratorum numero adhibean-*tur, aut in *Ampliffimum Ordinem promoveantur.*
Id. pag. 32.

* In divinarum rerum intelligentia non funt ad-modum profundi. Id. ibid.

embraffée, avec toute la force imagina-
ble. Je foupçonnerois, fage & favant A-
bukibak, que l'attachement au Luthé-
ranifme a dicté l'injufte décifion du Profeffeur, qui ne regarde pas les Calvinif-
tes comme plus éclairés que les Catholiques, dans la connoiffance de l'Ecriture; mais il auroit dû refléchir que les
Docteurs de ces Religions penfoient que
ceux de la fienne n'étoient pas auffi clair-
voians qu'il le croioit. Alors il auroit
fait abftraction du fond des dogmes,
aiant confidéré fimplement comment les
Théologiens Réformés & Catholiques
François avoient foutenu leur opinion;
il auroit vû qu'il eft impoffible de porter
plus loin de part & d'autre la force du
raifonnement & la profonde connoiffance de l'antiquité, fi néceffaire à l'explication des Livres Saints.

CE que dit le Profeffeur des hiftoriens * François fait leur éloge. Il convient

* *Hiftoriam, tam* Ecclefiafticam *quam* Poli-
ticam, *fummo excolunt ftudio, etfi illa, tam*
Pontificiis *quam* Proteftantibus, *uno labore detri-
mentum adferant.* Id. ibid. C'eft-là la manière
dont une bonne & véritable hiftoire de ces derniers fiécles infortunés doit être écrite, & c'eft
de la façon que l'eft le divin Ouvrage de Mr.
de Thou, chef-d'œuvre pour l'art, pour le ftyle, pour la vérité, & pour l'inftruction de tous
les honnêtes gens. Eft-ce qu'on devroit écrire
des

vient qu'on a porté en France l'hiftoire
à un très haut point ; mais il fe plaint
que de la manière dont on l'a traitée ,
elle eft auffi contraire aux Proteftans
qu'aux Catholiques. C'eft-là une marque évidente de fon impartialité : fi elle
étoit uniquement favorable aux Catholiques , on auroit déguifé toutes les mauvaifes actions que ceux-ci ont faites
pendant la Ligue , & fi elle étoit entiérement contraire aux Catholiques, il auroit fallu fupprimer bien des actions blâ-
mables , injuftes & cruelles qu'ont com-
mifes les Proteftans. L'ihftoire de ces derniers tems n'eft pas faite pour devenir
le panégyrique de quelques Prêtres & de
quelques Miniftres ; mais pour être le ta-
bleau fidèle des crimes où fe font aban-
donnés également ceux qui fe font laif-
fés conduire à ces Prêtres & à ces Miniftres , dont les difputes pernicieufes ont
fait périr tant de miférables.

Le Profeffeur loüe beaucoup les François du goût qu'ils ont pour l'antiquité,
pour l'architecture , pour la peinture ,
enfin pour tous les beaux Arts. Il convient des progrès qu'ils ont faits dans la
Phy-

des Romans comme le Jéfuite Maimbourg, ou
des Libelles diffamatoires comme les Ouvrages
de tant d'Ecrivains Proteftans, pour entrer dans
le véritable génie de l'hiftoire?

Phyſique expérimentale & dans les Mathématiques ; mais il les taxe * d'aimer
dans la Philoſophie à ſoutenir des paradoxes. Et quels ſont donc les Philoſophes, auxquels on ne puiſſe faire le même reproche ? Toutes les opinions des
plus illuſtres Modernes ne ſont peut-être
que d'ingénieux paradoxes. Fut-il jamais
un homme, qui éprouva plus que Leibnitz, juſqu'où peut aller la licence du
paradoxe.

DE tous les jugemens du Profeſſeur,
le moins vrai c'eſt celui qu'il porte ſur
les Poëtes François & ſur les Auteurs des
Romans; voici purement & ſimplement
ce qu'il dit : *Ils ſont obſcènes* †. Un
hom-

* *Antiquitatum architecturæ, picturæ, aliarumque
artium, pariter ac Linguæ quæ elegantiſſima, le-
niſſima, omnium denique Scientiarum ac Doctrina-
rum capaces ſunt, & multas Societates erigere ſtu-
dent : In Philoſophia paradoxis, in Matheſi &
Phyſica curioſis rebus operam dant.* Id. ibid.

† *In Poëſi & fabulis romanis ſunt obſcæni.* Id.
ibid.

C'eſt ne connoître les Poëtes François que
par quelques mauvaiſes piéces fugitives, deſa-
voüées même par les Auteurs qui les ont faites,
que de juger de même des Poëtes François. Ne
diroit-on pas, à entendre la déciſion du Profeſſeur, que tous ces Poëtes ſont des Petrones,
dont on ne ſauroit lire les Ouvrages ſans rougir?
C'eſt bien là l'idée la plus fauſſe qu'on puiſſe
donner de la Poéſie Françoiſe.

homme qui ne connoît les Poëtes François que par cette décifion, auffi fauffe
que courte, n'eft-il pas bien inftruit ? Il
faut que ce Critique n'ait pas la moindre connoiffance de la Poéfie Françoife.
C'eft ici où l'on peut bien remarquer en
paffant, une faute d'ignorance, qui eft
auffi pernicieufe aux Lecteurs, que celles qu'on commet par la mauvaife foi.
Corneille, Racine, Boileau, Crebillon,
Capiftron, Quinaut, Voltaire, Fontenelle, Molière, Renard, Malherbe, Ra-
can, Boifrobert, font-ils des Poëtes obfcènes & orduriers ? Trouvera-t'on aucune piéce dans tous ces Poëtes qu'une
Dame ne puiffe lire, fi l'on excepte quelques vers de Molière, que le dévot le
plus févère ne puiffe avoir dans fa Bibliothéque ? Mais, dira-t-on, Rouffeau & la
Fontaine, qui font de bons Poëtes, ont
fait plufieurs piéces obfcènes. J'en conviens, & ce font les deux feuls bons
Poëtes qui foient tombés dans ce défaut.
Il ne refte plus qu'à favoir fi deux Auteurs doivent l'emporter fur cinquante ;
car à tous ceux que j'ai cités, je pourrois
encore en joindre plufieurs autres qui font
eftimés, & dont les Ouvrages n'ont rien
d'obfcène, Madame des Houlières, la
Comteffe de la Suze, Peliffon, Pavillon,
la Monnoie, la Foffe, l'Abbé de Chau-
lieu, &c.

QUANT aux Auteurs de Romans, ce

font les mauvais Auteurs qui ont écrit des ordures. Mais le *Polexandre* de Comberville, *l'Astrée* de Mr. Durfé, la *Cléopatre*, la *Caffandre*, le *Pharamond* de la Calprenede, la *Clélie* de Made. de Scudery, le *Cyrus* de fon frere, la *Zaïre* de Segrais, le *Païfan parvenu* de Marivaux, les *Exilés* de Madame de Villedieu, le *Roman Comique* de Scaron, le *Clevelande* de Prévôt d'Exiles n'ont rien qui foit obfcène, & qui ne puiffe être lû par toutes les femmes du monde, pour qui ces fortes de Livres font faits. Il faut que le Profeffeur ne connoiffe guères mieux les Poefies & les Romans imprimés en France, qu'on connoît à Paris les Ouvrages des Profeffeurs en Théologie de l'Univerfité de Tubinge. Qu'eft-ce qu'il penferoit, fi quelque matin il voioit dans un Livre que tous les Profeffeurs de cette Univerfité font des gens qui n'ont pas le fens commun? Il trouveroit fans doute que cette décifion feroit ridicule, & qu'elle partiroit d'une grande ignorance du caractère des gens dont on auroit porté un pareil jugement; il diroit qu'on ne doit pas juger de ces Théologiens par quelques Ecrits qu'on peut avoir vûs de leur confrere Monfieur * Weifman. Il en eft de
même

* Voiez ci-deffous le portrait de ce Weifman dans la Lettre qui lui eft adreffée.

même des Poëtes François , il est absurde d'assûrer qu'ils sont tous obscènes,
parce que deux ou trois ont été pour les
obscénités , ce que Weisman est pour l'i-
gnorance.

Le Professeur finit le portrait des Savans François par plusieurs traits , aussi
faux qu'injurieux ; il les accuse * *d'a-*
voir un orgueil insupportable , de mépriser les
Auteurs de toutes les autres Nations , & sur-
tout les Allemands. Je ne nierai pas, sage
& savant Abukibak, qu'il n'y ait eu plusieurs Ecrivains en France qui ont montré dans leurs Ouvrages avoir une grande opinion de leur mérite ; les Poëtes
sur-tout sont tombés dans ce défaut. Mais
ne peut-on pas dire, pour les excuser,
qu'ils ont joüi de tout tems , comme
enfans d'Apollon , du droit de se
loüer eux-mêmes ? Horace , † Virgile ,

---

* *In omnibus ipsorum Scriptis apparet superbia,*
qua incitati omnes contemnunt, præsertim Germa-
nos, quos tamen plerumque satis audacter exscri-
bunt. Id. ibid.

† *Exegi monumentum ære perennius ,*
  Regalique situ pyramidum altius ,
  Quod nec imber edax , aut aquilo impotens
  Possit diruere , aut innumerabilis
  Annorum series , & fuga temporum.
  Non omnis moriar : multaque pars mei
  Vitabit libitinam. Usque ego postera
  Crescam laude recens , dum Capitolium

le, * Lucrece, †. Ovide, §. ne fe font-
ils pas donné de grands éloges ? Il ne
faut

Scandet cum tacita Virgine Pontifex.
Dicar, qua violens obſtrepit Auſidus
Et qua pauper aquæ Daunus agreſtium
Regnavit populorum, ex humili potens
Princeps Aeolium carmen ad Italos
Deduxiſſe modos. Sume ſuperbiam
Quæſitam meritis, & mihi Delphica
Lauro cinge volens Melpomene comam.
　　　Horat. Odar. Lib. III. Ode XXX.

* O! mihi tam longæ maneat pars ultima vitæ
Spiritus, & quantum ſat erit tua dicere facta.
Non me carminibus vincet, nec Thracius Or-
　. pheus,
Nec Linus: huic mater quamvis, atque huic
　pater adſit:
Orpheo Calliopea, Lino formoſus Apollo.
Pan Deus Arcadia mecum ſi judice certet,
Pan etiam Arcadia dicat ſe judice victum.
　　　Virgil. Bucol. Egl. IV.

† A via pieridum peragro loca, nullius ante
Trita ſolo, juvat integros accedere fontes
Atque haurire, juvatque novos decerpere flores
Inſignemque meo capiti petere inde coronam,
Unde prius nulli velarint tempora Muſæ.
Primum quod magnis doceo de rebus & arctis,
Religionum animum nodis exſolvere pergo;
Deinde quod obſcura de re tam lucida pango
Carmina, muſeo contingens cuncta lepore.
Id quoque enim non ab nulla ratione videtur.
Nam veluti pueris abſinthia tetra medentes
Cum dare conantur, prius oras pocula circum
　　　　　　　　　　　　　　　Con-

faut donc point juger de l'orgueil des
Auteurs François par les faillies & les
en-

Contingunt mellis dulci flavoque liquore
Ut puerorum ætas improvida ludificetur
Labrorum tenus, interea perpotet amarum
Abfinthi laticem, deceptaque non capiatur.
Sed potius tali fatto recreata valefcat :
Sic ego nunc, quoniam hæc ratio plerumque vide-
    tur
Trifior effe, quibus non eft trattata, retroque
Volgus abborret ab hac ; volui tibi fuave loquenti
Carmine pierio rationem exponere noftram,
Et quafi mufeo dulci contingere melle :
Si tibi forte animum tali ratione tenere.
Verfibus in noftris poffem, dum perfpicis om-
nem
Naturam rerum, ac præfentis utilitatem.
    T. Lucret. Car. de Rer. Nat. *Lib. IV.*

§ *Jamque opus exegi, quod nec Jovis ira, nec*
    ignes,
Nec poterit ferrum, nec edax abolere vetuftas.
Cum volet illa dies, quæ nil nifi corporis hu-
    jus
Jus habet, incerti fpatium mihi finiat ævi :
Parte tamen meliore fuper alta perennis
Aftra ferar : nomenque erit indelebile noftrum.
Quaque patet domitis Romana potentia terris
Ore legar populi : perque omni fecula fama
(Si quid habent veri Vatum præfagia) vivam.
    Ovid. Metamorph. *Lib. XV. fub. fin.*

 Voilà dans ces quatre paffages un nombre de
loüanges qui valent bien toutes celles que fe font
données les Poëtes François. Je pourrois, fi

enthoufiafmes des Poëtes ; mais par ce
qu'on trouve dans les autres Ecrivains.
Eft - ce que Mr. de Thou , Mr. Bayle ,
Mr. de Fontenelle, Mr. Dacier, Mr. Me-
nage , &c. ont refufé aux illuftres Allemands les éloges qu'ils méritoient ? Eft-
ce qu'ils ont voulu par une vanité ridicule établir leur réputation fur celle des
Savans étrangers ? Mais, dira-t-on, fi les
Auteurs que vous citez , n'ont pas donné dans ce défaut , d'autres y font tombés.

je voulois , montrer ici que les Grecs ne fe
font pas moins loüés que les Latins ; mais il fuffit que j'aie prouvé par l'exemple de quatre des
plus illuftres Auteurs anciens que de tout tems
les Poëtes ont été en droit de faire leur éloge.
L'amour qu'ils ont pour la gloire, & le defir d'aller à l'immortalité les font parler dans le goût
prophétique , & dans leur enthoufiafme ils font
eux-mêmes leurs panégyriftes. Ceux qui paroiffent les plus modeftes dans les endroits où ils
femblent fe défier de leurs forces, montrent
cependant à découvert l'envie qu'ils ont d'éter-
nifer leur nom. Stace, en élevant l'Enéïde infiniment au - deffus de fa Thébaïde , fouhaite
pourtant qu'elle aille à l'immortalité. Il lui a-
dreffe la parole dans ces termes,

Vive precor : nec tu divinum Æneida tenta
Sed longe fequere , & veftigia femper adora.

On voit dans ce *Vive precor*, toute la tendreffe des Poëtes pour leurs Ouvrages.

bés. Hé! qui font donc ces autres? Apparemment quelques Ecrivains, auffi méprifés en France des gens de goût & de bon fens, qu'ils le font dans les païs étrangers. Quoi! parce qu'un vifionnaire, tel que le Jéfuite Bouhours, dont toute la Science confiftoit à connoître le rapport & l'arrangement de certains mots, aura foutenu que les Allemands ne pouvoient avoir de l'efprit, faudra-t-il taxer tous les Auteurs François d'être orgueilleux, de méprifer les étrangers, & fur-tout les Allemands? C'eft une plaifante façon de juger du caractère des Auteurs d'une Nation, que d'en juger par ce qu'aura dit ou écrit un fou. Quel eft l'homme qui ait été plus loüé par les François que Leibnitz *. Quel eft l'homme qui le foit plus aujourd'hui que Wolf †? Eft-ce que ces deux grands hommes font Turcs ou Mofcovites? Je pourrois citer encore ici trente Ecrivains Allemands qui ont été plus loüés par les François qu'ils ne l'ont été par leurs compatriotes. Il eft vrai qu'en France on ne fait pas grand cas de cette foule de mauvaifes brochures, dont tant de Profeffeurs & de Théologiens inondent l'Allemagne;

* Voi. *l'Eloge de Leibnitz, par Mr. de Fontenelle, dans les Eloges des Académiciens de l'Académie des Sciences.*

† *L'Epître de Voltaire au Roi de Pruffe.*

magne; mais ce n'eſt point par orgueil qu'on mépriſe ces Ecrits, c'eſt par bons ſens & par ſageſſe. On ne fait pas plus de cas de ceux qui ſont écrits dans le même goût par des François.

VOICI quelque choſe de moins juſte que tout ce que j'ai critiqué juſqu'à préſent. Après que le Profeſſeur a reproché aux Auteurs François d'être orgueilleux & médiſans, tout à coup il oublie ce qu'il vient de dire ; & voulant faire leur portrait en raccourci, il aſſûre qu'on doit plûtôt les regarder * comme des panégyriſtes que comme des cenſeurs. Hé quoi ! ces mêmes gens, ſi portés à la médiſance, deviennent tout à coup des faiſeurs perpétuels d'éloges ! Par quel enchantement s'opére donc cette ſubite métamorphoſe ? Il faut avoüer qu'il eſt impoſſible de pouvoir concilier les différens ſentimens du Profeſſeur, & je croirois qu'il n'a guères entendu lui-même ce qu'il diſoit dans cette occaſion. Il eſt tems de finir ma Lettre, ſage & ſavant Abukibak.

JE te ſalue.

---

* _Scriptores Gallici_ panegyriſtæ _potius, quam_ cenſores _ſunt nominandi._ Jo. Juſti von Einem Coettingenſis _Commentariolus Hiſtorico-Literarius, &c. pag._ 32.

✳✳✳✳✳✳✳✳✳✳✳✳✳✳✳✳✳✳✳✳✳✳✳✳✳✳

LETTRE CENT SOIXANTE-TROISIEME.

Ben Kiber, *au sage* Abukibak.

DEPUIS plusieurs années , sage &
savant Abukibak, si j'avois une santé un peu moins foible, je me croirois
le plus heureux des hommes. L'étude de
la Philosophie & l'amour des Belles-Lettres me semblent des biens plus précieux , que les trésors les plus considéra-
bles & que les dignités les plus éminen-
tes. Dans le fond d'une solitude qui me
paroît charmante , je goûte des plaisirs
qui ont pour moi plus d'attraits que les
couronnes n'en ont pour les Princes ambitieux. Ouï, sage & savant Abukibak,
je ne troquerois point mon sort contre
celui d'un grand Monarque , & je suis
fermement persuadé qu'un véritable Philosophe doit être convaincu * que *c'est
le propre & l'essence d'une grande ame, de mépriser ce qu'il y a de grand dans le Monde, &
d'aimer mieux la médiocrité que l'excès.* C'est
cet-

---

* *Magni animi est magna contemnere, ac me-
diocria malle quam nimia.* Senec. Epist. *XXXIX.*

V 5

cette heureuse médiocreté qui seule peut rendre les hommes heureux : la grandeur est toujours accompagnée de mille soins, & presque toujours de l'ambition ; elle est par conséquent incompatible avec la véritable tranquillité. D'ailleurs, quels biens peut-elle donner, qu'on ne trouve dans la médiocreté ? Aucun, & tout homme qui sait se borner à une fortune médiocre, est le seul homme véritablement riche. Un ancien Philosophe a dit avec raison, * *Si l'on régle ses besoins sur la Nature, on ne sera jamais pauvre, si on les régle sur l'opinion, on ne sera jamais riche.* Quels sont donc les avantages qui doivent nous faire souhaiter l'état des Souverains, si au milieu de leurs trésors ils ne sont ni plus riches, ni plus contens qu'un Philosophe qui joüit d'un bien honnête, & qui suffit pour fournir à ses besoins. Les Rois & les Princes seroient-ils moins sujets que les autres hommes, à des chagrins domestiques ? Auroient-ils le privilège dans leur palais d'être à l'abri des soucis ? Point du tout, les lambris dorés, les tableaux de Raphaël & de Michel Ange, les tapisseries des Gobelins ne charment ni la douleur, ni la tristesse. Les Souverains dans le sanctuaire des Tem-

---

* *Si ad naturam vives, nunquam eris pauper ; si ad opinionem, nunquam dives.* Senec. Epist. *XVI.*

Temples qu'ils se bâtissent, sont acca-
blés, comme les plus simples mortels,
des infirmités du corps & de celles de
l'esprit. L'inimitable Montagne a bien
dépeint les infortunes des Grands, &
montré que le Trône ne peut défendre
un Roi contre les loix de la Nature. *La
fiévre, dit-il, * la migraine & la goute
l'épargnent-elles? non plus que nous. Quand
la vieillesse lui serrera les épaules, les archers
de sa garde l'en déchargeront-ils ? Quand la
fraïeur de la mort le transira, se rassûrera-t-il
par l'assistance des Gentils-hommes de sa chambre ? Quand il sera en jalousie & caprice,
nos bonetates le remettront-elles ? Le ciel de
lit, tout enflé d'or & de perles, n'a aucune
vertu pour appaiser la colique & les tranchées.
A la moindre étreinte que lui donne la goute,
il a beau être Sire & Majesté, perd-t-il pas le
souvenir de ses palais & de ses grandeurs ?
S'il est en colère, sa principauté l'empéche-t-elle
de rougir, de pâlir, de grincer les dents comme un fou ? La moindre piqûre d'épingle &
la plus petite passion de l'ame est capable de
nous ôter le plaisir de la Monarchie du Monde.*

De tout tems les véritables Philosophes ont pensé, ainsi que Montagne, sur
l'état des Rois & des Grands, & n'ont
regar-

* *Essais* de Michel de Montagne, *Liv. II.*
pag. 109.

regardé comme véritablement heureux,
que les fages mortels qui favoient méprifer toutes les richeffes fuperflues , &
qui dans une honnète médiocreté cherchoient à cultiver leur efprit & à former
leur cœur. *Il n'eft rien de fi doux* *, dit
Lu-

* *Sed nil dulcius eft , bene quam munita tenere*
Edita doctrina fapientium templa ferena:
Defpicere unde queas alios , paffimque videre
Errare , atque viam palantis quærere vitæ,
Certare ingenio , contendere nobilitate ,
Noctes atque dies niti præftante labore
Ad fummas , emergere opes , rerumque potiri.
O miferas hominum mentes , o pectora cæca:
Qualibus in tenebris vitæ , quantifque periclis
Degitur hoc ævi , quodcumque eft! nonne vi-
    dere
Nil aliud fibi naturam latrare , nifi ut qui
Corpore fejunctus dolor abfit , mente fruatur
Jucundo fenfu , cura femotus , metuque?
Ergo corpoream ad naturam pauca videmus
Effe opus omnino , quæ demant cumque dolo-
    rem.
Delicias quoque uti nullas fubfternere poffint;
Gratius interdum neque natura ipfa requirit.
Si non aurea funt juvenum fimulacra per ædes
Lampadas igniferas manibus retinentia dextris,
Lumina nocturnis epulis ut fupeditentur;
Nec domus argento , fulget , auroque renitet ;
Nec citharis reboant laqueata aurataque tem-
    pla?
Quin tamen inter fe proftrati in gramine molli
Propter aquæ rivum , fub ramis arboris altæ
Non magnis opibus jucunde corpora curant,

Præ-

LUCRECE , *que d'être reçu dans les Temples*
*des Sages, dont la doctrine rend tranquille & *
heureux. C'est du haut de ces Temples qu'on
apperçoit les infortunés mortels tomber d'une
erreur dans une autre , vivre dans un déré-
glement continuel , & disputer entre eux des
avantages de l'esprit & de la Noblesse. Ils
passent leur vie dans l'esclavage pour conten-
ter leur avarice & leur ambition. Hommes
insensés ! pourquoi perdez-vous le peu de jours
qui vous est accordé , dans les périls & dans
les ténèbres ? Est-il possible que vous ne sentiez
pas que la Nature ne demande que la santé du
corps & la tranquillité de l'esprit , qu'on ne peut
*acquerir qu'en éloignant la tristesse, les soins & *
la crainte. Il ne faut presque rien à cette nature
pour la garantir de la douleur, elle ne deman-
de point de ces plaisirs recherchés & difficiles
à gouter, elle se passe aisément des statues d'or,
destinées à soutenir des flambeaux qui éclairent
pendant les repas qu'on pousse bien avant dans
la nuit, elle n'exige pas que les maisons bril-
lent

Præsertim cum tempestas arridit , & anni
Tempora conspergunt viridantis floribus herbas
Nec calidæ citius decedunt corpore febres ,
Textilibus si in picturis, ostroque rubenti
Jacteris, quam si plebeia in veste cubandum est.
Quaproter quoniam nihil nostro in corpore gazæ
Proficiunt, neque nobilitas, neque gloria regni ,
Quod superest animo quoque nil prodesse putandum.
Lucret. de Rer. Nat. Lib. II.

lent par une grande quantité d'or & d'argent, elle ne demande pas que les voutes d'un salon superbe retentissent du son des instrumens. Tant de grandeurs ne sont point nécessaires au véritable bonheur de l'homme ; il peut , assis sur l'herbe , auprès d'un ruisseau , sous un feuillage verd gouter tous les plaisirs de la vie. Les maladies, les fiévres aigües attaquent un Grand dans un lit de pourpre, & ne le respectent pas davantage qu'un misérable païsan , couché sur un chalit. Les richesses ne font point la santé du corps , ni la Noblesse des ancêtres & l'éclat du trône la félicité ; tout ce qui est superflu , est inutile à l'esprit.

Si les Rois, sage & savant Abukibak, font exposés aux mêmes incommodités que les plus pauvres de leurs sujets ils meurent aussi tout comme eux *, & leur rang ne les exempte point des loix de la Parque. Qu'ont-ils donc qui puisse faire envier leur fort? Je n'y trouve rien au contraire qui ne doive le faire mépriser à un Philosophe. Ils ont toutes les incommodités qu'ont les autres hommes , & n'en ont pas les avantages. Un Roi est-il le maître de se livrer à tout ce qui peut flatter uniquement l'esprit, & l'affranchir des soins & des soucis? Ne faut-il pas

---

* Pallida mors æquo pulsat pede pauperum tabernas
Regumque turreis. O beate ferti !
Horat. Odar. Lib. I. Od. IV.

pas au contraire qu'il foit occupé fans
ceffe du gouvernement de fon Etat ? Si
ce n'eft pas par l'amour qu'il porte à fon
peuple , c'eft pour fes propres intérêts ,
& par la crainte qu'on ne lui raviffe une
partie de ce qu'il poffède. Ainfi , fi un
Roi eft vertueux , il eft accablé de foins
par la tendreffe qu'il a pour fes fujets :
il a à la fois tous ceux qu'ont en détail
tous les peres de famille de fon Roïaume ; & s'il eft criminel, emporté, violent , fanguinaire , il craint également
ceux qu'il commande, & ceux qui ne lui
font point foumis. C'eft-là de tous les
états le plus trifte, fur-tout fi on le compare à celui d'un Philofophe , dont tous
les jours font également fereins, qui n'eft
occupé que de ce qui peut plaire à l'efprit, & conferver à l'ame cette tranquillité qui feule fait fon véritable bonheur.
Pour connoître combien les richeffes &
les grandeurs font inutiles au bonheur
des humains , il ne faut pas être Philofophe, il eft feulement néceffaire de raifonner , & de refléchir fur la fin & l'u-
fage de ces richeffes & de ces grandeurs.
Un ancien Poëte, plus fenfuel que Philofophe, & plus fpirituel que favant, fe
moque de ces tréfors & de ces honneurs,
dont l'acquifition coute tant aux hommes, & leur fert fi peu.

Si l'on pouvoit au prix de l'or,
Allonger le cours de fa vie,

Je

Je ferois ma plus forte envie
D'amasser un ample trésor,
Afin que quand la mort avare
Viendroit sur moi mettre la main,
Un riche don la pût soudain
Renvoier aux bords du Tenare.
Mais si par l'or on ne peut pas
Renoüer sa trame fragile,
Pourquoi cette crainte inutile,
Pourquoi ces soins, ces embarras,
Qui précipitent notre terme ?
Chers Amis, d'un esprit plus ferme
Je veux attendre mon destin,
Boire avec vous, rire sans cesse,
Et ne quitter jamais le vin
Que pour caresser ma Maitresse. *

Si

* Cette traduction en vers est de Mr. de la Fosse, voici l'Ode originale.

* Οὔπλωτος εἴγε χρυσοῦ
Τὸ ζῆν παρῆγε θνητοῖς,
Εκαρτερην φυλάττων,
Ιν ἀν θανεῖν ἐπέλθη
Λάβη τι· κỳ παρέλθη.
Ει δ' οὐδὲ το πρίασθαι
Τὸ ζῆν ἔνεσι θνητοῖς,
Τί κỳ μάτην στενάζω,
Τί κỳ γόυς προτέμπω;
Θανεῖν γδ ει πέπρωται,
Τί χρυσος ἀφελεῖ με;
Εμοὶ γένοιτο πίνειν
Πιοντι δ' οἶνον ἡδὺν,
Εμοῖς φιλοις συνεῖναι,
Εν δ' ἀπαλαισι κοίταις
Τελῶν τὰν Αφροδίταν. *Anacr. Ode XXIV.*

Si le fort d'un Philofophe eft préfera-
ble a celui d'un Souverain, & fi les biens
& les grandeurs dont joüit ce dernier,
ne fauroient procurer le bonheur & la
tranquillité que donne abondamment l'é-
tude de la fageffe, combien ce même
Philofophe doit-il·s'eftimer plus heureux qu'un courtifan, infortuné joüet
des caprices de fon Prince & des révolutions de la fortune, efclave des paffions
de celui à qui il veut plaire, qui n'agit
que par les impulfions qu'il reçoit d'une
caufe étrangère, femblable à une marion-
nette qui doit à des refforts fes moindres
mouvemens. Lorfqu'un homme, accoutumé à penfer, confidére la trifte fituation des courtifans, il eft étonné, autant
qu'on puiffe l'être, qu'il fe trouve des
créatures doüées de raifon, qui veuil-
lent bien fe dépouiller entiérement de
cette raifon pour fatisfaire une ambition
ridicule, & pour courir après une chi-
mère ; car enfin, fage & favant Abukibak,
il eft certain que les courtifans non feulement font obligéf de ne pas blâmer le
mal ; mais ils font forcés de loüer le vice.
Or, n'eft-ce pas renoncer à l'ufage de la
raifon que de s'impofer une pareille contrainte ? Et qu'on ne dife point qu'il eft
permis aux courtifans de garder le filence dans certaines occafions, & de
fe difpenfer d'approuver ce qui eft
blâmable. *Ne pas loüer un mauvais Prin-*

ce , * *c'eſt l'accuſer de tyrannie* ; ainſi les gens, attaches à la Cour d'un Prince vicieux, ſont obligés de faire l'éloge de ſes vices. Quel emploi pour un homme qui conſerve encore quelque pudeur !

L E s loüanges coutent ſi peu à ceux qui veulent acquerir les bonnes graces des Souverains , qu'il n'eſt aucune exagération qui leur paroiſſe trop forte ; en ſorte que lors même qu'ils loüent des Princes bons , juſtes & équitables, à force d'outrer les choſes , ils rendent ridicules leurs loüanges. Quel eſt, je ne dis pas le Philoſophe , mais l'honnête homme, qui ne ſoit indigné, en liſant les ſottiſes qu'ont débitées pluſieurs flatteurs ſur un tremblement de terre qui arriva peu de tems avant la naiſſance de Louïs XIII.? Juglaris a eu l'effronterie de dire † *que Louïs le Juſte étant conçu, le monde qui ſe ſentoit coupable, devoit trembler , ſi ce n'eſt que ce tremblement ne vint de la réverence qu'avoit l'Europe pour Louïs XIII. C'étoit peu que de le craindre lorſqu'il*

eut

---

* *Tyrannum non prædicaſſe, tyrannidis accuſatio vocabatur.* Pacat. in panag. Theodos.

† *Juſto Rege concepto, quidni contremiſceret ſibi tam male conſcius mundus ? Hinc tamen Europæ malim in Ludovicum reverentiam diſcas. Parum fuit ab armato metuere, etiam a nondum genito trepidavit.* Elog. Ludov. XIII.

eut les armes à la main, il la fit trembler a-
vant que de naître. Quel eſt l'Héraclite aſſez triſte pour ne point éclater de rire ,
en voiant un homme aſſez impudent pour
dire à un autre que lors de ſa naiſſance la
terre avoit tremblé , ou par *crainte* , ou
par *reſpect* ? Cependant ce même éloge ,
tout ridicule qu'il eſt , a été paraphraſé &
allongé par un autre flatteur. *La terre*
tremble, dit-il , *. Ne témoigne-t-elle pas*
ſon reſpect ? Ne déclare-t-elle pas ſa peur ?
Le jeune Prince a dès le berceau aſſez de
majeſté pour ſe faire adorer , aſſez de for-
ce pour ſe faire craindre. La terre branle ;
elle ſecoüe ſes tyrans , qu'elle ne peut plus ſou-
tenir à la venue du Juſte qui ſe préſente pour les
punir , qui ſe montre pour les exterminer ; ſon
ſeul regard en fait le ſupplice. Que diroit-
on de plus, ſi l'on parloit des prodiges
arrivés à la naiſſance du Fils de Dieu ?
N'eſt-ce pas abuſer du droit de loüer ,
que de faire ſervir à la gloire d'une ſimple créature † ce qui doit être réſervé
au Créateur ? Car les Rois , malgré leur
puiſſance , ne ſont que des vers de terre ,
eu égard au ſouverain Maître de l'Univers , & c'eſt un crime irrémiſſible que
d'ô-

* Ceriziers, *Réflexions Politiques,* pag. 111.
† C'eſt dans cette occaſion que l'on peut dire avec raiſon , *Non miſcenda ſunt ſacra pro-*
fanis.

d'ôfer les comparer avec lui ; c'eft mettre en parallèle le néant avec l'Etre le plus parfait.

LE défaut de donner des loüanges déplacées eft fi contagieux à la Cour, que les Philofophes & les gens les plus fpirituels ne peuvent s'en garantir lorfqu'ils font obligés d'être au nombre des courtifans. Mon Dieu ! que Ciceron me paroît méprifable quand je le vois élever Jules Céfar au-deffus de Pompée, & flatter un ufurpateur qu'il haïffoit ! N'eût-il pas mieux fait de fe dépouiller entiérement de tous les emplois qui l'attachoient encore à la République ? Il eût fauvé le Philofophe du deshonneur qu'il acquit comme courtifan. Qui pourroit lui pardonner ce langage ? * *Nous comptons avec admiration les guerres, les victoires, les triomphes, les Confulats de Pompée; mais nous ne faurions compter les vôtres. Il avoit autant furpaffé nos ancêtres par la gloire qu'il s'étoit acquife, que vous l'avez emporté fur lui & fur tous les autres.* Ovide me paroît moins méprifable que Ciceron; mais auffi foible, lorfqu'il adreffe tant de pri-

---

* *Eneii Pompeii bella, victorias, triumphos, Confulatus admirantes numerabamus; tuos enumerare non poffumus. Tanto ille Superiores vicerat gloria, quanto tu omnibus præftitifti.* Cicer. Orat. pro Reg. &c.

prières & tant de vœux * à Augufte
pour obtenir fon rappel. Il auroit dû foutenir fon exil avec plus de fermeté. S'il
étoit privé de fa patrie , fon efprit lui
reftoit ; il devoit s'en fervir. Il me femble
auffi fenfé lorfqu'il dit † qu'il *en joüit
mal-*

* *Spes magna fubit, cum te mitiffime Princeps*
Spes mibi, refpicio cum mea fata, cadit.
Ac veluti ventis agitantibus æquora non eft
Æqualis rabies, continuufque furor ;
Sed modo fubfidunt, intermiffique filefcunt,
Vimque putes illos depofuiffe fuam.
Sic abeunt redeuntque mei, variantque timores,
Et fpem placandi dantque negantque tui.
Per Superos igitur, qui dent tibi longa da-
buntque
Tempora, Romanum fi modo nomen amant.
Per patriam, quæ te tuta & fecura parente eft,
Cujus, ut in populo, pars ego nuper eram ;
Sic tibi, quem femper factis animoque mereris
Reddatur gratiæ debitus urbis amor.
Ovid. Trift. Lib. II.

† *En ego, cum patria caream ; vobifque, domo-*
que ;
Raptaque fint, adimi quæ potuere, mibi.
Ingenio tamen ipfe meo comitorque fruorque ;
Cæfar in boc potuit juris babere nibil.
Quilibet banc fævo vitam mibi finiat enfe,
Me tamen exftincto fama fuperftes erit.
Dumque fuis victrix omnem de montibus orbem
Profpiciet domitum, Martia Roma, legar.
Ovid. Trift. Lib. III. Eleg. VII.

X 3

malgré son bannissement, qu'Auguste ne pou-
voit avoir nul droit là-dessus, qu'il est petit
& méprisable lorsqu'il donne à son persé-
cuteur les loüanges les plus fortes, & souvent les plus fausses pour fléchir sa colère.

UN Auteur moderne me paroît encore
plus rampant & plus lâche qu'Ovide ;
c'est le Comte de Bussy Rabutin. Cet
homme avoit en même tems une vanité
ridicule & insupportable, & une foiblesse, ou pour mieux dire, une bassesse d'a-
me inconcevable. Il avoit été exilé par
Louïs XIV. & il écrivoit à ce Roi, *J'ai*
de la naissance & de l'esprit, Sire, aussi bien
que Mr. de Comines, pour faire estimer ce que
j'écrirai, & j'ai plus de service que lui ; ce qui
donnera plus de poids à des Mémoires qui trai-
tent des actions d'un grand Capitaine, aussi
bien que d'un grand Roi. Dans une autre
Lettre il écrit les mêmes impertinences.
Si Votre Majesté vouloit prendre la peine de
songer un moment que dans un Regne, plein
de guerre, de justice, & de politesse, un hom-
me qui a de la naissance, de l'esprit & du
courage, qui a de longs services à la guerre
dans de grands emplois, & des services consi-
dérables dans des tems fâcheux ; que cet hom-
me-là, dis-je, passe le reste de sa vie en dis-
grace, je ne puis m'empêcher de croire que
vous lui pardonneriez. Qui croiroit que
cet homme qui a de la naissance, de l'esprit, du courage, qui repete si souvent
ses qualités au Roi, qui se vante lui-même avec tant d'excès, parle ensuite dans
d'au-

d'autres Lettres fur le ton d'un pauvre mendiant, & demande l'aumône au nom de Dieu ? *Je ne vous parle plus, Sire,* dit-il, *de mes fervices ; ils ne méritent rien. Je ne vous préfente que ma mifère qui mérite votre pitié. Au nom de Dieu, Sire, affiftez-moi. A qui m'adrefferai-je qu'à Dieu pour vous toucher le cœur, & à vous, pour me fecourir ?* Il faut convenir que ce langage eft bien oppofé à celui d'un véritable Philofophe, qui fait fe roidir contre tous les évenemens, * qui fe met au-deffus des coups & des revers de la fortune, qui conferve une fermeté à toute epreuve dans quelque fituation qu'il fe trouve, & qui au milieu des perils les plus grands conferve toujours fa raifon.

IL n'y a rien de plus bas que les plaintes que font les courtifans difgraciés ; on diroit, à les oüir, qu'ils font condamnes au fupplice le plus rigoureux & le plus cruel, parce qu'ils font exilés de la Cour.

---

* *Juftum & tenacem propofiti virum,*
Non civium ardor prava jubentium,
Non vultus inftantis tyranni
Mente quatit folida ; neque aufter
Dux inquietus turbidus Adriæ,
Nec fulminantis magna Jovis manus.
Si fraftus illabatur orbis,
Impavidum ferient ruinæ. Horat. Odar. Lib. III. Ode 3.

Cour. S'ils penfoient fenfement, ils fe féliciteroient de ce qu'ils font dans un état où ils peuvent vivre, agir & penfer comme un galant homme, ne plus mentir, ne plus loüer le crime, ne plus facrifier enfin toutes les vertus à l'ambition. Cependant, loin de gouter leur nouvel etat, ils regrettent toujours celui qu'ils ont quitté, & même lorfqu'ils difent qu'ils ont oublié la Cour, on voit que dans leurs difcours il n'eft rien de reel. Au milieu de leurs prétendues confolations, on démêle aifement les chagrins dont ils font dévorés. Je ne trouve rien de fi plaifant, & en même tems de fi ridicule que la manière dont le Comte de Buffy Rabutin croioit devoir fe confoler. Il avoit la fatuité de croire que le Ciel avoit permis tout exprès que le Roi d'Angleterre fût détrôné, pour que lui Buffy Rabutin trouvât fes difgraces plus legères, en les comparant à celles de ce Prince malheureux. *Dieu*, dit-il, *en me donnant la force de foutenir mes malheurs, me met dans l'efprit un fond inépuifable de penfées pour en parler, & de réfignation pour les fouffrir fans murmure; & de peur même que mes tours & mes confolations ne s'ufent à la fin, il détrône un Roi à point nommé pour me faire prendre patience. Il me perfuade même que le grand Prince qui le protege, qui eft fi heureux & fi digne de l'étre, n'a pas fixé la fortune en dormant, &*

qu&

que peur conduire & foutenir fes profpérités, il
fe donne moins de repos que ma mifère ne m'en
laiſſe. Tout ce difcours n'eft qu'un mê-
lange d'orgueil, de baffeffe, de flatterie
& de fauſſe confolation. Un Philofophe
exilé fe fût bien expliqué autrement.
Peut-être auroit-il remercié le Prince de
fon exil, & de ce qu'il le jugeoit affez honnête homme pour l'éloigner de la Cour.
Je placerai ici à ce fujet le Sonnet d'un
Poëte Philofophe, qui renferme de grands
fentimens & des vérités inftructives.

> *Je me ris des honneurs que tout le mon-*
> *de envie,*
> *Je méprife des Grands le plus charmant*
> *accueil,*
> *J'évite les palais comme on fait un écueil,*
> *Où pour un de fauvé, mille perdent la*
> *vie.*
> *Je fuis la Cour des Grands, autant qu'el-*
> *le eft fuivie ;*
> *Le Louvre me paroît un fuperbe cercueil ;*
> *La pompe qui le fuit, une pompe de deuil,*
> *Où chacun doit pleurer fa liberté ravie.*
> *Loin de ce grand écueil, loin de ce grand*
> *tombeau,*
> *Je renferme en moi-même un empire plus*
> *beau.*
> *Rois, Cours, honneurs, palais, tout eft en*
> *ma puiffance,*
> *Pouvant ce que je veux, voulant ce que*
> *je puis,*

Et

Et vivant fous les loix de mon indépen-
dance.
Enfin les Rois font Rois, je fuis ce que je
fuis.

LE Jéfuite Bouhours a condamné ce
Sonnet. *C'eft du fublime bien outré ,* dit-
il *, *pour les fentimens & pour les pen-*
fées , que le Sonnet de je ne fais quel Philofo-
phe , apparemment Gafcon. Cette décifion eft
digne d'un Jéfuite ambitieux, efclave de
la grandeur. Quels font donc ces fentimens outrés? Eft-celui

D'éviter les palais comme on fait un é-
cueil,
Ou pour un de fauvé mille perdent la vie.

IL n'eft pas befoin d'être Philofophe
pour approuver ce fentiment, il faut être
feulement Chrétien. Qui peut nier que
les palais des Grands font des écueils
dangereux pour la vertu , & que pour
un qui s'y fauve , mille autres s'y perdent ? L'Evangile dit qu'il eft plus difficile
qu'un riche puiffe être fauvé, que de faire paffer un bœuf dans le trou d'une
éguille. La Morale d'un Jéfuite fur ce
point

* *Penfées ingénieufes des Anciens & des Mo-*
dernes, recueillies par le Pere Bouhours *, pag.* 20.
Edit. de Paris M. D. C. XCII.

point n'eft pas d'accord avec celle du
Chriftianifme ; ce n'eft pas dans ce feul
article qu'elles font oppofées l'une à l'autre.

CE que l'Auteur du Sonnet dit

> *Du Louvre qui paroît un fuperbe cer-*
> *cueil ,*
> *Où chacun doit pleurer fa liberté ravie.*

EST vrai au pied de la lettre. Et
qui peut douter que tous les courtifans
ne foient des efclaves , & que la Cour
ne foit le cercueil de la liberté & l'é-
cueil de la vertu de tous ceux qui y font
attachés. Un homme , à qui l'ambition
n'a point ôté entiérement l'ufage de la
raifon , ne doit-il pas gémir lorfqu'il re-
fléchit fur fon état , & qu'il examine la
conduite qu'il eft obligé de tenir pour
conferver les dangereux honneurs dont
il joüit , ou pour acquerir ceux qu'il
fouhaite d'obtenir.

LES vers fuivans me paroiffent encore
très fenfés.

> *Loin de ce grand écueil , loin de ce grand*
> *tombeau ,*
> *Je renferme en moi même un empire plus*
> *beau.*
> *Rois, Cours, honneurs, palais, tout eft*
> *en ma puiffance.*

QUI doute qu'un homme , véritablement

ment fage & vertueux, ne trouve dans lui-même & dans la fatisfaction que donne la probité, des plaifirs plus doux & des fatisfactions plus pures que celles qui fuivent les Couronnes ? Ce n'eft pas d'aujourd'hui qu'on a dit qu'un Philofophe, véritablement Philofophe, étoit plus fortuné que tous les Rois. Il faut expliquer ce vers, *Rois, Cours, honneurs, palais, tout eft en ma puiffance*, dans le même fens que les Stoïciens difoient que le Sage étoit *Roi, beau, riche, &c.* c'eft-à-dire qu'un homme qui fait commander à fes paffions & s'élever au-deffus des foibleffes humaines, eft véritablement maître de fon bonheur. Il ne craint rien que le vice, & par conféquent on peut dire, fur-tout en Poéfie, que

> *Rois, Cours, honneurs, palais, tout eft en fa puiffance.*

LES trois vers qui fuivent celui-ci & qui finiffent le Sonnet, montrent parfaitement dans quel fens on doit le prendre, & comment il faut l'expliquer.

> *Pouvant ce que je veux, voulant ce que je puis,*
> *Et vivant fous les loix de mon indépendance.*
> *Enfin les Rois font Rois, je fuis ce que je fuis.*

CES vers contiennent le véritable portrait

trait d'un Philofophe. Il peut réellement ce qu'il veut, parce qu'il ne veut que ce qu'il peut. Il vit indépendant, parce qu'il fe conforme aux loix de la probité, & qu'il n'a ni ambition, ni avarice, ni defir d'amaffer des richeffes. Retiré dans une folitude aimable, ou bien, vivant au milieu des villes, dans fon cabinet il ignore ce qui fe paffe dans les palais; il ne fait point la Cour au Grands, il s'embarraffe peu de la faveur des Princes, & a raifon de dire, trouvant dans lui-même fon bonheur,

> *Enfin les Rois font Rois, je fuis ce que je fuis.*

Il auroit pû ajouter à cela quelque chofe de plus, & dire

> *Les Rois, tout Rois qu'ils font, font moins heureux que moi.*

Peut-être fe fut-il exprimé de même s'il n'eût été contraint par la rime. Quant à moi, qui ne fuis point obligé à rendre ma penfée d'une manière qui en diminue la force, je foutiendrai hardiment (tous les Bouhours de l'Univers duffent-ils me traiter de Gafcon), que je fuis fermement perfuadé qu'un Philofophe, qui n'a d'autre ambition que celle d'être vertueux, peut dire hautement & véritablement,

Les

*Les Rois, tout Rois qu'ils font, font moins
heureux que moi.*

VOILÀ, fage & favant Abukibak, quels
font mes fentimens fur les grandeurs les
plus élevées & les plus ambitionnées par
les hommes. Après cela, tu ne feras pas
furpris que je fois fi content dans ma folitude, & qu'au milieu de mon cabinet
dans un païs où il eft permis de penfer,
où non feulement les Philofophes, mais
même tous les hommes font véritablement libres, je me félicite fans ceffe du
parti que j'ai pris, qui m'a mis en état
de vivre comme il convient de vivre
lorfqu'on fait ufage de fa raifon.

JE te falue.

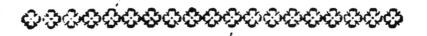

LETTRE CENT SOIXANTE-QUATRIEME.

Ben Kiber, *au Cabalifte* Abukibak.

JE t'ai dit fouvent, fage & favant Abukibak, qu'on ne pouvoit affez loüer un
homme de condition qui s'appliquoit
aux Belles-Lettres, qui cultivoit fon efprit; je te repeterai aujourd'hui la même
chofe au fujet de deux ou trois piéces de
vers que je t'envoie, & qui ont été faites

tes par un Gentilhomme * de mes amis.
Il feroit à fouhaiter que les Nobles dans
tous les païs imitaffent fon exemple, &
qu'ils ne comptaffent pas fi fort fur leur
naiffance, qu'ils cruffent qu'elle leur doit
tenir lieu de tout. C'eft bien abufer de
la Nobleffe, & bien peu connoître fon
origine, que de fe figurer qu'elle doit
fuppléer au véritable mérite; elle eft faite pour orner & pour récompenfer le
mérite, & non pour en donner. Dix fiécles de Nobleffe ne fauroient faire, je ne
dis pas un honnête homme, mais même un homme aimable. Ho! Qu'il y a
de gens de condition qui font ennuieux,
& dont l'efprit & l'ame font auffi ro-
turiers que le corps eft noble! Si ces
gens favoient combien ils font à charge à ceux qui les fréquentent, ils tro-
queroient fans doute, fi cela étoit poffible,

* L'Auteur de ces vers eft Monfieur le Ba-
ron de Montolieu, autrefois Chambellan du Roi
de Pruffe, aujourd'hui Confeiller-Privé du Duc
de Wurtemberg, Chevalier des Ordres de ce
Prince, ancien Gouverneur de la Comté de
Montbeillard. Quoique je n'aie jamais inféré
dans mes Ouvrages aucune Piéce fugitive; cependant en faveur de l'Auteur, & pour exciter
la jeune Nobleffe à imiter fon exemple & à cultiver les Belles-Lettres, je place ici avec plaifir ces deux ou trois Piéces, les aiant moi-même demandées avec inftance à Mr. de Montolieu.

ble, une centaine d'années de leur Nobleffe pour une legère portion de génie.
Ces réflexions me meneroient trop
loin, voici, fage & favant Abukibak, les
vers que je t'ai promis.

DISCOURS,

Préfenté au Jeune Duc de Wurtemberg, le 11. de Février 1740.
Anniverfaire de fa naiffance,

*A Ugufte Rejetton d'une excellente Race!
Comment des tes Ateux déjà tu fuis
la trace? †
Deja ton goût paroit pancher pour les Beaux-
Arts?
Tu dévores déjà les hauts faits des Céfars? §
Des plus riches vertus le partifan fidèle,
Déjà tu nous promets d'en être le modèle?
Et ma Mufe, attentive aux progrès de tes
ans,
Garderoit le filence? Elle, qui de tout tems
Sur les moindres fujets exerçant fa manie,
Pour Bacchus & l'Amour tourmenta fon génie.
Non

* Charles-Eugene Duc de Wurtemberg, encore en âge de minorité.
† La plûpart des Ducs ont aimé & favorifé
l'accroiffement des Sciences dans leurs Etats.
§ Ils ont tous été guerriers.

Non, malgré les dangers d'un si vaste pro-
jet,
Feignez, Muse, feignez d'ignorer quel trajet
Il est du simple au grand, du facile au péni-
ble :
Aux traits de la Critique offrez-vous insen-
sible ;
Et sous l'ombre du Nom que vous allez chan-
ter,
Montrez qu'une ame éprise ôse, & peut tout
tenter.
Ouï, lorsque je te vois dans ta tendre jeu-
nesse
Dévancer les leçons de la sage vieillesse ;
Dans un âge, où si peu l'on s'applique à pen-
ser,
Distinguer les talens, les savoir balancer :
Alors sans prodiguer mon encens, je l'avoüe,
Peu content d'admirer, grand Prince ! je te
loüe,
Et malgré le respect qui devroit m'effraïer,
Ma plume veut de l'encre, & mon cœur du
papier.
Privé depuis trois ans de ton auguste Pere,
De ce Héros vanté ∗, sous les yeux de ta
Mere †.
Princesse d'un grand cœur, d'un esprit cultivé ;
Pour l'Etat qui t'attend, tu te vois élevé.

Tu

∗ Charles-Alexandre son Pere, mort subite-
ment le 12. de Mars. 1737.

† La Duchesse Marie-Auguste, née Princesse
de la Tour & Taffis.

Tu fens ainfi couler les ans de ton enfance,
Exact en tes devoirs, rempli de confiance,
En l'affidu travail de ton Confeil d'Etat *,
Qu'un Prince de ton fang dirige avec éclat †.
   Cependant ton efprit vif, plein d'intelligence,
Voit qu'infenfiblement le tems, le jour s'a-
   vance,
Où feul de tes fujets, fans le fecours d'autrui,
Tu dois être l'amour & le plus ferme appui.
Que fais-tu ? Pour remplir dignement cette
   tâche,
De bonne heure à ce but tu vifes fans relâche;
Et fuivant les avis de ton fage Mentor §,
Des exemples fameux tu te fais un thréfor,
Comme on voit au Printems l'abeille diligente
                                              Ti-

---

* Pendant la minorité, le Confeil de la Régence, ou de l'adminiftration, eft compofé felon les anciens ufages, de fix Miniftres, dont trois font Nobles. Ils partagent toute l'autorité de l'adminiftration & de la tutelle, & les cas fe décident par la pluralité des voix.

† L'Adminiftrateur, ou Régent du Duché, en tems de minorité eft toujours le premier Prince du fang, ou le plus proche *Agnat*, s'il eft majeur. A préfent c'eft le Duc de Wurtemberg-Oels Charles - Fréderic, dont les Etats font fitués en Siléfie.

§ Mr. de Monleon, Gentilhomme Lorrain & Gouverneur de ce Prince. Il eft Colonel à Brevet de l'Empereur, Adjudant - Général du Cercle de Soüabe, & il s'acquitte de fa charge en habile & parfaitement honnête homme.

Tirer son miel des fleurs & du suc d'une plante.
  Entre tes mains Polybe *, & l'instructif*
  Rollin,
Conservent peu de tems leur forme & leur
  vélin.
Pour les Vers tu choisis l'ingénieux Voltaire,
Et quand du sérieux tu parois te distraire,
Quantz †, Graunt ‡, Hasse §, Hendel ⊥,
  par leurs touchans accords
De tes desirs naissans agitent les ressorts.
Le mérite, en un mot, est la source fertile
Où tu puises le vrai, l'agréable & l'utile;
Et si dans l'avenir je voulois pénétrer
Je verrois ton Esprit alors se concentrer
Dans les doctes clartés que Wolf **, *digne*
  d'envie,

Ré-

* Traduit en François avec les remarques du Chevalier Folard.

† Musicien, engagé à la Cour de Saxe, qui joüe parfaitement de la flute traversière, compose de même, & a enseigné S. A. R. le Prince Roïale de Prusse à en joüer en Maître.

‡ Premier Maître des Concerts du Prince Roïal, Violon & Compositeur du premier ordre.

§ Premier Maître de Chapelle à la Cour de Saxe, connu par ses excellens Ouvrages.

⊥ Compositeur fameux de l'Opera de Londres.

Ces quatre Messieurs excellent en composition, & ont une réputation connue & établie.

** M. Wolff est trop prisé des Savans pour

Y 2

en

Répand de toutes parts fur la Philofophie.
Car, Prince, ne crois pas que l'Etre Souverain,
Oignant des Rois, des Ducs, leur donne un
    titre vain.
S'il admet des Céfars, il chérit un Mécène ;
L'intervalle des tems n'en diffout point la chaîne,
Et Wolf, ce divin Wolf, ce profond fcruĉta-
    teur,
Un jour le Sceptre en main verra fon Seĉta-
    teur *.
        Mais excufe l'effor, qui, de ta gloire avi-
    de,
Semble ouvrir des avis au bon goût qui te
    guide,
Qui t'illumine en tout, & qui judicieux,
Concourant à te rendre, & tes fujets heureux,
De leurs droits & des tiens te fait unir l'E-
    tude,
Et fait t'initier dans l'utile habitude,
De ne jamais ufer du fouverain pouvoir
Pour forcer des fujets au-délà du devoir.
Prince, tel fut toujours le foin d'un bon Mo-
    narque,
Avec ces fentimens il ne craint point la Par-
    que ;

                                        Il

en parler. Le Prince Roïal a gouté, & fuit fes
principes.

    * La prédiĉtion s'eft vérifiée depuis la com-
pofition de ces vers, par l'avenement du Prince
Roïal à la Couronne. Ce n'eft pas par cela feulement que M. Wolff triomphe, & triomphera
de fes Antagoniftes.

Il confacre fon Nom à l'Immortalité.
Le Prince & le fujet n'ont qu'un même trai-
té ;
Et tu fais qu'en Symbole on donne à la Puif-
fance
Dans une main un Glaive, en l'autre la Ba-
lance,
Pour marquer que le bras qui peut vaincre &
punir,
Jamais de l'équité ne doit fe départir.
Ainfi t'étudiant à tout ce qui peut plaire,
De ta Patrie un jour tu deviendras le Pere.
Déjà ton doux abord, ta libéralité,
Ce cœur, dont l'Indigent n'eft jamais rebu-
té *,
De cet heureux furnom t'affure le partage.
Remplis, Prince, remplis ce fortuné préfage,
Ne te laffes jamais d'un auffi bel emploi ;
Aider les Malheureux, eft l'ouvrage d'un Roi.
Mais que fais-je ? Où m'engage, ou m'em-
porte ma veine ?
Peindre tes attributs, en achever la chaîne,
Eft un projet, auquel condredit ma raifon.
Plus fage que ma Mufe, elle m'oppofe un non,
Qui, d'un ton foutenu de fes leçons fenfées,
M'arrête ici tout court, & livre mes penfées
Aux vœux que tes vertus entrainent fur leurs
pas :
Combien, Prince, en ce jour, combien n'en fais-
je pas ?

* On ne fauroit être plus charitable qu'il l'eft.

L'E-

L'ELOGE DE LA RETRAI-TE, EN STANCES IR-REGULIERES,

Préfenté à S. A. R. DOUAIRIERE DE WURTEMBERG, lorfque pour fe retirer à Göppingen, lieu de fon Doüaire, elle quitta la Cour de Stutgard le 4. de Juin 1739.

Retraite ! à qui ma Mufe enfévelie
  Dans le fommeil,
Doit aujourd'hui fa verve rétablie,
  Et fon réveil.
Daigne à jamais dans ces lieux folitaires
La garantir, par tes foins falutaires,
  D'un fort pareil.

Qu'à mes accens, je vois d'objets en foule
  Se préfenter !
Prés émaillés, verds Côteaux, Eau qui coule,
  Tout peut tenter ;
Mais non, mon Chant, plein d'une noble au-
  dace,
Veut de mon cœur fuivre l'heureufe trace,
  Sans s'écarter,
Et jufqu'à vous, Princeffe incomparable,
  Porter fa voix,
Puifque vous feule en ce Réduit aimable
  Donnez des Loix.

Il

Il est connu que l'encens vous offense ;
Mais pourriez-vous me blâmer que j'encense,
        Le juste choix,
Qui vous donna du goût pour la retraite ?
        Goût attraïant
Pour la vertu ! qui rarement s'arrête
        Aux faux brillant.
Frivole éclat ! qui trop aux Cours abonde,
Pour qu'à vos yeux le séjour du grand monde
        Fût séduisant.

Sensible effet d'un jugement solide !
        Qui sans bandeau
Court au réel ! Abandonne le vuide,
        Et trouve beau
Qu'un Mortel, las d'une vie orageuse,
S'en procure une aussi douce qu'heureuse,
        Dans un Hameau.

Là, dites-vous, brille de la Nature
        Le grand Môteur.
Tout en instruit, la plus vile verdure
        Comme la fleur.
Là, chaque objet dans sa simple structure
Taxe l'orgueil, la beauté, la parure,
        D'humaine erreur.

C'est là, qu'on peut gouter dans l'innocence
        De vrais plaisirs,
Qu'on peut remplir sans bruit & sans dépense
        De bons desirs.
Vivre à son gré, riche, ou dans l'indigence,
Et ressentir la benigne influence
        Des doux Zéphirs.

Y 4   Tel

Tel est l'état où place la Retraite.
　　On suit son goût.
Sans s'intriguer, on y fournit sa traite
　　Jusques au bout.
Hélas! pourquoi faut-il qu'on en déloge?
Car pour tracer en un mot son éloge,
　　On y peut tout.

On n'y voit point, vrais fleaux de la ville,
　　Le Tien, le Mien,
Sucer à sec par sa guerre civile
　　Le Citoïen;
La pauvreté, placée au rang des vices,
Ni l'opulence, en butte aux injustices,
　　Réduite à rien.

Après vous donc je conclurai, Princesse,
　　Qu'en votre choix
Luit le bon goût, la vertu, la justesse
　　Tout à la fois;
Et qu'il n'est rien, comme la solitude,
Pour concentrer notre ame dans l'étude
　　Des saintes Loix.

Souffrez qu'ici ma Muse, hors d'haleine,
　　Borne son cours.
Puisse influer la Bonté souveraine
　　Sur vos beaux jours;
Les affranchir des dégoûts de la ville,
Et vous donner l'agréable & l'utile
　　Par son secours!
Joüissez-en jusques dans la vieillesse
　　Sans nul revers;

Sans

Sans que jamais ni crainte, ni triſteſſe
  Vienne au travers ;
Et ſans qu'enfin votre bonté délaiſſe
  L'Auteur des Vers.

LES SAISONS ET LES AGES.

Allégorie, préſentée à S. A. S. Madame la Princesse Louise
de Wurtemberg, Fille de
S. A. R., le 3. de Février 1740.
Anniverſaire de ſa Naiſſance.

Comme chaque Saiſon, chaque Age a ſon
  mérite,
Leur ordre ſe reſſemble & leur propriété.
Rien n'en peut altérer ni ſuſpendre la ſuite,
Et l'homme la meſure avec rapidité.

Le Printems ſaiſit l'œil par ſa vive parure.
L'Eté moins fier ; mais beau, forme & meurit
 le fruit.
L'Automne offre & répand les dons de la
 Nature.
L'Hyver juſqu'à ſa fin, en repos s'en nourrit.

C'eſt ainſi que l'on voit la brillante jeuneſſe
S'attirer les regards & captiver les ſens :
Et telle on vous admire, adorable Princeſſe !
Dans ces Roſes, ces Lys qu'offre votre Prin-
tems.   Y 5   *Que*

Que ne sera-ce pas ? Quand votre Eté fertile
Viendra meurir les fruits que promet votre
Cœur;
Ces vertus d'un goût pur, dont la saveur
utile
Est le contre-poison des appas de l'erreur.

Votre Automne à son tour aura de quoi sur-
prendre,
Et tels, de vos beaux dons, simples admira-
teurs,
Gagnés par votre exemple, alors viendront
s'y rendre,
Pour se qualifier vos vrais Imitateurs.

Quand votre Hyver enfin couronnera votre
âge,
Vous saurez, vous direz que tout est vanité;
Mais vous vous nourrirez du solide avantage
D'en attendre l'issuë avec tranquillité.

Puisse ce foible essai de mon pinceau timide,
Avoir de vos saisons rencontré le Portrait.
Il a pris pour couleurs mes vœux; sans autre
guide,
Mon cœur en a lui-méme esquissé chaque trait.

L'E-

L'ELOGE DU MARIAGE,

Adreſſé par l'Auteur à ſon Epouſe.

Dans les accès d'une verte Jeuneſſe,
Du vrai bonheur on s'écarte ſans ceſſe,
On méconnoît ſes plus fiers ennemis.
Aux paſſions l'homme, alors trop ſoumis,
Aveuglément ſuit l'ardeur qui l'entraine,
Et ſans faire aucun ſouci, ni peine
D'un avenir redoutable & caché,
Au ſeul préſent ſon cœur eſt attaché.
Que s'enſuit-il? Cette fatale yvreſſe
En épargne un, pour mille qu'elle bleſſe.
L'âge mur vient, on voudroit racheter
A prix de ſang ce qui ſut nous flatter,
Juſqu'au moment que notre ame, éclairée
De la raiſon, prit la route aſſûrée.
On s'apperçoit hélas! ſouvent trop tard,
Que tel objet, décrépit de ſon fard,
Loin d'être beau, cache une forme hideuſe:
Qu'une entrepriſe, une idée étoit creuſe,
Quoiqu'à nos yeux par des chemins fleuris
Elle guidât nos vœux les plus chéris.
Tel Lyſimond au Printems de ſon âge
Se déchaînoit contre le Mariage.

Etat

Etat génant! Enfer anticipé,
S'écrioit-il! par le vice dupé.
Volons plûtôt, volons de Belle en Belle,
Tous les matins visitons vingt ruelles :
Ciel! que d'ennuis dans un lit conjugal!
Très bien l'a dit cet Auteur jovial;
Foin du pâté! Toujours pâté d'anguilles,
Bien mieux vaudroient par fois des béatilles.

O Lysimond! que ce raisonnement
Te paroissoit, & doux, & concluant!
Mais aujourd'hui que ta force affoiblie;
Que ta santé de cent maux assaillie;
Et que tes fonds, en ragoûts épuisés
Jusques à rien se sont subtilisés,
Tu voudrois bien qu'un petit ordinaire
Fût ton partage, il n'auroit rien d'austère.
Tu voudrois bien qu'une tendre Moitié
Soit par amour, ou fût-ce par pitié,
Remédiant à tes douleurs aiguës,
Se contentât de tes forces perdues.
Et si le sort, bizarre dans ses dons,
T'en donnoit une opulente en Biens-fonds;
D'un héritier dans sa flamme impuissante
A chaque instant ton ame impatiente,
Imploreroit & tenteroit l'octroi.
Cher Lysimond! quel creve-cœur pour toi?
De n'avoir pas, à la fleur de ton âge,
De ta raison fait un meilleur usage;
Ouï, d'avoir pû dans tes fougueux accès
A l'Hymenée intenter un Procès,
Quand tu pouvois, lui voüant tes prémices,
De cet état savourer les délices.

Concluons donc qu'un Mortel est heureux,

Lors-

Lorsqu'à vingt ans il pense en homme vieux,
Ses passions alors mises en bride,
Ont le bon sens, & pour frein, & pour guide.
Il les maitrise; & jaloux de ses droits,
Il fait gouter d'Hymen les douces Loix.
On est flatté du tendre nom de Pere,
Et dans sa race on reçoit le salaire
D'une union que la fidélité
Attache au char de la félicité.

Envoi.

Petit Amour! qui dans tout bon Ménage
Dois présider aux nœuds du Mariage,
Porte ces Vers à ma chère Moitié.
Au lieu de feux, parle - lui d'amitié;
Ce mot est plus du goût de l'Hymenée.
Dis - lui qu'encor je chéris la journée,
Où par un ouï nos cœurs furent unis,
Et qu'à jamais j'en connoîtrai le prix.

JE ne doute pas, sage & savant Abu-kibak, que tu ne trouves du feu, de l'imagination & de la délicatesse dans ces différentes Piéces; mais tu seras surpris lorsque tu sauras que l'Auteur de qui elles sont, est né dans le fond de l'Allemagne, & qu'il y a été élevé. Des Poëtes François, je dis de bons Poëtes, ne desavoüeroient point ces vers. En vérité cela fait honneur à la Noblesse Allemande,
&

350 L E T T R E S &c.

& il eſt flatteur pour elle d'avoir des Membres qui ſavent même dans les Langues étrangères s'expliquer avec toute la politeſſe des Auteurs, à qui ces Langues ſont naturelles & maternelles.

Je te ſalue, ſage & ſavant Abukibak. Porte-toi bien.

Fin du Tome cinquième.